愿你走出半生 归来仍是少年

蒲思恒 主编

上海社会科学院出版社

目 录

道阻且长　1

行走在城市中的手艺人　17

记忆中的地方　22

黑猫啊黑猫　27

回家　34

一人食　39

我爸　43

风花与夏的少年　48

里城雪又落　56

如松柏长存四季　66

西红柿·鸡蛋·面　72

有多少炙热爱恋，相守成一生惦念　83

厨房　96

悄悄是别离的笙箫　98

小秋子的厨房——青椒炒章鱼　118

消失的村落　122

梦昔笔谈　125

酒仙　131

风的颜色 137

忽而今夏 140

念·旧 144

你若盛开，清风自来 147

拾号店·李姐 151

心灯 157

零食 162

池塘 165

小山，小山 168

同母亲赶集 181

妈，你怎么那么笨 185

你的城市，有一条中山路吗？ 190

老街生活 192

春末的南方城市 195

此去经年 198

霞姨 201

关于夏天的记忆 205

那一个夏日 209

江南旧忆 214

漫谈宁波早餐 218

一场大雨过后的艳阳天 221

生命来不及 226

导火索童年 231

我们那个时候的爱情 236

敬老愿 242

遥远地爱着 246

我所理解的爱情 249

浔，停泊在南水，遇见了时光 253

红尘花恋 256

野草 259

于是我决定不走了 269

火柴天堂 278

东港小镇 281

道阻且长

文 / 杜公子诗若

大哥和三姐在娘胎里就认识的,不过别误会,他们不是双胞胎,而是两家的母亲在同一时期怀孕,私交甚好,所以他们一出生就注定是兄妹。

然而三姐自从懂事之后就没有叫大哥一句哥哥,大哥倒是一直喊她妹妹的。

大哥从初三开始之后就是班里的第一名,所以大家都叫他大哥,反倒是不怎么提他本来的名字——徐逸成。

同样的,三姐也是因为长期考第三名才被称为三姐。在三姐还远没有被冠上"三姐"这个名号之前,她也是有乳名的,叫丫丫,然而丫丫小朋友太过早熟,对这个名字很是反感,除了父母之外,绝不允许别人这么叫她。如若有谁敢以身试法,她绝对会满村子追打。

有一次,逸成哥哥脑子秀逗,中午开饭的时候,站在门口,字正腔圆地喊了一句:"丫丫,回家吃饭。"结果触动虎须,被暴走的丫丫追到村头的麦堆里一顿胖揍,逸成当时被吓傻了,他被丫丫摁在麦堆上动弹不得,而丫丫小朋友则是"上下其手",把大哥掐得龇牙咧嘴,讨饶不已。然而,更让逸成崩溃的是,丫丫一边掐他,一边自己哭个不停,涕泗横流,抹了他一脸。逸成把丫丫背回家之后,差点又被不明情况的徐爸爸再揍一次。他看到小丫丫眼睛红肿,满脸泪痕,爬在逸成背上时还依旧义愤填膺,立马就判断是被逸成欺负了。好在丫丫同学做人光明磊落,要揍人绝对是亲自动手,绝不会借刀杀人,所以徐逸成才免遭荼毒。

不过,心理阴影却是埋下了,徐逸成从此以后再也没敢叫过一次"丫丫"。虽然随着时间的推移,他们渐渐懂事,逸成对丫丫的称呼也只是从楚逸雅到逸雅,再到雅雅。有一次丫丫大朋友说:"逸成,其实,我一直还是想让你叫我丫丫的,这么多年了,没想到你真的一次都没叫过。"

逸成同学顿时放下了手里的游戏手柄,说:"老婆大人,你知不知道当年我那叫一个怕啊,真担心我的一身肉都被你撕下来。"

楚逸雅被逗得噗嗤一笑,说:"你活该。"

是啊,大哥真是活该。那时候的大哥尚没有大哥的实力,班里的第一名长期被逸雅霸占,而他则是从正二到倒二都考过的。

考倒数第二那次,逸成同学是交了白卷的,奈何倒数第一干脆缺考,介于徐逸成上次排名较高,所以只能屈居倒二,那一块钱的赌约还是输了。

放学的路上,逸成同学一般是不停嘴的,唧唧歪歪说个不停,逸雅听烦了就揍他一顿，然而，获得的安静时间绝不会超过一分钟，逸雅同学是统计过的，最长的一次48秒。

那天，逸雅看到逸成同学不复往日神采，蔫蔫的，一句话都不说，她以为是倒数第二这个名次刺激到了徐逸成，她就说："喂，笨瓜，不就是一次倒数第二么，大不了下次我把第一名让给你，你又不是考不到！"

不说这个还好，听到逸雅这么说，徐逸成立马就来气，他吼道："谁稀罕你的第一名，我是打赌输了才……"说着说着声音就小了，显然他很是后悔说出来的，完了，哪壶不开提哪壶啊。果然，逸雅恨恨地盯着他，他知道如果不交代清楚，怕是要出人命了。

他讨好地笑着，说："我说了，你别生气啊。"

"你说不说？"

"好吧，我说，我和老九那混蛋打了个赌，如果我考倒一，他给我一块钱，如果考不了，我给他一块钱，我都交白卷了，谁知道他压根就缺考。"

"你还真是有出息啊！"

"你别告诉我爸行吗？"徐逸成满脸无奈，对于老爸和逸雅他是同样害怕的，可是，挨了一刀之后总不能不去躲另一刀吧？

逸雅同学果然守信，没有告诉徐爸爸，只是，从此以后只要她看到逸成在玩，就会揪着耳朵把他拉回教室。

后来，小伙伴们都说如果徐逸成娶了楚逸雅，肯定没有好日子过，后来，他们又说如果徐逸成要是不娶楚逸雅，怕是会被直接杀掉。

徐逸成和楚逸雅是小两口的传言不胫而走，介于楚逸雅的威慑力，大家只敢私下里说说，然而，有一个人不怕，那就是班主任小蔡老师。

小蔡老师正和男友处于热恋期，恨不得世界上所有的东西都是好玩的，所以班里出了这么一对活宝，看着就让人开心。

小蔡老师说："逸雅，你把你家逸成管的挺严嘛！"

逸成赶快辩解说："她是我妹妹。"如果不采取行动的话，放学的路上肯定又是一顿暴揍。

小蔡老师说："逸成同学，你是不是很怕逸雅？"

逸成捣蒜似地点着头，瞥了一眼，发现逸雅在看他，立马摇头，脖子都快扭断了，结果还是没有避免每天必有的战争。

小蔡老师说："你们两个真好玩，小时候一定被指腹为婚了吧？"

楚逸雅不置可否，而徐逸成却是大惊失色，果然，那天逸成同学又被逸雅揪着耳朵摁在村头的大槐树下，逸雅说："你给我老实交代，是不是你又没有管住你的嘴，泄露了出去？"

"哪有啊，小蔡老师乱说的，她乱说的东西还少吗？和你在同一个盆子里洗过澡的事就不是我说的。"

"你还说，信不信我揪下你的耳朵来。"说着，她又加重了几分力道。

"疼，我再也不敢胡说八道了，疼啊！"

村头的大槐树是这一带的图腾，不管是集会庆丰，还是婚丧嫁娶，都在这里举行最重要的仪式，甚至连小两口打架都拉对方来这里质问起誓，所以"大槐树"在逸雅的意识里是逼问逸成最好的场所，神圣而庄重。

多年后，他们都离开了那个小山村，据说大槐树也被砍伐已久，然而有一个故事却并没有随着时间的流逝而被冲淡。

有一次小蔡老师又说："徐逸成，你将来会不会娶逸雅同学啊，我看你们挺般配的。"

逸成摇了摇头，接着又点了点头，说："会。"

"为什么呀？"

"因为我喜欢她。"

小蔡老师笑得花枝乱颤，而逸雅同学则是怒目相向，在那个年纪里，"喜欢"是一个很羞人的词，不能随便拿来说的。

果然那天中午回家的路上，逸雅同学看都没有看逸成一眼，他们一前一后走着，一路无语，下午去学校的路上依旧如此。走到大槐树下时，逸成终于忍住不了，说："楚逸雅，我告诉你，我才不会娶你呢，你那么凶，谁会喜欢你啊？我那是在敷衍小蔡老师。"

逸成觉得自己"敷衍"一词用得很好，没想到逸雅立马就揪住了自己的耳朵，熟练得就像眨一下眼睛一样。他被摁在树下，逸雅问道："你说谁凶了？信不信……"

"我信，我信，你会揪下我耳朵的。"没等逸雅说完，逸成马上就讨饶了，他说："我娶你，我娶你还不行吗，疼啊，你轻点，啵！"

这个场景恰好被村子里的一个老太太看到，她逢人就说："楚家那丫头厉害啊，逼着陈家那小子以后非她不娶。"

这个故事以讹传讹，终于演变成了逸成和逸雅10岁的时候就在大槐树下私定终身的传言，在那个山村学校里流传了数年。

后来，他们每每提起那个午后，都会笑得直不起腰，逸雅锤着

5

逸成的胸膛说："你那时候就像杀猪一样惨叫，真好玩。"

"还说，你那时候力气可大了，下手又黑，我一度怀疑哪天我的耳朵真的就被你给揪下来了。"

逸雅娇笑着去揪逸成的耳朵，没想到逸成一把把她搂在怀里，一阵激吻，她捶打着逸成的胸膛说，真不应该和你打那个赌的，没想到赢了以后反倒是被你欺负，哼！

是啊，真不该打那个赌的，那个赌约几乎陪着他们走过了整个中学岁月。

他们打赌的事情发生在初中二年级，然而，逸雅最先想起来的并不是初中二年级，而是刚上初中的时候。

逸雅和逸成读完小学之后，双双来到县城里读初中。那时候，县城对于两个山里娃来说，简直就是一个五彩缤纷的世界，每次回想起那段时光，记忆力都弥散着斑驳的色彩。

有些人遇到新鲜的事物，总是习惯性地把自己包裹起来，像刺猬一样排斥着外面的一切，表面坚强不已，其实内心不堪一击，比如逸雅。她努力学习，成绩依旧名列前茅，她不去聚餐，不去拍大头照，不去染头发，但她却突然喜欢上了一个人。

和逸雅不一样的是，逸成属于另一种人，他能包容一切，接受着身边形形色色的人和事，就像变色龙一样，把自己打扮成和世界同一样的颜色，然而，他内心多年来筑城的堡垒让他并不被这个世界同化，总有一天，埋在他心中的那颗种子要破土而出，无可阻挡地长成参天大树，来保护身边的人。

然而，此时的逸成和逸雅还太过弱小，弱小到挣扎着让整个世界来接受自己。

逸雅喜欢的那个人足够优秀，他的成绩傲视众人，他帅气大方，温文尔雅，总是穿着洁白的T恤，总是笑着对人说话，他满足所有女孩子对白马王子的幻想。他叫钟善朗，一个无人不知的名字，而逸成更喜欢叫他"中山狼"。谁没有在情窦初开的年纪里喜欢过一个不可能的人，而十四岁恰好是情窦初开的年纪。

或许逸雅并没有意识到自己的变化，逸成却是心知肚明的。

逸雅不再热衷于揍他，不再喜欢和他吵架，不再对他的成绩喋喋不休，甚至不再想起他。她总是在解方程的时候就突然开始发呆，墨水浸透了草稿纸尚不自知；她开始去照镜子，开始喜欢穿漂亮的裙子；她数次躲在篮球场边的树下偷偷看他，被逸成发现后惊慌失措地离开。

后来逸雅和钟善朗在一起了。事情源于他们共同参加了学校组织的校园主持人大赛，钟善朗粉丝众多，学校里的老师也很喜欢他，优胜是必然的。

而逸雅却是陪太子读书，不对，是陪小姐选秀，她报名只是为了给闺密壮胆的，结果逸成这个不务正业的家伙破天荒地给逸雅准备了好多资料，还义务组织排练，介于他如此煞有介事，逸雅同学勉为其难地排练了几次。

由于大家都是在闹着玩，所以逸雅的表现可谓是鹤立鸡群了，逸成看着台上的逸雅，说了一句："妈的，原来这妞好好说话，声音还是蛮好听的，嗯，人也挺漂亮的，老子怎么就没早看出来？"

一语成谶，逸成真的晚了一步。那天，"中山狼"和逸雅主动套近乎，然后很快就攻陷了逸雅的脆皮碉堡。

十四岁那年的夏天，徐逸成失去了楚逸雅。他开始感觉到孤独，他明白了一个人如果已经住进你的生命里，突然失去的时候，那是一种割心裂肺的疼痛。

他独自一人返回乡下，村东头的那片杏树林又结满了果子，花褪残红青杏小呐。老伯又在赶着来偷杏的小孩子，他老人家总是守着这片树林，等到杏儿黄透之后，他会每家每户都送上一大捧。然而，小孩子往往会忘记自己每年都能吃到甜甜的杏，反而去苛责老人家的小气，惦记着没有摘下来的青杏。或许人就是这样的一种动物，把最美好的记忆全部忘掉，然后不断地回忆着生涩和悲伤。

大槐树也在村东头，枝叶繁茂，却温厚的像一个长辈，他老人家见过了太多的悲欢离合，也听过了太多的生死聚散，对于逸成的烦恼，他保持着缄默，只是树冠随风摆动，哗哗作响，庄严而深远，恍若梵音轻唱。逸成回过神来的时候，发现自己居然已经泪流满面了，原来逸雅在他心里的烙印那么重，重到他能记起逸雅每次和他打闹的原因。

他知道再也不会有人在他趴在课桌上睡觉的时候突然将书本拍在桌子上，打得口水四溅了；他知道再也不会有人笑着笑着突然揪着他耳朵，质问他知不知错；他知道再也不会有人在他躺在谷堆里睡觉时，用秸秆挖他的鼻孔；他知道再也不会有机会大大咧咧地说，你要不直接嫁给我算了。

知道逸成独自回乡后，逸雅很是气愤，她说："你要是以后再敢丢下我，一个人回去，信不信老娘揍死你？"

逸成一阵苦笑，从前的逸雅是不会说这样的狠话的，她只会直接动手，然后让逸成自己说原因。原来，有些人变成了大家都喜爱的样子之后，对某个人来说并不是一件好事。

逸雅和"中山狼"的关系越来越近，就如同亘在逸成面前的一座大山一样，越来越高，让他难以逾越，痛苦不已。

有人说，恋爱期的女孩子都是白痴，或许男孩子也一样。逸雅白痴地贪恋着那个人与她越来越多的交集，而逸成却白痴地在别人的交集里痛苦挣扎。

有些事的结局一开始就是定好的，我们无法抛却生命里最初的东西，注定是要和现实妥协的，不管是情愿还是不情愿。

逸雅和"中山狼"最终还是分开了，因为逸成和完美男打了一架，那一架是为了她。

男人的战场有三处，情场、赌场、权力场，而男孩的战场也有三处，操场、考场、篮球场。逸成和"中山狼"的那场战争就发生在篮球场。

有一天逸成在打球，旁边的一伙人中就有"中山狼"，看得出来，"中山狼"是他们的领袖，众人都唯他马首是瞻。有一个人说："老大，听说你最近又钓到了一个不错的妹子？"

"中山狼"说："自己送上门来的，不要白不要，先玩玩再说了。"

"长得怎么样？"

又一个人说："老六，瞧你说的，大哥眼光什么时候差过？"

"中山狼"说："还行吧，就是胸小了点。"

那群人哄堂大笑，"中山狼"说："对了，你们都见过的，就是上次校园主持人大赛得奖的那妞，叫楚逸雅。"

听到这里，徐逸成的火气再也压不住了，他一直告诉自己说："那些人讨论的不是逸雅。"

然而还是得到了最不想得到的结果，他把球向"中山狼"甩去，由于距离太远，并没有砸到人，反倒是惊动了那群人。"中山狼"看到是徐逸成，轻蔑一笑，说："我当是谁呢，原来是那妞的青梅竹马啊，喂，你的妞被我抢了，心里很不痛快吧？不过是她选择的，怪不得我啊，谁让你那么差劲呢？"

对啊，谁让你那么差劲呢？徐逸成冲上去就给了"中山狼"一拳。他在山里长大，动作自然比这群只会打嘴炮的家伙厉害，于是他就和对方五个人扭打在了一起。

事情的经过被楚逸雅全部看在了眼里，她惊愕于徐逸成的义无反顾，要知道，打架是会被开除的。她更是愤怒于钟善朗的伪善，关于他的美好幻想在这一刻瞬间幻灭。她冲上去拉开了徐逸成，对方也识趣地住了手，尴尬不已。

徐逸成离开的时候恨恨地说："'中山狼'，你等着，如今你拥有的一切，我都要夺走。这个被你玩弄于股掌间的傻丫头，我要护她一世周全。"

多年以后的一个下午，逸雅躺在逸成怀里，他们决定回忆一下，到底是谁先喜欢上对方的。

逸雅说："逸成，其实我也不知道是什么时候开始喜欢你的，或许从小就喜欢的，我不叫你哥哥，喜欢管着你，大概是因为我的父母就是那样的吧。只是，从球场那天开始我才知道，从前你任由我欺负你，只是在让着我，而我却傻傻地认为你胆小怕事，认为你胸无大志。当你说你要保护我时，我才意识到，这些年来你无时无刻不在护着我，在我爸妈那里，你一直说我的好话；在小蔡老师那里，你一直笑着掩盖一切尴尬；在我最颓废时，你陪我不吃不喝傻坐了三天。我没有叫过你哥哥，可你比一个兄长让我更为安心，我怎么可能只把你当作哥哥呢?从那时候开始我不得不承认,我放不下你了。"

逸成一声不吭,把脸埋在逸雅的头发里,使劲揉着,逸雅说:"你干什么啊?好讨厌的。"

逸成说:"我当时就是傻,要是早知道你芳心暗许,我何必费那么大力气去超越那个人呢?那段时间我付出的代价可真大啊!"

是啊,要彻底超越一个人得付出多么大的代价呢?夺人之物必有强横的实力,而实力的培养必要长时间的蛰伏,然而,徐逸成并不能这么做,此时的他已经没法低调行事了。从此,徐逸成除了打球以外,其他时间都在学习,不得不承认,逸成同学确乎是天赋异禀,他用那一年余下的时间把初中所有的课程全部自学了,而且几乎做遍了书店里在卖的所有试卷。

初二结束的时候,他顺利杀入校前十,离把"中山狼"拉下马只有一步之遥,但这似乎也是可望而不即的,唯有位居高位之人才能明白在那样的位置上更进一步有多么难。

那年暑假,徐逸成很少出门,甚至连楚逸雅都没有见过他几面。这样的逸成让逸雅感到陌生和恐惧,她不知道一个成天嬉皮笑脸的人突然认真到这种程度是不是精神上出了问题。直到有一天,徐逸成居然站在楼顶,看着夕阳西下,任晚风吹尽所有郁结于心的隐忧。

不明真相的逸雅害怕极了,他以为逸成要从那六层的小楼上一跃而下,她蹑手蹑脚地走到逸成背后,一把抱住了他的腰。此时的逸成已经比逸雅高了太多,再也不是那个可以被她一把揪住耳朵的人了,然而高大的逸成还是被吓了一跳,他低头看到死死卡在他腹部的手，立马就知道是谁了。

他说："楚逸雅，你是要吓死我吗？谋杀亲夫啊。"

逸雅颤声说："你不要跳下去好吗？"

"我干嘛要跳下去，我只是出来透透气，你的笑话一点也不好笑。"

逸雅听到他这么说，哇的一声就哭了出来，逸成转过身去，把逸雅揽在怀里，猛然间才发现，自己的身高在这个暑假里蹿升了好大一截。他摸着逸雅的头发，说："别哭了，你看，西边的云彩都看得羞红了脸。"

他的笑话也不好笑，至少逸雅没有笑，她把脸贴在他胸口，泪水全部都擦在他的 T 恤上。他们仿若又看到了儿时的岁月，麦堆旁的那两个小小儿童，惊鸿一瞥间居然就到了有各自心事的年纪。

逸雅涩涩地说："逸成，咱不要和那个人争了，好吗？你还是像原来一样吧，我都快不认识你了。"

逸成笑着说："你知道我今天为什么要上楼顶吗？"

逸雅摇了摇头，圆乎乎的脸还是没有离开他的胸膛，几乎算不上摇头，只是在他衣服上左右蹭了几下。

逸成说："一个人唯有站得足够高才能看清世界的全部，同样，学习上，唯有比别人学得更为高深，才能举重若轻。我自学了一部分高中的东西，从前有很多不理解的问题，如今豁然开朗。开学后我证明给你看。"

初三第一次考试，徐逸成出乎所有人的意料，拿下了第一，很多人不服气，一次第一算什么，有本事一整年拿第一。然而，徐逸成就是有这样的本事，那一年，他一直是第一。

从那个时候起,徐逸成开始被称为大哥,一直延续了好多年。后来,有人问他,曾经扬言要夺去钟善朗一切的他,为什么突然住手了,似乎除了拿下第一外,并没有做其他什么事情。

徐逸成说:"我并没有夺走他什么,那个第一也不是他的。"

那天在楼顶,逸成和逸雅都明白了对方的心思,那个人对他们来说,已经一点也不重要了,所以,干嘛还要和他较真呢?

徐逸成拿下第一名那天,他准备去找逸雅表白,突然间发现自己很害怕,原来这种事情比考第一名还难啊。

见到逸雅时,还没等他开口,逸雅就说:"你笑什么笑,不就是考了个第一么,有什么大不了的。鄙视你这样的暴发户。"

逸成顿时哑口无言,呆了半晌,他才说:"其实,我是想请你吃饭的。"

逸雅毫不客气地挑了一个菜价不菲的饭馆,点菜时也是毫不犹豫,不花自己的钱就是有底气啊。逸成默默盘算了一下自己的腰包,倒吸一口凉气,这妞真狠,铁了心要把自己吃穷。更让他崩溃的是,逸雅看着他苦瓜一样的脸,狡黠一笑,说:"老板,来一打啤酒。"

"不是吧,还要喝酒?"然后,他又讷声说:"我的钱可能不够了。"

"我知道,酒钱我出,但一定要喝,为了你人生中第一个第一名,我们,嗯,一醉方休。"

楚逸雅同学不愧是女中豪杰,喝酒的时候拧着眉头,一干而尽,然后说:"好难喝,好难喝!"

接着又是一杯。

13

逸成看得目瞪口呆,这丫头是怎么了?简直就像是有人欠她什么一样。

逸成赶紧按住她的手说:"雅雅,别喝那么多,会难受的。"

谁想到楚逸雅哇地一声就哭了出来,逸成一头雾水,不对啊,自己明明叫她"雅雅"的,说的字正腔圆,完全不可能和"丫丫"混音的。他问逸雅说:"怎么了,你干嘛哭了啊?"

"人家就是想哭,突然就很难受。"

后来发生的事多次证明,逸雅的酒品实在糟糕,她每次见了酒就馋得要死,喝几口之后就要哭,简直就是条件反射嘛。

逸成趁着酒劲终于还是表白了,逸雅立马就跳了起来,大声说:"不行,我才不能喜欢你呢。"

逸成赶紧捂住她的嘴,还好四下里并没有人注意到他们,逸雅却在他怀里挣扎不已,显然还要说些什么。最后逸雅干脆咬了他一口,疼得他嗷嗷直叫。

"那天在楼顶上不是这反应啊,怎么说翻脸就翻脸呢?"

"你要是再敢提那天楼顶的事,信不信我……"

"你会揪下我耳朵的,我知道。"

"我,我,我咬断你的手。"

"不就是要了你初吻么,我的也是初吻好吗?你该咬下我的嘴,咬手是几个意思啊?"

"还说,你还说!"逸雅急得直掐逸成,逸成同学再次嗷嗷乱叫,终于让邻桌的一对夫妇侧目不已。那对夫妇还带了一个小女孩,小丫头对这边的事情非常好奇,估计是妈妈终于看不下去了,说道:"小丫乖啊,别看他们,他们是傻子。"

逸成听到后，那叫一个汗颜呐，扑哧一声笑了出来，然后又疼得"嘶……"的一声，吸了一口凉气。

回家的路上，逸雅果然醉得认不得路了，见了门就要进去，逸成同学连拉带拽，几乎是半拖着，才把逸雅弄回家。

逸雅说："逸成哥哥，我们要不也打个赌吧？"

逸成说："赌什么？"

逸雅说："我也要把我的第一夺回来，等我超过你的时候，我们就在一起，怎么样？不过说好了啊，你不许故意让我，不然我就再也不理你了。"

逸成说："好，我答应你。"

第二天，逸成说："雅雅，你知道吗，你昨天叫我逸成哥哥，哈哈哈哈，笑死我了。哈哈哈哈……嗷……疼啊……疼！"

"不可能，我才不会叫你哥哥的。"

"你刚才不是又叫了吗？哎，别打我，我再也不瞎说了。"

自从他们两个打赌之日起，逸成果然长时间霸占着第一，逸雅也在一直进步着。高中的时候，他们居然再次被分到了同一个班里，在那里他们遇到了另一个疯子，康加年。于是，逸成独孤求败，还是大哥，康加年死死追赶，却始终是千年老二，逸雅同学长时间霸占着第三，却是很难更近一步，所以大家都叫她"三姐"。

班里的人都很是好奇，大哥和三姐到底在较什么劲啊？只要大哥稍微放点水，他们不就可以在一起了吗？犯得着那么别扭么？

某知情人士听说后，笑了笑说："他们两个虽然名义上不算情侣，可是，你们看，他们早就是情侣了，只不过人家玩的游戏和咱们不一样罢了。"

高二下学期的一次考试，逸成做错了一道分值很大的题目，康加年这货居然也做错了，于是逸雅成了新科"得分王"。这可是一件大事，全班的同学都在等待发生点什么，然而，事情并没有像大家想象中的发展，他们似乎并没有突然如漆如胶，似乎对于这次名次的变化并不在乎。楚逸雅不在乎，徐逸成不在乎，甚至康加年也不在乎。

其实，大家不知道的是，那天放学，逸雅说："走，逸成，请我吃饭。"

"你不是又想喝酒了吧？"

"才没有呢！"看着逸成一脸不相信的表情，她说："就喝一丢丢好吗？"

在逸雅烂醉如泥的时候，逸成给康加年发了一个短信，说："谢了，哥们，没想到你也会故意把那道题做错。"

然后他轻轻吻了一下逸雅，悄悄说："真不容易啊，没想到这个赌约用了三年才有结果，虽然我们都知会是这个结果，路还很远，我们道阻且长。"

行走在城市中的手艺人

文 / 青桥

她像极了一名医生，左手拿梳右手拿刀，拈起一小戳头发在胸前比划。恰到好处将梳子倒插进发中，"咔咔"几刀，只见发丝飘散于地，用毛刷飞速在脖颈、脸颊两旁轻快拂过，将围布从后脑勺解开，在客人身前一抖，一个成型的头就算完成了。

往上梅林地区中康南路的入口走，你时常会看见这样一幕：一群人沿街而坐，男女老少不一，或驾着自行车，或手持蒲扇。他们在耐心地等待着，像即将走进演播厅欣赏名家音乐会的观众，一个个怀着激动且忐忑的心情排队、等位。

在左侧的绿化带里，有一条石板铺成的道儿，不长，大概两三米就到头，背后是一排乳胶漆刷过的矮墙，墙漆早已经日晒雨淋脱落地不成形状，透出了大片的黑。矮墙两面生长着高低不一的行道树,有的盖过了人的头顶,正好挡住东面升起来的太阳;有的与人一般高,低头还能看见新发出来的芽儿。

深圳的生活节奏很快,街上行人往往神色慌张,步履匆匆,很难有人发现这条小道儿上每天发生的故事。

这是刘虹来到深圳的第四个年头,当我在约好的时间来到中康路时,她已经收拾好东西,左肩挂着一个旧塑料箱子,右手拿着一根折叠板凳,身边跟着一个约莫五十岁的老头,推着自行车。

看着他们后面的城管,我想今天的工作或许只能歇菜了。上前问道:"刘姐,今天就回家了?"她笑笑,带着我和老头径直走进旁边小区的花园。凉亭下有一个板凳,她让老头坐在板凳上,打开石阶上的箱子,依次取出家伙来:一件工作服、一条围布、一面镜子、一把电推子、一个塑料梳子。就这样,手边的活又能继续干下去了。

中康路的那条小道儿是刘姐每天工作的地方,露天、透明、随时可移动。这不,近几天市里有领导检查,城管就上街例行公事。凉亭算是一个避难所,每当有活没干完又不得不离开时,她会带着顾客来到这里,忙完以后将头发打扫干净了才走。

2011年,刘虹和她老公从山西老家来到深圳。她老公做电子生意,她也开始在一家理发店打工,虽然有着十多年的理发经验,但面对深圳顾客的需求,她着实傻眼了。"什么鸡冠头、子弹头啊,以前都不会,连听也没听过。后来跟着其他店员弄,也慢慢学会了。"在山西老家,刘虹开了几年的理发店,她说:"在老家剪头不行,老家人眼光不同,几块钱剪短就行。这边的人呐,要求的是漂亮!"

半年后,理发店关门刘虹失业,而她老公生意也亏到负债累累。此时刘虹的身边已经有一个四岁大的儿子,老家有一个十岁大的女儿。她老公脾气不好,经常在外面喝酒闹事,有时和人起争执,免不了一顿打。在这样的生活状态下,刘虹萌生出上街理发的念头。

在她很小的时候,村里有一种叫"剃头匠"的人,每天担着剃头挑子,一头放着板凳,另一头放着剃头工具,就这样走街串巷地喊着:"剃头咯,有剃头的么……"虽然现代社会不能叫卖,但她还是想尝试像过去那样干。目前面临最实际的问题是,再不出去干活也就意味着必须回老家,但这并不是她想要的结果。

她惊奇地发现,在离家一公里的地方,有一块宝地儿,既临街还不挡道,此后便决定开始另一种生活。

第一天干活,刘虹在矮墙上挂了一个小木牌,上面用黑漆竖直写着"理发五元",她回忆道:"刚开始去外面剪,我觉得挺不好意思,觉得很尴尬。特别担心没人愿意来。很幸运呐,第一天剪了二十个头,就赚了一百块钱。"她边说边抿嘴笑,欢快得像个孩子。2012年的深圳,五元就能理发那可是相当便宜,来的人多了,刘虹的生意也渐渐开始做上路了。

两三年间,她将理发价格由五元调到八元,再到现在的十元。很多老顾客不满意,抱怨到涨工资的速度还没跟上来,这剪头发的价格倒是蹭蹭蹭地上去了。有人剪着剪着便不再来,当被问到是否担心顾客流失时,她是这样回答的:"来剪五元的可能是图便宜,涨到八元还来的是认可我的手艺。涨到十元依旧来的,他们告诉我那是因为值得滴!"她眉宇间多了几分坚韧和肯定,旁边理发的老头接着说:"可不是嘛,你看我这么远的路,还骑自行车来找她剪,比理发店的那些小崽子手艺好多啦!"

老主顾是念旧的,想来有一些担忧就变得多余了。刘虹的生意越做越响亮,整个上梅林地区周边的住户,大多认识这位"女剃头匠"。时不时还有开跑车停路边来剪头的人,年长的人叫她"小刘",年轻的人称她"刘姐",机缘巧合般通过一位顾客介绍,刘虹的老公找到一份小区保安的工作,现在每月也能有两千块的收入。

在刘虹的眼中,这条小道儿上没有上帝和奴隶,每一位顾客都是朋友。她所真诚对待的朋友中。有一个有趣的书法家朋友,送给她一副字画,还自诩道他死后这些东西就值钱了!

当刘虹将心比心的同时,自然不是所有人都愿意领会。遇上挑刺儿的顾客,她选择默不作声,有些人第一次来,自然需要熟悉头型,剪坏的情况当然有,既无法避免,也无可奈何。

谈到同行,她知道有许多"剃头匠"师傅在天桥下摆摊,大部分人为了图赚快钱只求数量不求质量,这和她的初衷是相悖的。"剪头发,不光只是剪,我觉得它更像一门艺术。有些人为了赚钱,但我不止是为了赚钱啊。"她一本正经地说道,"我剪头发就老感觉跟画画似的,它是一件必须要有悟性和灵感才能完成的事。有的人头型不好,一边高啊,一边低的,这时候就需要悟性了。时间长了,就能学会如何把这个头型剪得更漂亮,并且还不能让他人看到这个缺点。这就像搞艺术,搞好了我感到特别自豪!"

现在刘虹一家的收入也算基本稳定,但她想过了,以后自己还得在深圳开店。这样说可能有些天方夜谭,但最艰苦的时间都过了,她相信一切都会变美好。虽然偶尔被城管赶,暴雨天不能摆摊，全家挤在不足二十平的房间里，每月还得承受着一块一毛一度的电费，但这些，丝毫影响不了眼前这位笑起来像朵花一样的三十多岁的女人。

这几年的烈阳暴晒，让刘虹早已变得皮肤黝黑、毛孔粗大，经常有顾客无意间问："小刘啊，今年四十几啦？"她故意赌气道："人家也是八零后好不好！"

三年的时间，她行走在深圳街头，靠着一份手艺，养活了一家子人。公公在深圳带儿子，婆婆在乡下带女儿，讲到坚持下来的理由，她清楚明白地说："是孩子！"她希望有一天能把女儿接到这座充满活力的城市来，让她接受到更好的教育、更好的资源，并且做一个有用的人。说着她的眼圈开始有些泛红，眼睛盯着出租房所在的那栋大楼。

那是一栋临街、没有电梯，两侧入口标着大红舞厅招牌的楼。楼底是卖场，楼上有着大大小小的娱乐场所。他们每天准点在楼道做饭，在公厕解手，我仿佛看到那个忙碌的女人，卸下一整天的疲惫，不到十点就躺在上下铺的床上安然入睡。

在每一座充满故事和内容的城市里，你能随处可见行走在大街上的手艺人，他们简单地专注在生活这一个目标上，心无杂念，不断挣扎却又充满希望。他们隐藏在这片钢筋混凝土的森林中，各自安守本分，在粗糙的生活里探寻本真，在不和谐中创造着和谐，像你，像我一样。

记忆中的地方

文 / 陈奕翰

在记忆中，小时候搬过许多次家，房子自然是越搬越大。每一次搬都会比原来的房子宽一点。搬前的头一天晚上，通常都会兴奋得睡不着，在床上滚来滚去一直到天亮。

搬过很多次家的缘故，光是小学就已经换过好多所学校。每次搬家虽然会让我兴奋，但一搬家就要告别同学，面对新的学校、新的同学、新的老师，告别同学这总会让我伤心很久。

三岁以前我是住在很老的瓦房里，里面有个辽阔的庭院，旁边有好几户人家，都是我们亲戚。爷爷、奶奶、小叔、二叔、姑姑他们都住在那，后来大家一个个搬离了，如今那房子已经没人了，再回到那里，发现如今已破旧得不成样子，房顶上甚至还长了不少杂草。

那时我才一岁不到，因此在老家的记忆基本上已经没有任何印象了，后来是从母亲口中听说的。

母亲在怀上我时，老姐两岁。父亲每日都要去上班，因此家里就只剩下母亲，还要同时照顾那个未懂事的姐姐。当时家里穷并没有钱请保姆，因此即使母亲怀孕了，家务依然要自己来做。

奶奶就住在旁边，但依然很少过来帮忙。奶奶打从妈妈嫁给爸爸起，就跟母亲合不来。时常动不动就训斥妈妈，这里不好那里不行。即使那时母亲怀孕，奶奶也依然很少过来帮忙。

当你喜欢一个人的时候即使对方做得不好，你依然会为对方辩解；当你不喜欢一个人的时候，即使对方做得再好，你都会鸡蛋里挑骨头。

奶奶不喜欢妈妈的原因就只有几点，妈妈不太会讲话，最主要的是没读过书。

奶奶跟妈妈的关系至今都不好，小时候每次半夜听到爸妈吵架，原因永远都是因为奶奶。

在妈妈怀孕的那阶段，家里的全部家务依然都要由妈妈来做。忙来忙去，差点流产。用妈妈现在的话来讲，当时我差点就没了。

但后来母亲还是没有流产，再后来我就出生了，出生于1995年6月18日。

我出生后又哭又闹，白天妈妈一人同时要照顾姐姐跟我两个，更加辛苦。

我大约两岁多搬离了那里，新家离原来住的地方其实不远，大约二十分钟的路程而已。那时候还太小没有什么记忆，但到了三岁后，就开始逐渐有些记忆了。

我记得新家的小巷子很窄很窄，窄到房子跟房子之间，几乎就要碰在一起。我们当时住的是二层楼房，住二楼，楼下刚好住着老爸的一个高中同学，因此老爸时常有事没事地会跑去串门。刚搬过来我很兴奋，房顶还有个放杂物的小空间，这一点让我最兴奋。我从外面仰着头望向里面，"洞口"是正方形的，里面黑乎乎的。我立刻断定里面肯定有只妖怪，于是我拉来了隔壁的哥哥，帮忙拿梯子，好让我爬上去看看，但每次都被妈妈揪着耳朵，骂上一顿。

但其实就我一人的话，也不敢进去。

后来在新家我交到了不少好朋友，除了跟我最要好的小豆外，还有竹竿、小胖。

竹竿之所以叫竹竿，是因为他真的很瘦。小胖很明显是因为很胖的缘故，所以被叫小胖。小豆则是因为很矮，让我感觉很小。但他们似乎都比我大，这让我十分不服气，小豆是女生比我大两岁，竹竿比我大一岁，小胖岁数跟我一样，但比我大两个月，我最小。但最矮的人不是我，是小豆，这可能因为她是女生。

小胖零用钱最多，所以每次都会请我吃糖，也是因为他请我吃糖认识的。没隔几天他就会去固定的那家店买零食，不知道小胖哪来这么多零钱，我时常怀疑他胖，是吃零食吃出来的。

卖零食的那家店面很小，就两个窗户大小，上面摆着各种各样的零食。老板是一位很吝啬的老伯，所有小孩都叫他田伯。每当买东西叫他多给个袋子时，田伯总会摇摇头说，不给，浪费。

至于竹竿，他家玩具很多，去竹竿家多半是为了玩他家玩具。

我跟小豆最要好，这可能是因为小豆是女生的关系，我最愿意跟她玩。

小豆时常会牵着我到她家玩，我也时常把她拉到家里。一到家我便会指着天花板上那个"洞口"说:"小豆,你知道吗?洞口里面有怪物。"

小豆说:"骗人!有怪物你还住这。"

我眼睛睁得大大地说:"是真的,特别是到了晚上,那怪物就会在天花板上走动,天花板就会被它走得咚咚响。"

小豆开始有些害怕了,抓着我说:"你别吓我!"

其实那时候我指的怪物,是天花板上的老鼠而已,到了晚上它们在上面,会很猖狂地到处乱跑。

我继续兴奋地说:"要不要上去看看。"

我想拉小豆去拿梯子上去,但小豆使劲摇头,就是不肯上去。

小豆拉着我说:"你也不能上去,会摔下来的,你要是敢上去我告诉你妈妈。"

小豆又摆出了一副姐姐的样子,被她这么一威胁我立刻停下来了。

但我没有就此放弃。

看来这种事情得叫男生,于是我跑过去找小胖。我对小胖说:"走吧!来我家。"

小胖狐疑地问:"去你家干嘛?"

我拉着他说:"去了你就知道了。"

谁知道,看小胖体重不轻,胆子却不大,一听怪物马上溜了。

我想叫竹竿,但回头一想,他那么瘦还是算了,于是决定一人拿梯子上去,但又不敢。

之后无数个夜晚里,我无数次地在脑海里想象,里面是怎么样的,放着什么东西,有多宽,到底有没有怪物。

小时候我一直认为，那里面一定有怪物，虽然妈妈说，没怪物，只是有几只老鼠罢了。但我就是不信，一直想去探个究竟，看看那怪物长啥样。

一等再等，等到再次搬家时，我都没能上去那个神秘的洞口，因此至今都不清楚上面究竟是咋样的。

只知道仰头望去，里面是一片漆黑的；只知道里面说不定，有只龇牙咧嘴的怪物；只知道说不定还有其他的什么，小生物在里面。

但这些只知道，说不定。恐怕只有在我们小的时候，才会去幻想了。

黑猫啊黑猫

文 / 恩戴米恩的月亮

2007 年 7月11日，黑猫第二次离家出走，至今没有回来。或许它已经死了，也可能在某个地方垂垂老矣地活着。我养了它三年，却足足怀念了八年，每年夏天，我都要默默地回忆黑猫与我的故事。**我一再安慰自己，猫是一种养不熟的动物，就算相处的时候它对你俨然像条足够忠诚的狗，你却不得不承认它就是一只忘恩负义的杂种黑猫。**

2004 年的夏天，妈妈抱回家一只脏兮兮的小猫，用绳子把它拴在了门边，小猫迅速躲进煤炉与墙角的缝隙里，警惕地不准任何物体靠近，来什么挠什么，弓着背嘶哈地吐着怒气。妈妈端来一盆热水，拽着绳子把黑猫拉出来，放在水里便是一阵揉搓，黑猫抗拒了两下，竟悠然地闭上了眼，一声不吭地任人肆意摆弄，我在旁边惊讶地叹气："这东西上辈子不会是一只狗吧！"洗干净之后的小猫像一只大老鼠，妈妈只用毛巾稍微清理一下便放开了它，洁癖的猫科动物这时也顾不得警觉四周，逮住一片阳光地儿便把自己从头到尾舔了好几遍。纯黑色的身体配备了四只小白爪，一撮小白胡，晾干毛发后的小东西竟然这么好看，在田园猫类群中，这可算得上一只天生有风度的绅士猫。

  黑猫在我家站稳脚跟是从一次战功之后开始的。有天院里邻居来借我家黑猫逮鼠，黑猫还小，从没实战过，虽然把它锁在邻居家杂货间之前我给它解释了很久有的没的，但离开后还是放心不下，黑猫会不会和老鼠称兄道弟啊，会不会被邻居嘲笑黑猫算不上好猫啊，会不会一直喵叫让人厌恶啊，这让我担心了一整晚。第二天，邻居叫我去接猫，黑猫藏起来了，邻居怎么叫都不出来，我小心地问黑猫有没有逮到鼠，邻居开心地说逮到了，杂货间好几摊老鼠尸体。摊？我疑惑着站在了杂货间门口，试探着叫了黑猫的名字，黑猫叫了一声回应我，我蹲下身，又唤了黑猫一声，过了一会儿，黑猫从柜子底下慢悠悠地走到我脚边，我一把抱起黑猫，摸了摸它的肚子，呵！圆滚滚的。邻居又开心又恶心地打扫着房间，我抱着黑猫回了家。

  "来，告诉我，你逮到几只老鼠！"

  "喵……"

  "你才多大呀你就知道猫是逮老鼠的！"

  "喵……"

  "你肚子这么鼓，你是便秘了么？"

  "喵……"

  突然，黑猫挣脱我的怀抱，在院子里左摇右摆地晃来晃去，两分钟后，黑猫吐了三回，我顿时明白了邻居为什么用"摊"来形容鼠尸。我尖叫着奔出院子，叫妈妈来收拾了残局。黑猫却舒舒服服地躺在门框旁边晒起太阳，这回之后，黑猫恶心坏了我，我却宠爱起了它。

那时我和弟弟每晚临睡前都会喝一袋纯牛奶，有了黑猫之后，我们总冒用出门扔垃圾的借口把残留的一点牛奶倒在小盘子里。第一次呼唤黑猫，它还不懂什么意思，我钳着脖子把它摁在盘子里，它晃着头呜呜地叫，不小心尝到了嘴边的牛奶，黑猫愣了一下，随后不再挣扎，恨不得整只猫都趴进盘子里，舔完了剩下的牛奶，还"喵喵"叫着再要，我拍拍它的头，功成身退。

第二天，同样的时间，同样的呼唤，黑猫"嗖"地从角落里奔过来，吧唧吧唧舔完当天的牛奶，可能记恨第一天我对它的粗暴，黑猫也没表示感谢，自顾自的回到原处躺下了。次数多了，爸妈自然发现了，好在黑猫喝的牛奶不多，爸妈默认了这顿加餐，再之后我们喂黑猫牛奶就成了正大光明的事。黑猫也渐渐地因此练就了猫生第一项闲杂技能——长时间站立。偶然一天小盘子丢了，这时候黑猫已经形成了条件反射，看到我手里有袋子就开始踱着步子来回走，最后没办法只能凑着袋子缺口喝，黑猫仰着头接住一滴滴落下的牛奶，脖子越伸越长，猫头越仰越高，发展到最后，前爪离开了地面，上身直力了起来，猫爪抱住了奶袋，嘴巴含住了袋口，黑猫开始像人一样喝袋装牛奶了！一段时间后，黑猫能够长时间地站立起来了，不管是喝牛奶、抓毛线，还是像猫鼬一样站在杂草丛里观察麻雀落下的地方。后来听说有的猫喝牛奶是会生病的，可黑猫喝了三年的牛奶，一个小感冒都没得过，真是一只贱猫啊。

2006年的夏天，黑猫突然不见了，那时黑猫已经可以自己觅食自己玩耍，也不需要被牵着脖子认家门。黑猫白天卧在阳台睡觉，晚上出去疯跑，早晨五点半准时挠门叫我起床。我们的相处模式很微妙，它从不认为它是属于我们的，我家只是它可以翻着肚皮睡大觉的安全站。它身体健壮，有时会看到它和别的猫打架留下的伤痕，它只会一声不吭地独自舔着伤口，我问它疼不疼，它当我神经病。所以连着两天看不到它，我也并不觉得奇怪，它惯有的轻蔑眼神让我明白，等它玩够了，就会回来。

在漫长的等待和落空中，直到第七天，黑猫终于回来了。早上我正要出门，却敏感地听到很远传来凄厉的喵叫声，直到现在我都忘不掉当时的一幕：黑猫从百米之外像火箭炮似地飞奔过来，呼哧呼哧地冲到我脚边，我还没来得及高兴地抱它转圈，黑猫却着急地边叫唤边背身，高高地撅起屁股……那是我第一次觉得粘蝇板也可以有其他用途，黑猫的屁股上结结实实地糊着一块粘蝇板，不能撒尿也不能排便，我毫不留情地笑话它，笑得肚子痛。

"黑猫啊黑猫，你再跑啊，你别回来啊！"

"喵……"

"你不是翅膀硬了么，长这么壮，可以不需要我了么！"

"喵……"

"黑猫啊，你还是知道的，我习惯了可以每天看到你。"

"喵……"

黑猫乖乖趴在我腿上，我拿起剪刀顺着板子剪下一片猫毛，黑猫一声不吭地看着地面，我边剪边安慰它："算你走运啊小子，生来就是长毛，就算剪了这么大截，还是那么英俊潇洒，哈哈哈！"

它低声呜呜地回应，蹲一边儿舔屁股去了。

这之后，黑猫和我的关系又回到了原来，它又开始白天呼呼睡觉，晚上出去疯跑，早晨挠门叫我起床，就好像它从没试图离开过，也没失败地回来过。黑猫从巴掌大的瘦弱长到卧当门槛的肥硕，我越来越习惯生活里有这么一坨猫。

2007年夏天，共处三年后，黑猫几乎成了我家第三个孩子，爸妈对它也是宠爱有加，吵骂不断，就像对我和弟弟一样。我们忘了它是一只猫，一只爱吃鱼的猫，也是一只离家出走过的猫。

三岁的黑猫正是身手矫健的年龄，挂在房梁上的鲤鱼再高都逃不过它的猫爪。那天爸爸正好撞见得逞的黑猫把鱼拖到床底下，一时生气不已，一扫帚把黑猫打了出来，上去就是一脚，黑猫飞出两米远摔在地上，呜呜地低声哀嚎，我赶紧出来护猫，挡住爸爸让黑猫从墙头上跑了。当天夜里，黑猫又回来了，一下下地挠我房间的纱窗，我听到动静打开灯，看到黑猫端坐在窗台上，我把它放进屋里，喂了它当天留下的牛奶，它卧在我脚边安稳地睡着了。早上天还没亮，黑猫叫醒我，站在门边表示要出去，我迷迷糊糊地打开门，就像之前很多次一样机械地打开门让它跑走。

当天我们一家出门走亲戚，没有给它留食物也没唤它回家，我记得我坐在车子后座，看到远处草丛里探出头来的黑猫，可它没有在看我。

我没想到，那是我最后一次见到黑猫。

天黑后回到家，黑猫没有来挠门。第二天早晨，黑猫没有按时叫我起床，我隐隐地不安，黑猫可能不会再回来了，它受了那么大的火气，又一天没见到我们，它肯定不会回来了。我埋怨爸爸那天打黑猫太狠，只是一条鱼而已，猫爱吃鱼怎么了，你可以重新买条鱼，可我只有一只猫啊！我后悔早上轻而易举地放黑猫出门，它刚受了委屈，我怎么能还没好好安慰它，就莫名其妙地放它走了啊！

黑猫啊黑猫，算我先不仁，不怪你不义。

一下子失宠的我好几天都恍恍惚惚，当天就以泪洗面帮每个家庭成员反思了一遍，爸妈说只要黑猫能回来，一定好好待它。可我们总是在失去之后才觉得珍贵，也总是在不经意失去之后再也得不到。黑猫第二次离家出走后没有再回来，我的生活里再也没有一只高冷的黑猫不屑我绞尽脑汁的挑逗，也不会有一只温暖的黑猫在我委屈难过的时候卧在我身边咕咕安慰，更没有一只贪玩的黑猫满屋子追着毛线团上蹿下跳。我每天站在院落门口四处张望，总希望在不经意的一瞬间瞥见在草丛和我玩捉迷藏的黑猫。

可是黑猫啊黑猫，你一定是攒了很久的怨气才又慎重地出走，你从我眼前跑走的那刻就决定了再也不要回来。

黑猫啊黑猫。

你走以后的第一年夏天我重温了关于你的很多回忆，我觉得就算以后我再养猫赎罪，也遇不到像你一样的好猫了。

你走以后的第二年夏天我遇到了一只小黄猫，它没你聪明但还算不傻，可是后来被自行车撞死了。

你走以后的第三年夏天我遇到了一只小黑狗，它没你生命力旺盛但求生欲还算很强，可是后来它喝牛奶拉肚子泄死了。

你走以后的第四年夏天，我决定不再养宠物，把你当作我的第一只也是最后一只猫，虽然你从未屈服于我。

这是你走以后的第八年夏天，你原来晒太阳的院落不再有我的身影,你原来藏身的草丛早已盖上楼房,你原来冲刺的跑道尽头已立起一堵高墙。就算你有心再回到童年这地方,也看不到当初熟悉的景象了。

可是黑猫你到底是仍安稳地活着么,还是早已幽怨地死去。

回家

文 / 突突 2.0

车子摇摇晃晃抵达家乡的小镇已是接近下午五点了，天有点闷热，偶尔才有几丝夹着初夏余热的风吹过。我交过车费钱，缓缓地下车，朝着家的方向走着。路旁的摩的司机问我要不要租车，我没有回头，只是向他摆一摆手，算是拒绝了他。这次回家是为了祖母的生日，父亲也从遥远的海滨城市赶回来了，虽然在外地，因为各种事情，并没有太多时间想家。但对于长辈的重要日子，作为后辈的我们还是记在心里的。

其实，很早就想回来了，走在河边的小路上，我就这么想着，前段时间一直想着回来看一看遍布田野的油菜花，可是却找不到什么正当的理由回来，便作罢。翻阅着记忆里放眼望去的一片片金黄色，像太阳一样温暖夺目，像梵高的画一样妖冶绚烂。读初中那会儿放学回家，老喜欢走在这条小路上，茂盛的油菜花甚至盖过头顶，淡淡的香味直扑鼻间，趁着没人，我会躲到油菜田里，慢慢地行走。可现在，油菜已完全熟透，有些田里的油菜已被收获，秸秆高高地堆在田间，像是小山坡。我走着路，觉得有些遗憾。

回到村子里，就被告知父亲已和哥哥去外祖母家了。是正在田间劳作的老人告诉我的，远远地叫着我的名字，然后说我爸昨天到的家，今早便去了岳母家了。接着又问我是否是为了祖母的生日而回，我说是，她便自顾自的笑着说好。我不再说话，匆匆走着。

远远看到正在督察装修宅子的婶子，正打着招呼，祖母便从那边的菜园里冒出来，见过我，便领着我去到厨房，为我张罗饭菜。狼吞虎咽的闲暇里，听着祖母唠叨，已记不清梗概，大致是叔父一家装修房子的大事小事。问她父亲和哥哥何时从那边回来，祖母说父亲一大早便会回来，而哥哥却要晚点，因为他老婆的一位亲戚明天过寿。我诺诺地答应着，我老是忘记哥哥也是快要成家室的人了，总是以为他和我一样，对着成长里的小事物还是念念不忘。哥哥的对象是比我还要小两岁的女孩，通过介绍，他们已经交往一年多了，计划着下半年或是明年成婚。想着当初哥哥对相亲强硬的抵制态度和即将要喝到的这碗喜酒，不禁觉得时间真的是个奇妙的东西。

天渐渐黑了，一个人回到家里，打开电视，只是想在寂静的屋子里制造一点声响。茶几上摆放着纸箱和袋子，这些痕迹证实父亲已回过家。取出曾经看过的书，信手翻阅着，心思胡乱地飘荡。其实是一本初中时买过的作文书，但却并不是什么大众意义上的应试作文书，更像是一本杂文散文集，是它令我认识了柏杨、王朔、许知远等知名作家。我看着那些熟悉的文字，似乎看到了曾经混和着这些文字而流淌过的心事。其实每次回家都会有意或无意地去翻看，好像习惯了一般，因为面对老书时，我心底总会莫名地升腾出一种感动的温暖来，说不清道不明，但她却真实地存在着。透过窗户，可以看到漫天的繁星，小时候，大人都说那是会发光的箱子。电视里播放着平日里爱看的娱乐节目，抖着各式各样的包袱，笑声四起，我却只是觉得屋子异常的安静，身旁摆放着几张椅子，堆着各种柜子杂物的屋子里竟然也让我觉得空空如也。

第二天，因为起得晚，已然忘了前一天夜里答应祖母要和她一起去赶集。婶子依然为装修房子的事忙碌着，村子里一如既往的安静，我吃过早饭后，只好再次回到自己家里看电视和看书。时间一点点的过去，见到了父亲，见到了表哥，中饭时，四爷也来凑热闹，和装修师傅们说起一些旧事，也谈论到了祖父。坐在旁边矮凳子上的我，突然想起了，四爷去年说过的一句话，"大哥死了，二哥也死了，三哥也死了，接下来便轮到我了吧。"我拿着手机拍摄着餐桌上的谈笑风生，看着因为喝了点酒而红光满面的四爷，心中又忽地腾出一片温暖。下午，又见到了哥哥、嫂子、叔父、伯母他们。家里开始闹腾起来，我又突然想起，远在天边的母亲，此刻该是怎么样的情景，下班之余，应该只是一个人看看电视，或是在电脑上简单的玩玩牌吧。

第三天，因为父亲念叨着十余年没有到村子上去走走了，吃过早饭，在阳台上站了一小会，便和爸爸慢慢地走在山间的小路上，天阴阴的，四处异常的安静，鸟叫声和水流声都显得稀少，我看到路旁生长着小时候常吃的小果子，便去摘着吃，父亲手持相机胡乱地拍着风景。有时候拍拍我，也叫我去拍拍他。我递给他果子，他只是随意地捡了一颗。父亲是在我11岁左右离乡打工的，到如今已是九年了。起初做的工作是门卫,一天到晚只是坐着,能做伴的只是几份固定的报纸。这对于当时只有三十多岁的父亲来说,是极其痛苦的,可是,他仍然坚持了下来。这一坚持,便是将近十年,而且还将一如既往下去,父亲计划是做到六十岁,那么还有十几年。我们继续漫无目的地走着,像是两个外地而来的游客一样,我们似乎从未如此用心地欣赏着这早已司空见惯的风景。群山环抱着湖泊,湖泊像是一面镜子一样清澈,倒映着所有的景色。像蜘蛛一样的小生物潇洒自如地在湖面上滑行,所到之处,荡起轻微的涟漪,煞是好看。

父亲碰到久违的老朋友和老同学,只是简单地说着十几年不见了,对方恭维父亲说是大老板,父亲只是尴尬地笑笑,相对于他们满身泥污的装束,父亲的穿着较之老板有过之而无不及。父亲问对方的老父亲是否健在?对方只是淡淡地说,已过世好多年了;老母亲呢?也过世了;你叔叔呢?也过世了。父亲不再说什么,向他和另一个老乡赠着香烟,旁边一个像疯子一样的妇女喃喃地大声说着含糊不清的话语,仔细听时,像是在说,你爸爸姓付,你也姓付,你儿子也姓付……然后自顾自地疯笑。大家都没有理她,心里却听清了她的话。我忽然想到她的存在,好像电影《阳光灿烂的日子》里总是说着"古伦木,欧巴"的傻子,和电影《天堂电影院》里总是说着"广场是我的"的流浪汉一样。他们的存在或许显得不伦不类甚至有些荒唐和可笑,细细想时,她令我们生活中的苍凉和变迁袒露得不遗余力。我看着那位老乡正在盖的新房子和屋后不远处摇摇欲坠的土砖房屋,心里想着,时代更替,任何事物都将终被埋没的。唯一不变的,便是祖祖辈辈的我们都是姓付的这个事实,是这一条叫做亲情的纽带牵引着我们,在这个世上活着。后来回到家里,听祖母谈起,才知道她原是村里的妇女主任,当年哥哥和我都是她帮忙接生的。

因为哥哥打电话来催,也因为天空开始飘着细雨,我和父亲才打道回府。

回到家,见到外祖母、小表弟、伯父和一些不常来往的远房亲戚,早两天的安静一扫无余。我逗弄着高兴的孩子,和祖母虔诚地向先人祭拜。临开饭时,我接过在灶前烧火的祖母手中的火钳,催促她作为寿星,应赶紧入席才是。然后自己摆弄着柴禾,送入火膛。学过厨师的哥哥炒着菜,婶子和嫂子打着下手。我时常放下火钳,偶尔先尝一两块,然后小心翼翼地上菜,看到两桌上的亲人都其乐融融,谈笑风生,仿佛看到恬淡如水的亲情像空气一样流淌在房子里的各个角落,然后注入每一个人的胸膛,开出一朵美丽的花来。远房的亲戚问我是不是涛涛,我说是,他便说都这么大了,都不认识了。我不知道该说什么好,也不知道该称呼他什么,心中却有一种亲近感升腾出来。

吃过饭,大家便开始陆续散去。哥哥骑着摩托车送我到镇里去坐车。一转眼他便消失在路的尽头,说是还有其他人需要送,便不再耽搁。

我辗转地换着面包车、大巴、火车,离家乡又再一次远了。和朋友在网上说起,我又回家了这事,他便不住地羡慕,说我离得近多好,可以随时回家,可我却并不如此以为,**相反我对远方却一如既往地心生向往,因为我一直都知道,有个家在那儿等着,无论世事怎么变迁,无论我走到哪儿,温暖一直在那儿。**

一人食

文 / 少女绿妖

夏天应该是夜里躺在院子里数星星,流着汗在池塘里摸蝌蚪,不管男生女生都想光膀子的绵绵日子。夏天是窗外抓不住的那只蝉,跟童年一样。

晨起,八月份的白昼开始变短,五点多钟,天空还是有点悲观的灰色。比我先醒来的,是窗外一只停靠的蝉,大声发出疾呼,似乎要喊醒我的样子。我挣扎着爬起来关上窗,很奇怪,那只蝉没有飞走,而是静静地不发出声响。我落得一时清净。

八月五号立秋。从节气来说,现在已经是夏末秋初了,但我们仍然活在盛夏里。

夏天就像爬在我窗前,但我怎么努力也抓不住的蝉,跟童年一样。我不知道一个二十四五岁的人来回忆童年,会不会有些奇怪。有句话说时常想起过去的人,是因为现在过得不好。我却不这么觉得，我现在过得很好，过去过得也很好，只是会在某个瞬间就想到小时候的自己，那种感觉像是想起寄住在爸爸妈妈家的侄女一样，又亲密又觉得有距离。

记忆里的夏天，我们一家四口会坐在院子里，爸爸和哥哥会光着膀子，酣畅淋漓地洗把脸，抄起放在桌上的大西瓜，没有形象得开始乱啃，而我必须小心翼翼地吃，生怕西瓜汁溅到衣服上，让妈妈洗衣服的时候备受折磨。我问爸爸："我可不可以也光膀子，不穿上衣呢？"爸爸说："你是女孩子，不可以的呀，不过你现在是幼儿园，跟妈妈不一样，可以暂时脱掉。"我利落地脱掉上衣，只留了小裙子，跟爸爸、哥哥一起没有形象得乱啃西瓜。这样的日子，自幼儿园之后，再没有过。

星空总是最令人心驰神往的，小学的自然课老师姓严，是个严肃的老太太，但她每次都会冲我笑，在我心里她既严肃又和蔼。我在严老师的课上，知道了小熊星座、大熊星座、北斗七星、北极星，到现在只要是看得到星星的晚上，我都能明确地认出这些星座。我和家人也会在盛夏睡不着的夜晚，拿了凉席爬到房顶看星星，我跟他们讲什么是大熊星座，什么是小熊星座，妈妈在旁边帮我扇扇子，说我学得好，我说是严老师教得好。不过我听说严老师在几年前病逝了，而我自小学毕业后再没有见过她。我右手中指还有一个没洗干净的北斗星的纹身。

在广东上大学的时候，夜里总是很晚才返回宿舍，天空低垂，星星像是落在我眼前一样，有时候，我和同伴会在宿舍楼道里边喝啤酒边弹吉他唱歌，那时候觉得整栋楼都是熟人，一点不担心会被人砸酒瓶，大家亲切地打个照面，有时候会出来跟着哼几声，也看会星星。再晚一点,又会各自睡去。看见有同学返回学校,拍了很多照片,熟悉又陌生。熟悉的地方,映照的都是陌生人的脸。度过的四个夏天再也回不去了。

《还珠格格》播放的年代,我觉得我就是小燕子,上蹿下跳,与其说是小燕子,不如说是小猴子。现在还记得那时的大人好像给我起了个外号叫"申公豹",因为我太过调皮。调皮的个性,让我总是午后跟着男孩子们跑到山间,找小池塘,卷起裤腿,跟着他们捞蝌蚪。其实我怕极了蝌蚪,黑不溜秋的,难看极了。但为了证明我是人中龙凤,抓蝌蚪这种事儿也不能落于人后,奋力抓也比不过男生伙伴。那会的小伙伴,总会笑话我抓的少,然后我会泼水给他们,一场抓蝌蚪比赛最后总会演变成泼水节。拖着湿嗒嗒的衣服回家,虽然会被骂,但是心里是开心的,因为妈妈总是发现不了我背到身后的手里拿着满满一瓶子蝌蚪,就等着它们跟我一起长大,跟我的小伙伴们一起长大。后来我的小伙伴们长大了,我们也都失散了。再见面不过点头之交,至于泼水、抓蝌蚪,真希望就发生在昨天。

我很喜欢看知乎上朱炫回答的问题,他是这么来形容他期待的夏天的:

蝉鸣无止无休,温度三十五六。

敞亮的日光,透过大片鲜绿的树叶凶猛地穿透进来,小区里长满了旺盛青草,野蛮地向四面八方伸展,空出一小片露出泥土的地皮。

电风扇发出规律的嗡嗡声响,木地板上贴着皮肤那一层轻微的冰凉,翻到三分之一处的《科幻世界》,半块儿大西瓜挖空了瓜瓤。

世界在光明刺眼的色调里膨胀,炎热却并不躁烈的下午,小霸王还没来得及关,暑假作业还没来得及写,躺在地板上,睡得不想起,梦中二十年,自己成了科学家,手有两把剑,会使升龙决。

听说今晚要下雨。

最终,我被那只灰不溜秋的足球吵醒,汗津津的小伙伴们,喊我下楼。

"早点回来吃饭啊。"我妈笑着说。

这是我记忆中,二十多年前的一个夏季下午。

少年不识愁。

是呐,夏天就是我窗前抓不住的那只蝉,消逝了就是消逝了,跟童年一样,不可追。此刻有风吹来,我好想去海边。

我爸

文 /song f

从没写过我爸,是因为小时候的缘故。

我小时候嗓门儿大,一下生就哭得震天响。当时我妈的产房在六楼,护士说在一楼出口都能听到我的哭声,于是医生由此断定我一定是有某种疾病才得以至此。我爸就信了,决定把我扔掉让我自生自灭。

当年的西安南门儿外面还是一片菜地,那天下午我爸拿小包袱把我包裹好,就把我放在菜地里面,转身走开,就像从来没有生命来过一样。

幸亏我爸当年有几个勾肩搭背的基友,听闻此消息后吓得立刻开车去把我捡了回来,不过那都是第二天的事儿了。我到现在都不敢想象当时还没有意识的我是怎样在六月的暑大里度过那样一个难熬的夜晚,蚊虫叮咬和难耐的高温,我就那么静静地躺了一夜,或许我也哭了，那肯定是饿的。

我被捡回来之后我爸不但没有丝毫悔意，反而在我到家后的第二天下午就把我送去了儿童医院，跟护士说我有毛病，要住院。一住十四天。而此时刚刚经历过生死的我妈还躺在床上对我的事情一无所知，盼望着能早一点看到我。

我在医院住过十四天后被送回了我妈手里，后来我妈告诉我，我被送回去的时候就像是纸做的假娃娃，指甲和手指是半透明的，脑袋是偏的，因为长期卧床留下的褥疮布满了整个身体，连哭的时候都没声音。我妈说她彻底吓傻了，甚至不知道我能不能活到足月。

第一次听到这个故事是在5岁那一年的春节，1999年，爸爸的朋友也就是当时捡我回来的叔叔在喝大了之后告诉我的。后来我问了妈妈，妈妈说没错。我又问了爸爸，他也笑着说，没错。

记恨我爸就是从那个时候开始的。

我从小身体就不好，三天两头儿得病，免疫力差，经常往医院跑，手上的针眼就没好过。医生说我肯定是生下来的时候没养好，要不然不会有这么多毛病。年幼的我就听懂了，哦，都是我爸害的。

所以几乎在同龄孩子还拉着爸妈的手逛公园的时候起，我就跟我爸对着干，他让我往东我偏往西，还一度跟别人说，我没爸，我是跟我妈长大的。

我比同龄孩子懂事儿早，所以我童年里关于父亲的那一段就在5岁的时候戛然而止了。之前他带着我去骑马，去爬山，去吃糖人，把我放在自行车前面的横杠上带我去没远没近地跑，甚至在我每个腿抽筋的夜晚抱着我整宿整宿的在大街上转悠，我都记得。只是之后的年岁里，我都再也没有提起过。

我爸年轻的时候长得帅，一米八二的大个子，瘦瘦的，浓眉大眼高鼻梁，笑起来唇齿间都荡漾着青春。年轻的时候拉小提琴，写诗还打篮球，又写得一手好字，当时好几个学校的女孩子争抢着去找他，只要有他的篮球场上，那一定是塞满了女生，站都站不下。

听我妈跟我讲这些的时候我7岁，我妈看出来了我对我爸的不满，试图改变我。不过我爸犟驴似的脾气一点儿不落地遗传到了我身上，跟我讲这些，丝毫没有用处。

之后的十年里我过得艰辛，我觉得必须让自己比我爸当年还要牛，我有朝一日才能打败他。于是我自己要去学古筝学钢琴学美声学画画和写字，放假的时候就把自己闷在家里看书，家里一本又一本的文言，我都在十五岁之前看完了。

不得不承认那些年我过得并不开心，我疯狂地要求自己取得一个又一个成绩，以此来证明我比当年的我爸牛，不过我爸并不知道这些，他只是觉得自己的闺女有点儿倔，随他。

初中的时候就开始组乐队也是因为我爸，因为这是我爸当年的梦想。当我组起第一支乐队在市里演出的时候我14岁，那时候的骄傲不是因为我终于有了乐队，而是因为我才14岁，就把我爸20岁的梦想实现了。

从那以后我开始更加不听我爸的话，他不让我抽烟，我就偏要抽烟，他不让我玩儿乐队，我就偏要玩给他看，他想要把我培养成大家闺秀似的女孩子，我就满口脏话的像个男孩儿。那时候我就觉得，只要把我爸的这些条条框框都打破，我就打败他了。

这十年里我一直在跟我爸暗暗较劲,十年后他终于被打败了,却不是因为我。

当我终于开始意识到作为一个女孩子的本分,蓄起长发,戒了烟,散了乐队,开始穿裙子的时候,我爸突然病倒了。那天早上我爸说心口疼得厉害,一个一米八几的大汉嘴唇乌青蹲在地上起不来,我还拽起书包头也不回地出了门。第二节课的时候我接到我妈电话,说我爸心梗,可能得做两个支架。我打车跑到医院的时候看到的是躺在病床上的我爸,他浑身插满了管子,在密闭的手术室里,四五个医生围着他,外面还有一堆人在进进出出地忙活。他躺在手术台上微微地扭动着,能看出来,他难受极了。

我一下子就哭了,我从来没想过,那个打过我骂过我在我心里像山一样壮实的老头子如今这样躺在手术台上任人摆布,他看起来小小的,医生手里的刀明晃晃地在他身边晃,甚至连身边的机器在此刻看起来都比他强壮多了。

这十年里我很少在父母面前哭,他们觉得我冷血。其实这十年里我哭的次数多得数都数不清,我把这些情绪全部藏在心里,等到夜深人静的时候才偷偷地捂在被子里哭到浑身抽搐。

这次也一样,我转身跑出手术室,躲在卫生间里号啕大哭。

等我出来的时候手术已经完了,我不敢看手术过程,我害怕。等我看到我爸的时候他已经被推进重症监护,我坐在床边,握着我爸的手指头。他的手腕儿上被钻了一个指甲盖大小的洞,小护士跟我说,支架就是从这条动脉送进心脏的。那一瞬间我突然感到害怕,那么牛的我爸就这么被钻了洞,还给最重要的器官按上了两个铁家伙。

我爸醒得快，睁眼看到我眼睛肿得像俩桃子，拔了吸氧器跟我说："哭啥，爸这还没老呢，明年骑摩托跟你进藏。"我不敢哭，我说好。

一直到今天我也没敢让我爸跟我进藏，他每天被各种维持健康的药包围着，还时不时地呼吸不畅。他每天都要摆弄他的摩托，这摸摸那弄弄，有时候跟身边儿玩得到一块的老头去附近摘果子摸虾。他总是问我什么时候跟他去西藏，我不能说他身体不行，我怕毁了英雄一辈子的梦。我总说我没时间，我不敢去。其实我哪里不敢去。

今年我爸61岁了，活了大半辈子，倔了大半辈子，一直不肯过生日的老头也在去年的时候给自己摆了60大寿，我知道，他知道自己老了，只不过没勇气承认罢了。

人这一辈子真快啊，转眼我都20岁了，我不知道我爸还能陪我多久，不过我知道，我身上流着这倔老头的血，总有一天，我也能像他一样牛。

风花与夏的少年

文 / 猎猎清欢

我叫夏沫，从出生便住在栀子岛。爸妈是岛上晨出暮归的渔民，鱼群洄游时，他们每次出海，都是好几天甚至半个月才归。在他们出海的日子里，我常常会一个人坐在岛南的岩礁上，看着一望无际深邃又湛蓝的海，等着他们回来。

栀子岛是中国南端的一个岛屿，林木葱郁，空气湿润。栀子岛还有绕岛一周清澈又漂亮的海岸线和漫长纯粹的夏季。岛上的大街小巷种满了清脆的栀子树，夏天一到，纯白细碎的栀子花就毕毕剥剥地盛开，占领整个小岛。岛南漫长海岸线上连绵不绝的椰子树，也会在这个季节结出绿油油又硕大的椰子。

夏天似乎是栀子岛的专属季节，从五月初到十月底，漫长又纯粹，栀子花会陪伴小岛一整个夏季，夏至则生，秋至则亡。这里的人们喜欢夏天，就像孩子喜欢蜜，候鸟喜欢天空一样。阿爸跟我说，连我们的姓也是当初搬到这个岛上来的时候改的，岛上有超过八成的人都姓夏。夏天带给栀子岛一切，就像一个温柔又威严的守护神。

在父母出海的日子里，爷爷会带我去岛南的沙滩上摘椰子，我戴一顶硕大的草帽，迎着火辣辣的阳光，把他丢下来的椰子收集成一箩筐。之后，我们会顺着环岛公路，一直到岛北，然后卖掉这些椰子，岛北有出海去往大陆的船。每次返回岛南，爷爷都会在阿成伯那里给我买一大块栀子糕。阿成伯熟练地把栀子糕装好，递给我时，会习惯性地拍拍我的头，说，小沫都长这么高啦！有时阿成伯心情好，还会另外送我一支冰棍。

爷爷有时候也会自己在家做栀子糕，用院子里那棵老树的栀子花。从我出生，那棵栀子树就在院子里，听阿爸说，那是他们当年搬来岛上时种下的，如今已郁郁葱葱，枝过人头。每年夏天，院子里的栀子花会一层一层开出来，风吹过时，细碎的花瓣就簌簌落下，染白整个院落。

*我的青春，就在栀子岛的夏天里，偷偷摸摸地度过。*十七岁那年，在星辰布满天空的夜晚，我梦见自己坐在院子旁，一岁一岁长大，屋外的夏天就像朝阳起夕阳落，一天天过去。每个夏天里，风吹过院落里的那棵栀子树时，我转身，都能看见一个衣襟镶花的少年，深蓝色的瞳仁，就像夏天纯色湛蓝的海岸线，他的发间藏着风，身上的香气和细碎的刘海就像被卷起的栀子花，干净又张扬地散在空气里。到第十八个夏天时，我从梦里醒来，阳光已经洒遍岛上的每个角落，风卷着咸咸的海水味道，扑面而来。

我的整个学生时代，都在岛南的蔷薇街上度过，那条街上有一所夏日高中，还有附属的初中和小学。我从小学升入初中，再从初中到高中，变化只是牢笼的编号从蔷薇街117号变成了116号，最后再变成115号。我讨厌上学，所以常常会一个人溜出学校，跑去蔷薇街临近的海滩上捡被海浪卷上岸的海星和贝壳，阳光太浓烈时，我会在阿成伯那里买一支冰棍，坐在岩礁旁那棵巨大的香樟树下，看着海浪一层一层卷上岸。盛夏的时候，风携着湿润的空气从海面刮来，清凉得几乎让人窒息。岛南少有和我同龄的人，所以在那段没有小伙伴的日子里，我只能把自己的青春晾在这样漫长的海岸线里，盛夏假期的每个午后，我几乎都是坐在岸边发呆度过。时间就在海浪声、蝉鸣声和树叶沙沙作响的声音里，一点一滴流逝。

我十八岁那年的五月，栀子岛早早迎来了它的夏天，鱼群因为台风天气过早洄游，父母也过早把我一个人留在了家里。周末放假，毒辣辣的阳光几乎灼伤人的皮肤，我买了两支冰棍去岸边，打算傍晚临近的时候在海滩上抓些螃蟹。我走到香樟树下，准备坐下时，才发现香樟树的枝干上坐着一个少年。

他低下头跟我打招呼，两人目光撞上的一刻，我差点昏厥过去。熟悉清秀的面容、张扬的刘海和深蓝色的眼睛，和我梦里的那个少年长得一模一样。

他说："嘿，你好。"然后从树上跳下来，站到我面前，动作轻盈地像整个人没有一丝重量。我看见他脖子上戴着一个用栀子花编成的项圈，皮肤干净到有些透明。

我支支吾吾地说："我，我好像见过你，在梦……"

他打断我的话说："对啊，我也见过你。十七个夏天了，不过每次看完你一眼之后，我又躲起来了。你穿着裙子，坐在门前呆呆看外面的风和云的样子，真是傻傻又可爱。"

我有些尴尬，于是说："你脖子上的项圈真好看，可以借我戴会儿吗？还有，你是怎么把栀子花编成项圈的？"

他说："可是我把项圈摘下来，我就会消失。还有，这不是用栀子花编成的项圈，它一直在我的脖子上，就像栀子树一样，夏天会开花，秋天会凋谢。"

他说他是风的孩子，只有在夏天栀子盛开的季节，才有机会被这个世界的人看到，栀子花是他的守护神，也是他通向这个世界的传送门。

我递一支冰棍给他，然后津津有味地听他的故事，就像听一个童话。那天傍晚，我们一直坐在香樟树下，直到黄昏来临，夕阳从海平面落下。他告诉我他会在秋天栀子花凋亡的季节消失，直到第二年的夏天再出现。

他讲完故事，看见我的眼神有点迷离。于是站起身，往沙滩那边走去，一路过去，没有任何脚印。之后他爬上礁石问我，这下你相信了吧。我坐在香樟树下，掐掐自己的手臂，很痛。风从海平面吹过来，卷起我的裙角，湿润的空气划过我脚边，像有千万只小鱼游过。

隔着咸咸的海风，我对他说："我信了我信了。"

和他一起坐在香樟树下的时候，我问他叫什么。

他说："我叫阿栀，对了，我还知道你叫小沫。"

我问他："你怎么知道的？"

他转了转像藏着整个大海的眼睛，然后说："你爷爷叫你名字时我听来的，我都认识你十七年了呀。"

我还有好多问题想问他，比如他吃什么？用不用睡觉？风的世界好不好？炎炎夏日里他会不会热？是不是可以乘着风去天涯海角？

可是夕阳已经完全落到了海岸线下，余红染尽半边天，我得赶快回去。起身的时候，阿栀说："我能送你回去吗？"我回身看见他认真的脸，然后点点头。

阿栀跟在我旁边，我感觉身旁有风，栀子花的香气袭面而来。路过阿成伯小店的时候，阿成伯对我说："小沫，这么晚了一个人回家呀！"

我说："啊！嗯。"然后转头看看阿栀。阿栀说："对了，忘了告诉你，他们都看不见我，只有你能。"

回到家的时候爷爷问我抓的螃蟹在哪里，我说在沙滩上摔了一跤，笼子被打翻所以全都跑掉了。阿栀站在一旁，对我做鬼脸，细碎的刘海仍然张扬地散在风里。

吃完晚饭，我照常坐在门槛上，看漫天繁星和漆黑如墨的夜空，蛐蛐在院落的草丛里叫个不停。阿栀站在栀子树下，有萤火虫落在他的肩上，一阵风吹过，他就消失在栀子树下的风中。

一个月以后，我迎来了自己十八岁的暑假。在这一个月里，阿栀总是从各个角落，突然出现在我的眼前，一阵莫名的海浪，一场盛夏的雨或是鸟群飞过带起的一阵风，都可能藏着他的身影。后来，只要我叫一声阿栀，他都会立刻出现在我眼前。

那个同样漫长的夏天，我常常会去阿成伯那里买一大份栀子糕和两支冰棍，然后和阿栀一起，坐在和盛夏同样漫长的海岸线里看潮起潮落，海鸥会在潮落的时候降落在沙滩的一侧，这个时候阿栀就会对着海鸥吹一口气，我远远能看见海鸥的羽毛有被风吹动的痕迹。

我也常常带阿栀回家，偷吃爷爷放在冰柜里的西瓜，一人一大块，坐在门前吧唧吧唧啃个干净。爷爷回来后时常感叹，闺女果然是长大了，现在吃得越来越多了。

爸妈在出海回来后，给我买了人生中第一辆单车。那个夏天，我经常带着阿栀，沿着环岛路骑下去，一路经过满是蔷薇的小巷和种满椰子的海滩。阿栀坐在单车后面，沿途被洒满了栀子花的香气和湿面又温柔的风。

我经历过栀子岛同样漫长的十八个夏天，但和阿栀在一起的时候，我才发现原来夏天也可以这么美好，虽然单调地只是冰棍、海风、西瓜、蝉鸣、萤火虫和漫长的海岸线。

在那个夏天里，我和阿栀除了疯跑，享受阿成伯的冰棍之外，也会安安静静坐在海边，看着海的尽头发呆。

我问阿栀："你是不是去过天涯海角？"

阿栀说："对啊，那是我的使命和任务。"

"那你说，当一场风会孤独吗？为什么当一个人找不到同伴，伶仃独立时，会感到这么孤独？"

阿栀说："飞遍天涯海角，无处停留时，就是风的孤独，因为风的使命，就是不停下。"

"阿栀，为什么只有我能看见你？"

阿栀深蓝色的眼睛望向同样深色的大海，沉默不说话。

我说："阿栀，你为什么可以停下？"

阿栀说："因为我还只是个孩子，母亲不想让我太劳累，所以在我降生的时候，就给我做了栀子项圈，每年夏天栀子盛开的时候，我都可以停留。秋天花瓣掉落，我就会消失，去天涯海角，直到第二年的夏天再停下，所以，我很喜欢栀子岛的夏天。"

我说："阿栀，为什么你的眼睛是蓝色的？"

我说："阿栀，你什么时候会长大，长大到不需要再停留？"

我说："阿栀，秋天的时候，你能不能跑进我的梦里？"

……

浪一层一层卷过，卷走盛夏的炎意。每次回家看到院落里的栀子花枯萎，落满院角的时候，我都会失落几分。

十月，栀子岛的栀子花还剩星星点点的一些，阿栀出现在我眼前时，项圈上的栀子花也只剩零星几朵，他的衣角和清秀干净的眉宇，在空气里有些透明。

十月的一天下午，岛南的天空阴云密布，阿栀出现在我眼前对我说："我要走了，明年夏天，栀子花盛开的时候，我还会回来。"

阿栀犹豫了一会，天空开始飘起小雨，他说："我没告诉你，只有你能看见我，是因为我喜欢你。只有我喜欢的人才能看见我，我说我喜欢栀子岛的夏天，只是因为栀子岛有你，其实我更喜欢栀子岛夏天的你。"说完这句话，阿栀把我抱住，我伸出手准备给他一个拥抱的时候，海风卷着硕大的雨点袭来，吹落他项圈和院落栀子树上的最后一瓣栀子花。

我双手用力，抱住了一团空气。

那个风雨交加的晚上，我做了一个梦，梦见很多年后的一个夏天，我的意中人乘着风，携着漫天的栀子花雨来看我。

第二天起床的时候，阳光透过窗子照进来，我像大梦初醒。走进院子的时候，旁边栀子树的花瓣碎在十月的风里，已经一丝不剩了。太阳不愠不火地洒遍栀子岛的大街小巷，我知道，岛上的夏天就要过去了。

度过十八岁的漫长夏季，我才明白，夏天里最美的东西不是漫长的海岸线、吃不完的冰西瓜、被海浪冲上岸的海星和贝壳或者遮天蔽日的蝉鸣和夜里微光点点的萤火虫。**我是个孤独的孩子，阿栀是一场孤独的风，孤独和孤独的相遇相知，分享这些夏天专属的东西，或许才是栀子岛漫长的夏日里，最美的事情。**

我在十月末的瑟瑟秋风里，一个人去了海边，海滩上潮来潮去，就像栀子岛的夏季。

那今年的夏天已经过去了，明天的夏天还会远吗？

里城雪又落

文 / 猎猎清欢

我愿意等到大雪纷飞的那天，愿意经历一个国度的四季，跋山涉水，从海角到天涯，回里城去见你。

一

2012年，我坐在回里城的火车里，回去参加爷爷的葬礼。三十三个小时的旅途，我面容焦躁，有些落魄。旁坐的人起身抽烟，递给我一支兰州，我和他一起走到车厢的末端，吐着烟圈，望向窗外。

窗外下着蒙蒙雨，温度沿旅途一度一度下降，从南到北。

我在想很多年前的那个雪天，你是不是也坐在这样的列车上，回里城。邻座的人，有没有递给你一支兰州？

到里城的时候，又是深夜，回里城的列车，只有这一趟，十多年下来，连到站时间都没有变。

雪已经下得很深，我穿着肥大的皮靴踩进雪里，积雪几乎浸没我的鞋。

我就这样艰难地踩进雪里，拔出鞋子，再迈开下一步。

到家的时候，白炽灯的光让整个屋子在这片漆黑的冰天雪地里显得特别耀眼。门旁边，有个漆黑的身影。

我隔很远，喊你爸。声音在万籁俱寂的雪夜里显得格外嘹亮。

你大步走过来，接下我手中的行李。换做很多年前，你会双手抱起我。不过现在我长大了，我们羞于再给彼此一个拥抱。

进门的时候，你指了指旁边，说，你爷爷的灵柩。我朝你指的方向看去，看见了一个黑黑的长木棺材。

我抹了抹眼睛。你说，人总会有这天的，别哭了，快进来吃饭。

满桌子的菜，还包了饺子。我知道，你是为我今天回来，特意准备的。

我们把爷爷葬在一棵光秃秃的杏树下，爷爷生前很喜欢杏花。而里城，每年的春天，都是一片杏花的海。

"你爷爷在他爱的地方生活了一辈子，如今，又葬在这里，没什么遗憾了。"你说。

爷爷下葬后的第二天，我离开里城。

你说，"我不去送你了，里城最近举行雪雕比赛，我得去练手。"

我说："好。"

你从来都是找这种蹩脚的借口，不过是怕亲眼看见我坐上列车离开。所以很多年前你走的时候，都是趁我睡着。

里城的车站，挂满了雪雕的宣传海报，有一张是一双精巧的手，我看着这张海报，在座位上哭成了泪人。

列车启动，我又离开你的冰天雪地，去天涯海角的南方，那里春暖花开。

二

我出生的那天，你最爱的女人离开了你，因为难产。

我没有见过自己的母亲。

我听爷爷讲，那段日子里，你夜里酗酒，白天瘫睡在床，颓废得像自杀前的自我堕落。你把我丢在爷爷那里，不闻不问。

这样的日子持续了很长时间。

再后来，你走了出来。

我不知道这段往事，也从没问过你，是什么让你挣脱了这样深不见底的沼泽。我想，可能是母亲的生命延续到了我的身上，你深爱着她，所以，选择好好爱我。

年轻时，你常常跟别人组队去里城临近的几个城市参加雪雕比赛，挣一些奖金。

小学的时候，我备受学校同学的关注，因为我有一个会雪雕的爸爸，里城城市广场的雪雕，那些年，都出自你手。

屋外堆满雪的时候，你用铁锹铲雪，花上两天，雕出一个女人。面容精致，身材婀娜，那是你最爱的女人。我在你们的结婚照上看过年轻时候的母亲，一头短发，面容清秀，是那种爽朗率性的人。

我不在的时候，你常常看着这个雪雕发呆。你不在的时候，我也这样发呆。

我不知道为什么你能把雪堆雕成一个人，还雕得这么像。你有很精巧的手，你是个艺术家。你有温柔的情怀，你是个诗人。

日子一天天度过，我们用你的奖金度日，爷爷种一些地，生活不算拮据。

每次你从里城回来的时候，都给我带我最喜欢的蛋卷和玩具枪。

你经常骑着单车去里城，有时候带上我，风呼啦啦灌进我们的大衣，这个时候，你就会用一只手握车把，一只手护住我的耳朵和脸颊，把我搂在怀里。

念初中第二年的时候，昂贵的资料费和学费，让你皱起了眉。我说："我不念书了，我要跟你学雪雕。"

你说："不行。你只能读书，以后离开这个冰天雪地的里城。"你表情严峻，暗示我不要再多说一句话。

后来你决定，外出打工。元宵节，我和爷爷准备了汤圆，送你离开。你不让我们送，一个人背着大包小包，踩在雪地里，踏上离开里城的路。

三

每个月，你都给我和爷爷打来一笔钱，用于生活的花销。爷爷年纪大了，已经不再种地。

里城每年城市广场的雪雕，粗糙浮夸，没有多少来旅游拍照的人。屋前，也没有了那位你最爱的女人。

每次打电话的时候，你话不多，正常交待几句后就不说话了。话多的时候，你会说自己在南方过得多么多么好，那里鸟语花香，四季如春。那里不像里城一样，有漫长的冬季，那里几乎长年不下雪。

我在想，南方那里没有雪，你如何用你精巧的双手，支撑起生活。你只是说，你过得很好。

第一年春节的时候，你说，公司忙，可能不会回来了。

我躲在被窝里，想了一夜，然后哭了出来，我不知道要如何度过一个没有你的春节。

春节前一天，里城的雪下的很大。我和爷爷做了饺子，端到桌子上的时候，有人推门。大衣上落满了雪，手里提着大包小包，帽子摘下来的时候，我看见你沧桑了好几倍的脸。一副风尘仆仆的样子。

你抖抖身上的雪，然后用双手抱起我，又捏捏我的脸。你手上的茧，磨疼了我。我记得，之前你的手上是没有茧的。

你说，你在南方过得很好，南方艳阳万里。可是，你到底受过多少苦，流过多少泪，我全不知晓。我只知道，你风尘仆仆地赶回大雪纷飞的里城时，表情是那么开心。

你给我带了很多特产，南方海滨城市的海鲜、橄榄、椰子。可是，不少在里城的天气和温度里，都没法吃。

过完年，你默默离开，趁我熟睡的时候。

后来每年春节，你都找各种蹩脚的理由声称自己不回来了，我知道，你会回来的，可我从来没有说出来。

摄影 by 吴晓隆

夏日的知了，秋日的蝉。初夏的暖阳，初秋的雨。哪一个时刻在你心底停留的时光最长？

摄影 by 吴晓隆

我的文字像你手中的银杏叶。

每年的农历二十九的深夜，都有一个穿大衣的肥硕身影，步履蹒跚，一步一步朝家的方向走来。我透过窗子看你从远处走来，身上盖满了雪。

我从来没有出现在门外迎接过你。因为我知道，你是想给我个惊喜，这些年，你给了我很多惊喜，是这样的。

你的手变得越来越粗糙，回来的时候手上经常伤痕累累。你夹菜的时候手会抖，你的发间开始有白发，你额间的皱纹越来越深。

你不雕雪了，你说，在外过得太轻松，连堆雪的力气都没了。我知道，其实是因为你这双手，很难再雕出那样精致的面容了。

高中毕业那年，我把志愿填了南方的一所大学。你把南方说得很好，可是，我一点都不向往南方的万里艳阳。我只是，想选择一个离里城很远的地方。

四

你说要继续工作给我挣念大学的钱，我坚持自己贷款，让你回里城。

你说里城的冬季太长，里城没有繁花似锦的春天，你说里城这里不好那里不好。

可是我知道，里城是你最爱的地方。那里有皑皑白雪，那里有风霜雪夜，那里有杏花，那里是家。

念大学的时候，我自己挣生活费，有时候有多余的，我会打给你。你不要，又原封不动给我打回来。

一二年级回去的时候，屋前没有雪雕，你说这么多年过去，你都要忘记她的容颜了，也雕不出来。

我鼻子很酸，我觉得很对不起你，为了我，让你一个艺术家在外面受了这么多苦。你颤抖的手，已雕不出精致的面容。

我走的那天，里城雪停了。繁星点点的天，被映在雪地里。我就踩着这样的星光，离开里城。你没来送我，说要去练雪雕，为了准备一个比赛。

你骗人！为了让我过得更好，你愿意用那双精巧的手作为交换。而如今不来送我，我知道，你是怕我看见你哭。大男人哭起来不好看。

我坐上离开里城的火车。车站外有骑单车的人。我突然想到了很多年前在里城的刺骨春风里，有一个父亲，把他的孩子护在怀里，迎着寒风，带他去看自己雕出的艺术品，表情，应该是自豪又开心的。

我斜依着睡去，往南的旅途里，温度一度一度变暖。

南方有万里艳阳，南方没有雪。可是南方并不温暖，孑然一身，背井离乡，独自在一个陌生的城市，才能体会到那种感受。

我和你说，南方的春天鸟语花香，比起里城的冰天雪地来，迷人多了。

你有点沉默。

我还记得小学写作文，老师让我们写父亲。我写的你，多是和雪雕有关，同学们都很羡慕我，因为我的父亲在他们眼里是个艺术家。

当时，我除了雪雕，真的想不出任何一点能写的。因为我不了解你的过去，在童年的日子里，和你的接触也不多，后来你外出打工，我们少有联系，我们生活没有交集。

我觉得我们离得很远，因为四散天涯。

后来在外念大学，我才明白，有些分离，必不可免。可其实，我们纵使隔山隔水，有些感情却一直在一起。

五

再后来选择工作，我还是留在南方。

第一年，工作很忙，过年期间工资很高。我和你说，我可能过年不会回去了。

你说，那在外好好照顾自己。

我可能真的不会回去，所以挂掉电话后，我的眼泪在眼眶打转。

之后，公司取消了年间加班，把工作推迟。我买了回里城的车票，农历二十九到家。

回里城的列车，沿途穿过这个国度的四季，南北风情，一一领略。我递给邻座的一个面容忧郁的人一只兰州，起身和他走到车厢的一头去抽烟。

回到座位的时候，看着满车厢风尘仆仆的旅人，我的情感太丰沛，于是拿笔写了点东西。

回家的消息，我没告诉你。

我穿着厚重的大衣，肩上帽子上落满了雪。推开那个熟悉的家门时，你笑得很开心。桌子上是满桌子的菜，我把帽子扯下来抖抖。

屋外冰天雪地，我不知道为什么我看见这一桌子菜时，热泪就涌了出来。你一点惊讶的表情都没有,上来给我一个拥抱。

你说,不知道你要回来,菜就随便做了一些。

我说,突然想回来,就请了假。

外面的雪下得很大,洁白无瑕。我们互相说谎,是因为彼此深爱。

在那个雪天的深夜,我掏出兜里的那张纸,是我在回里城的列车上写的。

  里城里城
  我愿再多看你一眼
  在告别北往南
  这旅途漫漫间
  这个城市的旅人
  走在时光的冰天雪地
  请你温柔一点
  收敛你刺眼的刀刃
  你知道
  我们的故事
  辛酸地走过就不愿再提起
  多年之后才想回忆
  你知道
  有些感情
  爱在止于唇齿之间
  阳光再暖也无法浮现

里城里城

我在寒冬腊月里归来

可有些故人却已经不在

我在你的怀里呆不过一个春

我总得踏上自己的征程

南方寒风瑟瑟里没有故人

可我本就是孑然一身

孤单温情的旅人

里城里城

你来自北极的冰天雪地

是否能冰封我曾经历的风尘

你的深夜里

皑皑白雪下

我若不停留

能否为我守住曾经那个家

里城里城

你能否挥挥手

让我有勇气去面对新的风尘

我要挥挥手掌

去那个繁花似锦的南方

那片天寒地冻的战场

如松柏长存四季

文 / 猎猎清欢

八月, 我从南方返回故乡。到东城的夜里,大雨滂沱,雨淅淅沥沥淋湿我全身。我在车站附近找到一家旅馆,上了阁楼,脱下湿漉漉的衣服后便沉沉睡去。

两天后,我坐上长途客车回桐台,回那个盛满我整个年少记忆的小镇。邻座的人见我衣装革履,随口问我:"很久不回家乡吧?"我说:"嗯。"声音有点沙哑,说完便转头看窗外灰蒙蒙的天。

我在镇上的中心集市下车,正值晌午,烈日当头,街上少有来往的人,临街摆放的货物上,布满灰尘,桐台比我记忆里来得更萧瑟几分。

我回桐台,因为那天是爷爷的忌日。爸妈由于工作去了外地,大伯一家在县城忙着打理生意,都抽不出时间回来看看。奶奶跟着大伯,来回一趟不方便,也有几年没回来过了。我想爷爷一个人葬在此处，难免孤独，所以趁着八月闲暇，回来看看爷爷，和桐台。

我下车沿着镇子中心的那条街走到尽头，再拐进小巷，巷子尽头是条蜿蜒曲折的小路，杂草丛生。路的尽头，才是爷爷的二尺孤坟和一望无际的田野。爷爷坟前有棵柏树，青翠葱郁，如今已亭亭如盖。我记得柏树是给爷爷下葬时大伯亲手植下的，我还记得当时坟高四尺，当时的小路在爷爷的精心打理下，没有一株杂草。

而如今小路上满覆的青草啊，就好像那些记忆被蒙上的灰。

八月晌午日头正盛，我坐在柏树浓密的树荫下，开始一点一滴回忆往昔。

六岁那年，父母在县城置了一套新房，之后为了还贷而外出务工。我就被寄养在了爷爷家，并在桐台开始了我的小学生活和一整个漫长的童年。

也是在那一年，爷爷卖掉了镇子中心的一套房产，在街的尽头购了一套房，屋前屋后是大片的空地。此后，爷爷就靠在这些空地上种些菜，再拿到集市上去卖，以此维持生计。

那一年的几百个日夜里，我在每个睡眼惺忪的清晨，都能看到爷爷奶奶挑着担子出门的背影，凄凉又伟岸。那个时候我不爱跟他们一起去集市，一是因为长身体的年纪我需要充足的睡眠，二是每次去集市我都得蹲坐在那里，来来往往的行人让我感觉自己就像个亟待被审讯的小囚犯，无聊又无助。

可是我却会在快到中午的时候一个人跑去集市找他们，因为这样我就可以在回去的路上让爷爷买各种好吃的。

童年里的每个中午，我都是那个骑在爷爷肩膀上，胡吃海喝，作威作福的小皇帝。奶奶会提着担子，爷爷用手臂护着我，我们沿街一路走回去。那三个熟悉又亲切的背影,也不知道在桐台的那条路上到底存在过多少年。

念小学的时候,我再没看见过爷爷早起的身影,因为学习任务繁重,我每天起得比爷爷更早。而让我耿耿于怀夜不能寐的,就是折磨了我六年的家庭作业。因为在外面淘气而忘写作业是常事,所以每次回到家之后,我都会一把拿起作业丢到爷爷怀里,然后说:"爷爷你帮我写,记得字要写得丑一点。"

这个时候,爷爷就会从兜里掏出他的老花镜,一点一点艰难地用笔在作业本上画着。可每次结局并不是爷爷成功地帮我完成了作业,而是我在看到他写了好多都是错的之后,直接抢过作业,一边抹眼泪一边嘟囔着说他没用。然后擤擤鼻子,趴在桌子上,借着白炽灯微弱的光认认真真写作业,这时爷爷就会在一旁笑,同时拿着一把硕大的蒲扇帮我扇去蚊虫。

一年级的时候,爷爷在屋前开出了半亩地种烟叶。每次暑假快结束的时候,迎来立秋,天气转凉,爷爷就会把晒好的几捆烟叶拿出来,挑到集市上去卖。那年我主动要求跟爷爷一起去集市,至于原因,大概是因为爷爷说会给我一块钱作为报酬。

出于想趁早把烟叶卖完,然后拿着爷爷给的一块钱去买零食的心理,每次见到身上挂烟斗的年迈老人,我都会喊:"爷爷买点烟叶吧。"老人们多数为此动容,然后蹲下身来选一些烟叶。在之后的很多年里,每次想到这件事,我都觉得自己有营销头脑。

卖完烟叶准备回去的时候,爷爷抖抖筐,里面剩一些细碎的烟屑。他拿出烟斗,捻起一小撮放进去,点火之后递给我。我接过烟斗猛吸一口,呛得眼泪鼻涕流了满脸,爷爷看着我的样子,笑得眼睛眯成一条缝。

爷爷房子侧面的不远处是一个池塘，每个繁星满天的夏夜，他都会带我去池塘边上钓鱼。爷爷常常佝偻着背，坐在那里不发一语，而我除了躺在草地上看璀璨的银河和北斗七星之外，做得最多的，就是抖弄他的鱼竿。所以在那些日子里，我们常常呆坐一个晚上也鲜有所获。

仍旧是在一个钓鱼的晚上，我们远远看见一个人拄着拐杖朝这边走来，走到近处，我才认出那是大伯。他贴着爷爷耳朵说了几句话，爷爷便抱起我，神色匆匆地准备回家。之后我站在院子里，看爷爷从房间里拿出一沓钱，递给大伯。我知道，那沓钱是爷爷卖房产时别人递给他的。后来爷爷才告诉我，大伯开车撞了人，得赔别人钱。

那件事之后，我能明显地感觉到爷爷眉间多了一丝忧虑。

我念三年级那会，上游发大水，桐台镇受灾。爷爷之前是镇上的干部，在和一些人商量之后，他们成立了救灾队，分批分时地进行疏通，可唯一坚持不要休息时间的人，是爷爷。之后每次放学，我都会去大堤上，看下面的滚滚江水和被淹没的庄稼，还有江水里风雨飘摇的爷爷，等到他们忙完，我就扶着满身倦意的爷爷回家。

那些日子，由于长期泡在水里，爷爷的脚上布满皱褶。我还记得有次老师要求我们给家人洗一次脚，再把心得写成作文。

我写的是爷爷。

在我五年级的一个傍晚，桐台下起暴雨，爷爷奶奶忙着给屋前屋后的菜苗搭棚而忘了去接我，我淋了一身的雨回家。吃晚饭的时候我累得昏睡在桌子上，奶奶摸摸我的额头，烫得像刚煮熟的鸡蛋。而那次又正好碰上镇上的医生出差，慌乱之下，爷爷只能借来一架自行车，把我放在前杠上，一个劲地朝西岸码头蹬。

那时桐台到东城的大桥还没搭建完成，要去城东必须坐船，而普通的轮渡到晚上六点就不开了。爷爷喘着粗气到西岸的时候，已经是晚上八点多。没有别的办法，爷爷只能抱着我，挨家去求附近的渔民，让他们送我们一程。

船刚停稳在城东码头，爷爷几乎来不及说句谢谢，就猛推下自行车，抱起我一路朝医院飞奔，风尘仆仆赶到医院时，他才松了一口气。

第二天醒来，我看见躺在床头的爷爷，干瘦憔悴，像一瞬间老了十岁。从医院走出来，浓烈的阳光洒在我们身上，我却觉得他的背，驼得比以前更深了几分。

六年级结束，父母把我接走，他们为我安排了东城的一所中学。坐上大巴离开桐台的时候，我隔着窗子远远看见爷爷跟我挥手，汽车鸣笛启动，扬起一阵灰，落到眼睛里，我满眼是泪。

初一，为了参加各种补习班，我已经很少回桐台了。那年的暑假，爷爷来我家，带了一个大袋子。他坐在椅子上，从袋子里拿出几片烟叶，塞到烟斗里点燃，然后深吸几口。他和我爸正对面坐着，聊一些日常琐事，罢了，从袋子里拿出一沓钱递给我爸。我爸推脱几次，后来还是收下了。

其实那个时候，我很想把那沓钱拿过来，塞到爷爷的怀里。我知道，这些钱靠他打理那点菜园，得用多久才能赚来。可是看到爷爷把钱递给爸爸之后轻松释然的样子，我就什么想法都没有了。

后来我才明白，当初卖房产的钱是用来给兄弟俩平分的，可后来大伯出了事，所有的钱都给了他。

其实每个父母从来都不欠孩子什么，可他们自己心里，却总有还不完的债。

爷爷说怕打扰我们，所以那天送完钱之后就坐车回桐台了，我们都没来得及留他吃顿饭。

初三，我忙着中考，一周只有半天的闲暇时间。爷爷在我中考的前两天摔倒瘫痪，家里跟我隐瞒了这个消息。

后来中考结束，我执意把爷爷接到我们家照顾，每天细心帮他打理，陪他讲话。其实爷爷的话不多，一辈子都是这样，那些日子里，多数是我在给他讲笑话。

爷爷瘫痪的时候神智已经愈渐模糊，可我每次坐在他旁边，他都极力睁开眼睛看着我。那个房间门口的拐角，盛满了我年少脆弱又无助的泪。

爷爷从瘫痪到去世，只有两个星期。可我陪伴他的近十天里，感觉却几乎长过一整个漫长的童年。

以前我们总觉得，陪在自己身边的人都是特别的。后来才明白，他们也都是普通人，生老病死，命中注定。

我还记得坐在池塘边钓鱼的时候，爷爷很爱说的一句话是："人生天地间，若白驹过隙，忽然而已。"后来念了高中，也自然懂了这句话的道理，**时光匆匆，朝生暮死，沧海桑田，世间没有什么永恒的东西。**

松柏不能长久，四季也不是永恒。

可其实还有另一种道理啊，松柏不能永存于天地，却可以长存于四季，而那些美好记忆和谆谆教诲啊，亦能长存于我心。

西红柿·鸡蛋·面

文 / 何钟隐

一

西红柿发现老公鸡蛋出轨了!

理由有三:其一,鸡蛋待在家的时间越来越少,开会的次数越来越多;其二,鸡蛋的手机竟然设置了密码,以前这种状况从未出现;其三,鸡蛋已经好长时间没有陪着自己和儿子面条去看电影了。

分析完这三个理由,西红柿下了结论:鸡蛋一定出轨了!

得出结论的西红柿气得火冒三丈,在她心里,婚姻就像是一道菜配上另一道菜进而产生一道名菜的过程,就像她西红柿和老公鸡蛋结合产生西红柿鸡蛋面这道名菜一样。如果鸡蛋再和黄瓜或者油麦菜组成名菜的话那就是不可饶恕,那就是大逆不道,应该被千刀万剐!

可是西红柿又恢复了镇定,她也隐隐明白,自己和鸡蛋都不是风风火火的热血青年了,不能再随随便便大闹一场,然后分道扬镳。都已经是老夫老妻了,况且儿子面条又是个叛逆的问题少年,在学校没少惹事。现在她要做的不仅仅是拯救她理想中的爱情和婚姻,更是在拯救儿子,拯救这个家庭。所以,西红柿决定,要勇斗小三,挽回丈夫。

西红柿猜的不错,鸡蛋的确出轨了。他和漂亮的火腿姑娘好了。

二

时钟滴滴答答地走着,刚好指向 23 点。鸡蛋拖着疲倦的步伐推开了门,刚好看到西红柿坐在沙发上,眼睛直勾勾地盯着自己。鸡蛋打了招呼之后就准备上楼睡觉。西红柿开口了。

西红柿说:"老公,明天就是咱俩的结婚纪念日,我买了三张电影票,明天咱带着儿子去看电影吧。"

鸡蛋眼睛躲闪:"哦,明天啊,明天我有会,下次吧,下次带你和儿子去。"说着就要上楼。

西红柿说:"什么下次啊?下次就不是瓷婚纪念日了。"

正在上楼的鸡蛋停住了脚步,圆鼓鼓的脑袋转过来说:"瓷婚啊?太容易碎了,不去也罢。"

西红柿看着鸡蛋离开的身影,红扑扑的圆脸流出了鲜红的汁液。

鸡蛋的手机亮了。西红柿拿起手机,却解不开锁。鸡蛋醒了,一把夺过手机。

西红柿:"说,是谁发来的?"

鸡蛋:"当然是同事,工作上的事情。"

西红柿:"呵呵,我看是小三小四吧?"

鸡蛋:"老大要是体谅小二,哪来的小三小四?"

西红柿气得脸更红了,像是熟透了要炸开一样。

西红柿说:"你给我说清楚,谁是小二??"

鸡蛋无奈地翻个身,说:"你在家是老大,动不动对我吆三喝四,我不是小二是什么?"

"咣"的一声,隔壁房间的杯子摔到了地上。

西红柿小声说:"别吵了,儿子生气了。"

鸡蛋说:"是谁整天吵吵吵,儿子现在都成啥样了,你不管教儿子却整天神经兮兮的,像个当妈的样子吗?"

西红柿不说话了,想到儿子她就特别内疚。她记得儿子面条小时候是很乖的,这几年性情大变,打架抽烟喝酒,老师好几次都来到家里告状,为此西红柿也操碎了心。

三

鸡蛋不能陪自己看电影,儿子也不愿意去,西红柿就找了闺蜜芹菜和自己去。

电影院里,西红柿一眼就看见了坐在前面的鸡蛋。他的身边坐着一个年轻漂亮的火腿姑娘。西红柿气得脸红扑扑的,像是要炸开一样,站起来就准备把丈夫揪出来。芹菜拦住了她。西红柿气呼呼地跑了出去。

电影院外面。

西红柿:"芹菜,你为什么拦着我?你没看到那根火腿啊,打扮得红彤彤的,活像个妖精!我要去收拾这对狗男女!"

芹菜说:"你没看到那火腿一直想往鸡蛋身上蹭,鸡蛋却一直推开她吗?"

西红柿说:"那又怎样?"

芹菜说:"那说明鸡蛋一直想把他的肩膀留出来,给合适的人来靠啊!"

西红柿说:"合适的人,是谁?你是说,是我……"

芹菜说:"对啊。"

景区,鸡蛋和火辣辣的火腿姑娘坐在船上,欣赏着美丽的湖光山色。火腿姑娘很开心。鸡蛋却一直魂不守舍。

火腿扑过去搂着光滑的鸡蛋,说:"亲爱的,什么时候才能把西红柿鸡蛋面赶下菜谱啊?人家等得黄花菜都凉了!"

鸡蛋大惊:"你不是火腿吗?烤得红彤彤的,怎么会凉?"

火腿羞得满面通红:"哎呀,人家就是那个意思。你可要赶紧和那个黄脸老太婆掰了,到时候咱俩组成一道名菜。像什么鸡蛋火腿面,鸡蛋炒火腿,火腿泡鸡蛋,多好听啊!"

鸡蛋满脸黑线。

四

鸡蛋坐在沙发上无聊地看着电视。西红柿端着一杯奶茶给鸡蛋。

西红柿:"冷了吧,喝点热的暖暖身体。"

鸡蛋:"好的,谢谢媳妇儿。"

西红柿被他这声媳妇儿叫得很开心,她已经很久没有听到鸡蛋这样叫自己了。

正在这时,鸡蛋的手机又一次响了,鸡蛋飞速地挂掉。

西红柿:"接啊,怎么不接?"

鸡蛋:"这么晚了,肯定是骚扰电话,不接也罢。"

"咣"的一声,西红柿把手里拿着的杯盖儿摔在地上。

西红柿终于还是爆发了。

西红柿:"鸡蛋,你是把我当傻子了是吧?我告诉你,幸亏今天在电影院看的是忍者神龟,我忍了,如果是恐怖电影,你们俩休想走出去!"

鸡蛋站了起来,说:"西红柿,我们俩刚结婚时,我也以为我们俩会像是一部电影一样,从头到尾,始终如一,可是现在,我受够了,我选择中途退场。"

说着鸡蛋就向门口走去,推开门的那一刹那,鸡蛋回过头说:"媳妇儿,作为一个西红柿,你从来没给过鸡蛋面子,动不动就把鸡蛋打得稀碎,我真的是受够了!"

鸡蛋离开了。西红柿终于裂开了,红色的汁液流得满地都是。

五

鸡蛋出来才知道,原来外面下雨了,冰冷的雨水打在脸上,像是一滴滴敲在心里,没有一丝温度。鸡蛋漫无目的地逛着,看着路边昏黄的霓虹灯,望着家属院里的万家灯火。那些黄色的柔和的光，穿过薄薄的窗户，穿过层层雨林，铺在自己脸上，梦幻却又温暖，鸡蛋沉醉在之中难以自拔。

为什么这么多灯火，没有一盏是属于自己的呢？为什么他一直深爱的妻子会变成这样？为什么他们的婚姻会走到这步田地？

鸡蛋的手机不停地响，是火腿姑娘打来的。可是他却不想接。

西红柿呆呆地站在落地窗前，看着外面的瓢泼大雨，想着鸡蛋没有带伞，此刻肯定淋坏了，心里隐隐有不舍。

可是西红柿想到那个火辣辣的火腿姑娘就气不打一处来，不管怎么说，鸡蛋背叛了她，这是事实！自己本该恨他的，可为什么心里还是有不舍呢？

西红柿想到鸡蛋临走时说的那句话："作为一个西红柿，你从来没有给过鸡蛋面子，动不动就把鸡蛋打得稀碎……"

她又想到闺蜜芹菜对自己说："说明他一直想把自己的肩膀留给合适的人靠啊！"

想到这西红柿突然感到心好痛，往事如同潮水一样涌来，瞬间将自己淹没了。

她想到有一次鸡蛋为了给她买生日礼物，大雪天跑遍了大半个城市。最后鸡蛋顶着一脑袋雪花，僵硬地站在自己家门口，从怀里掏出热腾腾的榴莲酥。那是自己青年时期最爱吃的一种食物。

她想到和鸡蛋结婚时，鸡蛋对着所有的菜肴宣布：婚姻就像是看电影，不同的是电影中的女主爱你只有100分钟，可是我的女主爱我将会是一辈子！我要陪西红柿看一辈子电影！

从回忆中醒来，西红柿早已汁液淋漓。她终于明白了，原来这一次，真的是自己错了。

想到这的西红柿拿起手机，准备拨通鸡蛋的电话。就在这时，一个陌生的电话插了过来。西红柿接起来。

"请问您是面条的家长西红柿女士吗？"电话那端是一个完全陌生的声音。

"是啊，请问您是？"

"面条受伤了，现在在医院急救室，请您快点来，就在105医院。"

"医生，怎么会……"西红柿还没说完电话那端就传来了一阵忙音。

挂掉电话的西红柿一颗心跳到了嗓子眼儿。儿子面条出事了，这究竟是怎么回事？

鸡蛋的手机响了，是西红柿打来的。他本来不想接的，犹豫了几下还是接了起来。

"儿子出事了，你快回来，就在105医院。"

得到消息的鸡蛋抹了一把被雨水遮迷糊的眼睛，然后拔足狂奔，向家的方向赶去。

"你进来，把衣服换了咱们就出发。"西红柿对鸡蛋说。

"换什么衣服啊，赶紧走！"鸡蛋说着就拉西红柿走。

西红柿赶紧回去找了一件大衣裹在鸡蛋身上。

病房内，儿子面条还在昏迷当中，幸运的是医生说面条已经脱离生命危险。一旁守着的西红柿脸上湿漉漉的。鸡蛋蜷缩在角落里瑟瑟发抖。面条的班主任空心菜也在病房里焦急地等待着面条醒来。班主任是个年轻漂亮的姑娘，举手投足间都有一种吸引人的魅力。

西红柿说:"他爸,你出去换件衣服吧。"

鸡蛋说:"我皮糙肉厚的,换啥衣服啊,等儿子醒来再说!"

空心菜姑娘笑意盈盈,那一瞬间世界仿佛被她的笑容给融化了。空心菜说:"阿姨,你就陪着叔叔一块去吧,面条我来照顾就行了。"

鸡蛋没有再反驳。西红柿把他拉了出来。

面条爸妈走了以后,面条就从昏迷中醒了。空心菜很开心,笑起来两个小酒窝煞是好看。

面条说:"老师,原来是你在这啊。我就知道我爸妈不会来。"

面条语气很悲伤,像是一条被主人抛弃的流浪狗。

空心菜说:"你怎么能这么想呢?你爸妈为了见你衣服全湿了,还一直守在你身边,刚刚才离开去换衣服了。"

面条撇了撇嘴,不屑地说:"是吗?他们这次竟然有时间来看我啦,真是令我开心呢,呵呵。"

空心菜脸色一沉,原本娇嫩的脸蛋竟有几分威严。空心菜说:"给老师说说,为什么跟人打架,还拿刀互拼,不要命啦?"

面条不屑地说:"看不顺眼就打了呗。不过可气的是一向软弱的黄瓜竟然有那么厉害的靠山,真是人不可貌相啊!"

空心菜被彻底激怒了,大声说道:"都什么时候你还在意这个,你知不知道你的小命差点没了,要不是及时把你送来,我都不知道……"

伤心的空心菜竟然呜呜地哭了,就像是一个母亲教育不争气的儿子一样。内心一直被冰封的面条此刻竟然被触动了,他有多久,有多久没感受过这种爱护了?面条的眼泪不争气地在眼眶里

79

打转。

空心菜稳定了情绪，郑重地说道："面条，我做你班主任也有三年了吧。在我印象里，三年前的你一直是个学习上进的乖孩子，可是老师不明白究竟是什么事情让你变得暴力乖张，你这么放浪形骸是为了什么呢？"

面条沉默了一会儿，然后缓缓说道："要是我的爸妈也像您这样关心我就好了。老师你知道吗？在我小时候，我的爸妈很恩爱，他们很爱我，每个周末爸爸都会带着我和妈妈看电影。可是这几年，他们一直在闹离婚。我有一次听到他们谈话说等我长大了懂事了他们就离婚。可我不想让他们离婚，我想有个完整的家，我爱他们啊！所以，我必须不能懂事，必须要变坏，让他们为我操碎了心，这样他们就再也不能离婚了。哈哈，老师，你说我这样做对吗？"

站在门外的西红柿眼泪流了一地，红彤彤的汁液洒在了鸡蛋的肩头。鸡蛋搂着西红柿，不停地擦拭眼角。

火腿姑娘发来消息："亲爱的鸡蛋蛋，我今晚在老地方等你，不见不散哦。"

鸡蛋打开手机，回了一串消息，然后关掉手机，把它扔进了垃圾箱。

躺在垃圾箱里的手机屏幕依然亮着光，显示着那一行字："火腿姑娘，对不起，今晚我去不了了，以后也再也不会去了，后会无期。"

面条康复了。鸡蛋和西红柿一大早就带着面条出院了。

鸡蛋说："儿子啊，爸爸定了三张电影票，今晚陪爸爸去看电影啊?"

面条说:"呵呵,那得看老妈去不去喽!老妈不去我就不去,哼!"

鸡蛋说:"尊敬的老婆大人,老公邀请你看电影,可否赏脸呢?"

西红柿脸上红扑扑的,像是要炸开一样。

六

鸡蛋很开心,因为西红柿的脾气变得好多了,再也不咄咄逼人。同时他也有点小侥幸,因为他用一次出轨换来了重生的爱情和婚姻。

火腿姑娘接到短信的那一刻,表情没什么变化,只是过了很久,她的嘴角突然浮现一丝微笑。火腿姑娘打开手机,看到一条短信:对不起,我错了,以前我不知道珍惜。等你真正离开我,我才发觉我爱的人一直是你。请你原谅我的臭脾气。我发誓,只要你回到我身边,我一定为你改变。

发件人:老公。

火腿姑娘很开心,她想她的计划也成功了。

七

爱情是风花雪月,是为你找一件礼物跑遍整个城市的浪漫和激情;婚姻是油盐酱醋,是围着沙发看电视天黑说晚安的平平淡淡。爱情需要激情,婚姻需要包容。爱情不是婚姻的坟墓,婚姻是爱情的延续。

婚姻不是一加一等于二，而是等于三。婚姻需要找到合适的对象。西红柿加鸡蛋才能做成一道完整的西红柿鸡蛋面。

　　不求轰轰烈烈闻达于世，但求平平淡淡携手白头。

　　牵着爱人的手，一直往前走，不放手，直到世界尽头。

有多少炙热爱恋，相守成一生惦念

文 / 何钟隐

一

清风拂来，鸟鸣啾啾，就在这样一个春暖花开的清晨，我们一家人安静地围在奶奶的床前，看着奶奶安详地闭上了双眼，嘴角还残留着刚才的笑意。那是我人生第一次目睹生死，幼小的心灵被悲伤和恐惧塞满，眼泪嗒嗒地往下掉，母亲左手捂着嘴，右手垂下来为我拭去眼泪。我的眼泪滑落，打湿了手里一直死死攥着的手绢。

二

手绢是奶奶临走前给我的。奶奶把大家支开，我就坐在奶奶的床前。奶奶苍白枯瘦的脸像是一张皱巴巴的白纸，我看在眼里，疼在心里。

奶奶笑着说："乖，奶奶就要走了……"

奶奶刚开口我就"哇"的一声哭出声来，我害怕奶奶说"走"，因为我知道这个字眼对于奶奶意味着什么，我害怕一直会说话、会笑、会疼我爱我、逗我开心的奶奶突然成了另一个世界的人，从此我们再无交集。

奶奶抬起枯瘦如柴的手臂为我拭去眼泪，笑着对我说："乖，不要哭，你是个大孩子了，所以奶奶才把自己的秘密告诉你，其他人奶奶都不说的。"

"秘密？什么秘密？"

我突然不哭了，迫切地想知道奶奶会告诉我什么秘密。

奶奶转了一下身子，从枕头底下取出一块毛巾大小的布料来，然后放到我手里。

"这是什么？"

奶奶说："你把它交给王全安爷爷，他会把秘密告诉你的，记住，一定要亲手交给他。"

奶奶的眼神很郑重，在我年岁尚浅的日子里，从来没有见过奶奶如此郑重地跟我说话，而且还是临终所托，所以我也郑重地点点头，从心里把这件事当成我有生以来要认真完成的事。

奶奶就这样走了，带着她尚未告诉我的秘密走了。这个秘密她没有告诉任何人，连我也没有说，可是她告诉了我打开这个秘密的钥匙——王全安爷爷。

所以我揣着不为人知的秘密偷偷跑出了家，去找王爷爷。

我心里既好奇又兴奋，究竟是什么秘密呢？而且还会和王瞎子有关。王瞎子是王爷爷的绰号，在村里很少有人去叫他的本名王全安，大家都叫他王瞎子。因为他两只眼睛都瞎了，不过还有人说不是全瞎，起码左眼还能辨物，具体来说是这样：如果他的面前有一只大水牛，他肯定不会把它看成一只公鸡，最多看成一匹马。

总而言之，王瞎子的眼睛不好使。

其实，在我的印象里，王瞎子在村里并不招人待见，因为在大家眼里他是个无所事事的人，不过他也知趣，同样不爱和别人打交道。在我眼里他不是无所事事，他最爱做的也是每天必做的事情就是捯饬他的古琴、二胡、笛子以及少数的西洋乐器。用现在的话说就是玩音乐，而且还是玩一些已经过气儿的音乐。

我一直以来对王瞎子的印象都不错，那是因为他古筝弹得特别好，每次去他家里听他弹古筝，就像是回到了电视里演的古代场景，高山流水、昆山玉碎、鸟鸣啾啾、白云苍狗，时间在他的音乐里仿佛走地很快，又仿佛停滞，一曲完结，像是已经走完了一生。我想那就是他音乐的真谛所在吧。

三

我来到王瞎子家里时发现他就端坐在院子里，面前放着一架古筝，一身宽松白袍子薄衫轻轻地贴在身上，花白的头发此刻梳得油亮，郑重的样子像是在做一场盛大的仪式。看到他郑重的表情，我的心突然触动了一下，嘴里不自觉吐出一句"奶奶"。

还没等到我开口，王瞎子就说："是你奶奶让你来找俺的吧，说吧，她让你来干啥？"

我心中凛然一惊，心想这老头目不识物，我又没开口，他怎么会知道是奶奶让我来的？难道他有料知过去的本领？

"我奶奶，她，走了。"

我垂头丧气地说道，语气里是掩不住的悲伤。

王瞎子说："这俺都知道，俺是想知道你奶奶临终前对你说了什么？"

我把手绢递给王瞎子，王瞎子接了过去。

王瞎子左手捧着手绢，右手不住地在手绢上摸索着什么。摸索一会儿，王瞎子突然像是发疯了一般，口中说着一些不着边际的话来。

王瞎子说："三姐啊三姐，都过去四十年了，你怎么还念念不忘啊？你这个傻女人，唉，是俺王瞎子对你不住啊！"

王瞎子的情绪近乎崩溃，一边说一边哭，我在旁边一下子石化了，怎么也没想到我送来的一个手绢会让一向情绪稳定的王瞎子近乎疯狂，还有他口中的"三姐"究竟是什么人，这一切跟我奶奶又有什么关系？

过了好长一段时间，王瞎子止住了嚎啕大哭，情绪渐渐稳定。

王瞎子说："俺吓着你了吧？这样吧，为了赔偿你，俺给你讲个故事。"

王瞎子开始讲故事，故事的主角是男女两个人，男的叫王二，女的叫三姐。

四

王二从小就是一个孤儿，俗话说没娘的孩子像棵草，更何况王二连爹也没有。本来王二这样的状况在村子里或许应该能赚到不少眼泪，可是他却不受人待见。原因是王二的个人爱好——玩音乐。王二从小就爱收藏一些乐器，像古琴、笛子、二胡，甚至还有一些西洋乐器，有时候为了得到这些乐器王二甚至不惜变卖父母留给他仅有的家具和土地。王二的这个爱好引起周围人的不满，村里人认为音乐是不入流的行当，玩音乐的人就是不上进，天生就是贱骨头，所以他们都刻意和王二保持距离。王二倒也识趣，每天就在自己家里捯饬乐器，很少与外人往来。

可是这个外人不包括一个人，那就是三姐。三姐和王二差不多年纪，两个人从小光着屁股长大，她是村里唯一一个肯欣赏他音乐的人。王二在院子里弹古筝，三姐就坐在一旁聆听。王二弹琴的时候，清爽的风会舞起他的袍子，树叶从枝头簌簌落下，翩翩起舞，鸟鸣啾啾，棉花似的白云静静躺在天边，像是在聆听这一场听觉盛宴，高山流水，乐声潺潺。

三姐说："你弹得真好听！"

王二说："你是俺唯一的听众，俺要谢谢你……"

随着年龄的增长，正是这种青梅竹马的相依相偎转变成炽热滚烫的青年爱恋，两人一起坠入了爱河。三姐让王二去提亲，王二蹲在三姐家门前抽了足足半包烟喝了半瓶二锅头才敢进门。王二表明来意，三姐老爹一听，勃然大怒，说什么也不同意。三姐在屋里急哭了，跑出来跟老爹理论，还说这辈子非王二不嫁，针尖对麦芒，老爹气得鼻子里冒烟儿，掂起一把扫帚就要打三姐，王二赶紧替三姐挡着，那一扫帚结结实实地招呼在王二的脑袋上，王二只感觉脑门哄哄直响。老爹还不罢休，指着三姐的鼻子说：死丫头要嫁给他，俺就当没你这个闺女！"

关键时刻还是王二服软了，王二对着老爹表态，表示以后再也不敢痴心妄想了，说完了便跌跌撞撞地走了出去，脑门上盖了一枚大红章。

那以后王二每天都把自己锁在家里，不见任何人，包括三姐。三姐站在门外对着王二说："俺爹就要把俺嫁给刘能了，俺看你怎么办！"

王二说："俺还能怎么办？你就听你爹的吧。"

三姐骂道："王二你要是个男人就想办法娶了俺，也不枉俺把心交给了你。"

三姐说完眼泪就嗒嗒地往下掉，然后跑着离开了王二的家。

王二打开门，望着三姐离开的方向，惆怅许久，最后缓缓吐出一口气说："俺做梦都想娶了你啊！"

老爹要让三姐嫁给刘能，三姐以死相逼，这件事被搁后。旧年过去，迎来了特殊的一年，因为这一年"文化大革命"席卷全国。

傍晚，王二在院子里借着月光擦拭古筝，背着行李、穿戴整齐的三姐鬼影似地出现在王二面前。王二吃了一惊。

"你怎么来了？"

"你带俺走吧，俺就是死也要跟你死在一块。"

"什么死不死的，咱活得好好的怎么说这么不吉利的话！"

"你说刘能会放过你吗？现在稍微喝过洋墨水的知识分子都被打倒了，说是革去资本主义的根苗。我听老爹说刘能带着红卫兵到处抓人，他早就因为我不嫁他的事对你恨之入骨，这次借着你收藏西洋乐器的由头给你穿小鞋，指不定要怎么对付你呢，你还是快跑吧！"

"俺跑了你咋办？你要听你爹的嫁给他吗？"

"说什么傻话！俺说过了，这辈子非你不嫁，生是你的人，死是你的鬼，俺决定了，跟你一块走。"

王二心里那个感动，一时之间连话都说不出来了，泪花噙在眼眶里打转，王二抹了一把脸，说："走！"

就这样王二带着古琴和三姐私奔了，两人趁着月光不走大路，专走小路，一路跌跌撞撞地出了村子。就在二人以为逃跑成功的时候，身后亮起了数不清的火把，是刘能带着人追来了！

王二和三姐赶紧跑，由于着急连行李也给丢了，王二把古琴也给放在麦田里，两人都是掏出拼死逃命的力量。可是上天似乎并没有眷顾这一对苦命鸳鸯，三姐扭坏了脚，怎么也跑不动了。三姐让王二先逃，王二死活不愿意丢下三姐。就这样两人都被身后的红卫兵追上。

刘能带领着红卫兵把三姐拉到一边，对着王二不分青红皂白就动起手来，王二拿出吃奶的劲儿反抗，结果越反抗被打得越狠。粗大的棍棒招呼在王二的头上、背上，鲜血淋漓，王二倒在血泊里，三姐在一旁哭晕了过去。

那一晚的暴打让王二半月下不来床，还损失了一只左眼，从此成了终身残疾。养好身体后王二由于"拐带妇女私奔"的罪名被组织安排去大西南当劳役。

临走前三姐去送王二，二话不说就从怀里掏出一个手绢，一撕为二，然后三姐咬破手指，血滴在手绢上。

三姐说："王二，俺等你，记着，这绢上有俺的血，就算俺死了也是你的人。"

王二打开手绢，两只欢快的鸳鸯嬉戏在水里，旁边开着几朵莲花，莲花上滴着几滴血，像是美人眉间的一点朱砂。王二用仅有的一只右眼看着三姐，眼神中充满了复杂的东西，不知是感动，还是惋惜。

　　王二被发配到大西南。五伏天，山里的树木都死气沉沉的，像是在同这个灼热的世界作着沉默的对抗。王二累了就掏伤自己偷偷带来的小笛子，死气沉沉的大山洞里由于王二的笛声而有了些许生气。

　　有一天，王二偷闲摆弄自己的笛子，突然一声巨响和扑面而来的灼热把王二吓了一跳，王二赶紧回去，一看不好，炼钢炉倒了，岩浆似的钢铁液体如同水银一样流出，所到之处，尽为灰烬。眼看大本营都要被烧没了，王二据起铁锹就开始救火，由于火势太大，王二不一会儿就被浓烟熏晕了，倒在地上昏迷不醒。战友发现他时看到王二就倒在熊熊大火中，手里还紧紧握着一个竹子一样的物事，绿油油的，他的右眼被烧得血肉模糊。从此王二就结结实实地成了瞎子王二。

　　由于王二成了瞎子，组织安排他回乡，回去的路上王瞎子手里一直握着那个他从火堆里拿出来的那个绿油油的物事。就这样，瞎子王二被烈火洗去了一身罪恶，最后衣衫褴褛地回到家乡。回乡听到的第一件事就是三姐结婚的事情，可能是别人故意让他听的吧，目的是看看他有什么反应。可是王二这次却笑了。他会有什么反应？他一个瞎子哪还有资格娶三姐呢？其实从王二离开家的时候就知道和三姐再也不可能了，临行前那个复杂的眼神就是祝她幸福。可是现在自己连看她幸福的权利都没有了。

三姐来看王二，身后跟着三岁多的孩子和一个五个多月的婴孩。王二把小家伙拉过去，用手仔细地摸小家伙的脸，笑得很开心，他喜欢三姐，也喜欢她的孩子，他喜欢三姐幸福的样子，他想三姐的幸福的样子和小家伙的样子一样吧，所以他要好好地"看"小家伙的样子。

三姐告诉王二老爹去世了。

原来在王二走了不久，老爹又张罗着给三姐找人家。三姐还是老样子，死活不愿意，逼得急了就以死威胁。在多次的交流无果后，老爹彻底对女儿失望，自己买了一包鼠药，死了。

老爹的死对三姐的打击很大，三姐认为老爹的死是自己造成的，如果不是自己那么倔，老爹也不会走到这一步。此时的三姐对人生彻底丧失希望，为了完成老爹的遗愿，三姐嫁给了当地的一名大夫，就是现在的丈夫。

王二从兜里掏出一件物事来，放在小家伙的手里，笑眯眯地对着小家伙说：去，把这个给你娘，以后要听娘的话，长大了要做一个有本事的人。

三姐接过那一件包着的物事，打开，一只雪白的手绢展开，两只欢快的鸳鸯静静地躺在上面，白色的莲花上面滴着几点残红，像是一点朱砂。

小家伙歪着脑袋不解地问："娘，娘，你怎么哭了啊？"

五

时间在三姐的身上仿佛流地很快，儿子女儿在慢慢长大，她也在渐渐衰老。时间在王瞎子身上流地仿佛很慢,一成不变,过去是一个人,现在依然是一个人,唯一让人意识到时间没有变慢的理由就是王瞎子也在衰老,而且比三姐衰老得更厉害。

后来,三姐的丈夫死了,撑起整个家庭照顾年幼的孩子的责任就落到了三姐身上。三姐过得很累。王瞎子为了减轻三姐的负担,经常以和孩子玩的名义去三姐家给三姐做家务,三姐经济拮据时王瞎子就偷偷把钱塞给孩子。这一切三姐都看在眼里,她也从来不拒绝,一是因为她心里藏着一个不为人知的秘密,二是当时的境况是真的不容乐观。

那个年代,寡妇门前是非多,由于王瞎子和三姐来往甚密,因此一些流言蜚语也渐渐流传开来。不过人是一张嘴,谁爱说什么谁说什么,三姐和王瞎子两个人问心无愧,也从来不去计较什么,直到那一件事发生后。

有一天,王瞎子像往常一样在三姐家帮忙劈柴。三姐看着满头大汗的王瞎子,脸上不自觉地涌起一阵潮红,心里七上八下的。

良久,三姐支支吾吾地说:"王二,你要是……不嫌弃……俺,俺就……就改嫁给你!"

正在劈柴的王瞎子闻言身子明显一滞,用浑浊的眼球扫了三姐一眼,随后右手猛地举起来,斧头落下,斧头刃嵌在王瞎子右腿肉里,鲜血淋漓。

三姐吓坏了。

王瞎子忍着剧痛,说:"俺不会娶你的,别人骂俺俺不在乎,但俺在乎别人拿着事实指着鼻子骂你,你要再说这话俺以后再也不来了!"

摄影 by 吴晓隆

窗前人独立，身姿何袅娜。

摄影 by 吴晓隆

长桌、圆椅，午后的校园。时光凝滞。

六

孩子都长大了,三姐老了,王瞎子也老了,沟壑般的皱纹爬满了两个人的脸庞。两人的腿脚也变得不灵便了,王瞎子去三姐家的次数也越来越少。

有一天,三姐拖着蹒跚的步伐来到王瞎子家。王瞎子坐在院子里,面前放着一架古筝,两眼呆滞地望着前方。

王瞎子说:"来啦。"

三姐说:"嗯,来了。"

王瞎子指了指一旁的凳子,说:"坐。"

三姐说:"俺不坐,俺来是想问你,你说咱俩年纪都这么大了,也没几天好活了,要不咱俩就凑合着过几天,就算选错了也错不了多久,你看成吗?"

王瞎子的呆滞的眼睛仍然看着前方,却在不知不觉中湿润了。王瞎子的嘴角抽搐着,似乎想说什么,却又在犹豫着什么。

"娘,你怎么在这啊?找了您半天了,走,回家,看看儿子今天给您带什么了,呵,王叔叔,一会儿俺也给您拿点吧,您老了,要注意身体啊!"

儿子拉着三姐回去,三姐的眼睛一直望着嘴角抽搐的王瞎子,想要知道他的答案。身后儿子不停地催促:"娘,走吧,快走吧!"

三姐回家后大哭了一场,从此身体状况一落千丈。三姐明白,王瞎子是不想给自己和儿子增加负担。

一个月后,三姐带着遗憾和不能说的秘密离开了人世。

我说:"王二是您吧?"

王瞎子说:"哈哈,你看我像吗?"

我说:"我奶奶年青时在家排行老三。"

七

一周后的清晨,清风拂来,鸟鸣啾啾,春暖花开。王瞎子穿着年轻时的袍子,此时却显得松松垮垮,端坐在院子里,面前放着一架古筝,然后像入定一样弹奏起来。

那一刻,风掀起他宽大的袍子,落叶在空中起舞,棉花云在头顶驻足,流水一样的曲音潺潺动听,一圈一圈地荡漾起来。鸟儿愉快地鸣叫,蝶儿在花间起舞,放牛的娃子吹着清脆的笛子……

突然,琴弦"咚"地一声发出闷响,如同傍晚山上突然响起的铜钟。曲终人散,王瞎子直直地倒在琴板上面,嘴角还残留着一丝微笑。

王瞎子的手臂垂落下来,一件绿油油的物事从他夸大的袍袖里甩出来,原来那个一直握在他手里的物事是一支笛子。

微风掀起尘埃,前尘往事如同海浪一样拍打着海岸。

画面一:

王二趁着炼钢的间隙偷偷跑出来,用小刀一刀一刀地刻着一支竹子,竹子渐渐成型,是一支笛子。

王二做好了,吹了几下,清脆的笛音回响在空荡的山里,这时候,炼钢炉倒了,王二奋不顾身地救火,倒下时手里还紧紧握着那支笛子。

画面二：

王瞎子回乡时手里一直握着那支笛子，看到拖儿带女的三姐后再也没有勇气拿出来，然后他拿出一直随身携带的手绢，笑嘻嘻地给了三姐的儿子。

画面三：

一对年青男女坐在院子里，男的穿着一件袍子行云流水般地拨动着琴弦，女生坐在一旁，静静地听着。

三姐笑盈盈地说："王二，你弹得真好听！"

王二说："你是俺唯一的听众，俺要谢谢你，要不送你个乐器吧，你想要啥？"

三姐说："俺最想要一支笛子。"

王二说："那好，俺要亲手给你做一个。"

八

这个世界上，有多少理想被生活牵绊？有多少家庭被小三拆散？又有多少爱情能够执子之手，与子偕老？

可是，我仍然看到了，有一种爱，不曾牵手，没有许诺，却能在时间的洪流中巍然不动，几十年如一日地相守成平凡，然后用自己的一生去品味，去惦念。

厨房

文 / 莫偶然

无论到哪住,都要有个厨房。大小放得进灶台,有窗通风,就算硬件完备;再有个大冰箱能塞进足够多食物来度过梅雨季节,有用起来顺手的锅铲,便算功能齐全;如果再有台烤箱,那就可以整天整天地窝在厨房里了。

冰箱装进新鲜蔬菜水果和肉类鸡蛋,让人心生安全;电饭煲定好时间,起床就能喝上温度刚好的粥;微波炉里的几分钟足够将冷冻的食物迅速解冻,或者如热好冷了的饭菜;虽然使用烤箱时准备工作漫长复杂,但随着温度上升,香气弥漫,幸福感随之蒸腾;即使只有最简单的锅铲,也能煎炸烧炖出酸甜苦辣。

厨房是忙碌的,容易让人想起来"敞亮""干净"这样的词。当然也有那样的厨房:墙壁烟熏火燎,灶台乱七八糟,却能盛出好吃的饭菜。一道菜,食材本身的味道、调味、火候各占了几成,另外切丝粗细均匀，摆盘赏心悦目，则会色香味俱全。

聚餐时候，厨房是小型会客厅，朋友来来去去，菜一盘盘上桌，觥筹交错间谈笑风生。一人食少而精，花几个小时做好，再用一个小时慢慢品尝，不会浪费什么，或者担忧孤独。有心人花一天时间做一道菜，煲一锅汤，红豆熬成流沙，相比快餐，多花的时间在唇齿味蕾间体现。

童年的水果冰棍，老家的果木烧饼，妈妈做的手擀面，有人千山万水地奔赴，只为一种味道，如今不再为某张面孔落泪，却在喝到一碗汤时鼻头酸楚，感情记忆寄居其中，永远忠诚。

等老了就开一家店吧，贩卖记忆里的味道，世间最深的牵绊。

厨房是这样的地方，当你投身其中，便不再烦扰什么。

总有一天会不再有担忧的。

悄悄是别离的笙箫

文 / 杜公子诗若

一直以来
我觉得自己是一颗滚石
我生在塞北关外
那里有着狂风肆虐和黄沙漫天
在那里
在那样的时光里
滚石随风乱走
我的心也是飘摇的
我觉得自己应该找一个女子
水一样的女子
那里才是我的归宿
一旦我投入其中
必会激起涟漪

在那里，

我不必再害怕

不必害怕大风把我吹走

不必害怕沙子磨坏我的身子

不必害怕小鸟趾高气扬地站在我面前，

不必害怕大雨滂沱后的烈阳曝晒

然而

大风只会把我吹向沙漠

我知道那里没有水

我的梦里水乡离我越来越远

直到有一天

有一天，

我被一个人捡起

她有着修长的手指

那样的人一定来自有水的地方

我终于被带到了江南水乡

我被放在盒子里

盒子被放在抽屉里

抽屉当然不会被放在水里

虽然她经常把我拿出来

但从来都没有把我放进水里

盒子告诉我

我的水一直在梦里

无论我在塞外，还是在江南

——滚石的故事

一

我叫康加年,有人问我,为什么不叫"嘉年"或者"佳年",我告诉他们,"加"字简单,笔画用一只手就能数完。其实,故事远没有这么简单。

我出生之前母亲遇到一个算命先生,先生说我命中有一劫,可能活不过二十岁,所以要取一个硬朗的名字。爷爷说要给我取名康百岁,母亲坚决不同意,后来小姑说取名加年吧,加有增加之意,年就是岁数之意,这个名字的寓意是我的岁数只会越来越大,不会中断,直到白发苍苍。

我一直觉得那个算命先生是在忽悠我母亲,因为我的运气一直都很好。七岁的时候,我掉进了菜窖,压坏一大堆白菜,而我却安然无恙;十二岁那年,我从村头的杏树上摔了下来,是一堆麦秸救了我;十五岁的时候,和我同行的小伙伴被雷电劈伤,而我只是被闪到了眼睛;最近的一次是十八岁,那次,我误了车,而那辆车恰好在高速路上发生了追尾。

我从来没有相信我活不过二十岁的预言,因为我叫康加年。

然而,我的命中真的有一劫。不对,有千劫。因为一个人的出现,那个人的名字叫乔千结。

二

高二开学那天,瓶盖对我说:"哎,阿年,班里来了一个转校生，是个女孩子，很好看的女孩子。"

我说："哦。"

瓶盖又说："大后排的雅座从此以后就不仅仅属于你一个人了，那个女孩子以后是你的同桌。"

我说："哦。"

瓶盖还说："那个女孩叫乔千结，你可记好了啊。"

我说："哦，"然后我自言自语道，"心似双丝网，中有千千结。"

"心似双丝网，中有千千结。"我身后的一个声音说。

我猛然回头，看到一张脸，那张脸很白，缺少血色的那种白。她的刘海稀疏，好在是额头不大，并不依赖刘海的装饰；但她的眉毛浓郁，修长而笔直，插向两鬓，让她苍白的脸上多了几许英气；最让我惊诧的是她有一双大眼睛，明亮、清透，我看到的第一眼就想上去吻一下；她是单眼皮，很薄，似乎能看到其中的静脉血管，她的鼻梁也不高，显得鼻尖离眉心格外的远，似乎都是为了凸显那一双眼睛而生。

她说："你好，我叫乔千结。"

"我，我叫康加年，以后就是你的同桌了。"我不明白自己为什么会说话结巴，以前从来没有这样过的，哪怕是和被称为校花的陈草草说话。

后来，我知道，我的那一劫来了，提前来了，在我十六岁的那年。

乔千结问我："你为什么一个人坐在大后排啊？你成绩也很差吗？我的成绩很差的。"这是乔千结对我说的第二句话，我缓缓地点了点头。

101

她又说:"我妈因为我成绩太差了,所以把我送到了这里,我挺害怕的,害怕身边都是好学生,他们肯定会嘲笑我的,对不对?"

我心中倏然一惊,我说:"不会的,我保证。你的成绩也会变好的,我也保证。"

乔千结看着我,就像看着来自白垩纪的那种生物一样。我对着她笑了一下,她说:"你不用这么安慰我的,我都习惯了。还有,你笑得很勉强。"

三

从小到大,我一直都很幸运,然而,有两件事从始至终都是不幸的。第一,我不会哭;第二,我不会笑。

我是个好强的人,我不知道我的性格为什么会向这个方向发展,我的父母从来没有给过我什么高不可及的期盼,而我那样做是为了证明什么,我也不知道。后来,乔千结问我:"原来你是班里的第二名啊,我开学那天问你,是不是你成绩也很差,你为什么要点头啊?"

那时候,第二名对我来说的确是很差,没有比第二这个词再差劲的了,所以我从来都不快乐,直到乔千结的到来。

那天我对乔千结说的话,对她来说或许只是安慰而已,对我来说,却是一份诺言。我要让她不被别人嘲笑,我要让她的成绩变得更好。

如同梦想总是用来幻灭一样,诺言也总是用来打脸的。我们不断许下这样或者那样的诺言,现实却让我们屈从于荒凉,等到我们在抗争与奋斗中被磨去棱角，圆润地如同世界展示给我们的那个样子的时候，我们终于可以被时光温柔地接纳，然而，我们怀念的却还是挣扎时的痛楚。

乔千结到来的第三天，班里举行了一次化学小测验，在从前的岁月里这只会是一件极其普通的事情，普通到谁也不会记得，我没想到的是，这次，它会在我和乔千结中间种下一根刺，让我进退维谷。

事情的起因源于乔千结的测验成绩，真的如她所说，差到不可救药。28分，我就没见过这么惨不忍睹的成绩，要知道倒数第二的那位仁兄的成绩是及格的。

我的试卷发下来的时候，乔千结想要看一下，而我却不自觉地收了起来，我至今都不知道当时怎么想的，不知道是害怕让她看到我不是满分，还是害怕让她看到我比她整整多70分。其实，我想，当时如果她再坚持一下，我一定会让她看的。

然而，很多事是没有如果的。上课之后，小朱老师说她要读一下排名靠前的几个人的成绩。听到老师这么说，当时我明显感觉到我的心抽了一下，这是我第一次害怕"优秀"这个词。

当小朱老师读到我的成绩时，我看了一下乔千结，恰好，她也看着我，嘴上挂着一弯浅浅的的微笑。很明显，那个笑很勉强，她的眼睛里流动着一种光芒，很黯然的光芒，那种光芒叫做自卑，我也曾长时间拥有过。我至今还记得，那一刻我难受得要死，不是因为我错失2分，而是我和那个女孩的距离远远不止70分。

或许是乔千结已经习惯了接受自己的成绩，也或许是她早已做好了心理准备，所以她并没有表现出惊慌失措。然而，我知道她绝不是一个甘于平庸的人，因为真正"破罐子破摔"的人，是从来都不会自卑的。

小朱老师说："康加年，你要帮帮你的同桌啊，提高她成绩的任务我就交给你了。"

班里所有的人瞬间回头，干净利落，整齐划一，那叫一个尴尬啊，还好我平时也不苟言笑，人称"冷面"，所以才并没有出什么丑。后来，我对乔千结的苛责，又被他们冠以另外两个字——兽心。

我说："哦，我会让她知道不好好学习化学，是要付出沉重代价的。"

瓶盖这混蛋居然带头鼓掌，然后大家哄堂大笑。我看了看乔千结，她低着头，咬着嘴唇。我轻声说："别怕，我会让你成绩好起来的，我保证！"

我看不到她眼眶中闪烁的泪水，也听不到她忐忑的心跳，更不知道她的心中在那一刻生出了一个让我恨了自己一整年的决定。

后来，千结告诉我，班里的哄笑并没有让她感到难堪，她从那些笑声中听不到丝毫的嘲讽，反而，她觉得自己从那一刻起，融入了那个班级。

四

十六岁那年的夏天，我终于放弃了对第一名的死死追赶，把更多的精力放在了对我那个笨蛋同桌的拯救上。然而，更多的时候，我觉得并不是我拯救了千结，而是她拯救了我。一个人纵然学习成绩不好，她依然可以美丽地活着，但如果一个人的心魔不除，纵然他拥有全世界，最终也会丢失一切，一无所有。

我总喜欢叫她"笨千结"，"笨千结，那张数学卷子你做完了吗？"

"笨千结，你跑这么慢，800米测试是过不了的。"

"笨千结，你好好坐着，别扭来扭去，车子都要被你扭倒了，哎呦，你再捏我，信不信我分分钟就把你丢在大马路上，再也不载你了。"

"笨千结，你知道吗？我突然好想你！"

每当我叫她笨千结，她总会抗议，我喜欢看着她噘起嘴，然后一本正经地说："阿年，我告诉你，我不笨，我就是反应有点慢。"

是的，乔千结一点都不笨，很多东西一学就会，天赋高得甚至让我都有点嫉妒；是的，她的反应真的很慢，有一次我早上给她讲了一个笑话，晚上放学的时候，她突然笑了起来，然后告诉我说："阿年，你早上讲的那个笑话好好笑。"

在我"冷面兽心"的严苛训练下，半年之后的乔千结已经和倒数第一这个词再也没有任何关系了，她的各项成绩稳步提高，就连她最讨厌的数学也突破了及格线。更加让我诧异的是，乔千结的语文和英语成绩常常会超过我。

乔千结告诉我，曾经，她也是个乖孩子，成绩优异，初二那年，她喜欢上了一个人。那个人比她高一级，在非主流盛行的岁月里，他那一头染白的头发，简直就是女孩子逃不脱的梦魇，就那样，乔千结的心被他俘虏了。

很快，乔千结的母亲就知道了这件事情，闹到了学校里，满城风雨。一个母亲在盛怒之下，只会站在自己的时代，用自己的思维去思考错对，丝毫不知道孩子的感受，事情的结局往往会脱离她们的预期，走向更坏。

在那件事以后，乔千结和白发学长断绝了来往，但她的心思从此也不在学习上了。在三年之后，她再次拾掇起自己的努力与骄傲，走得举步维艰，后来她告诉我说："阿年，你知道吗，我被你逼迫学习的那段时间里，我好几次都想和你绝交，然而，当我要放弃的时候，突然觉得如果我那么做，接下来的岁月里我的生命又将一片荒芜，被你折磨着，我竟是甘之若饴！"

五

高二的下学期发生了一件大事，我终于不是第二名了，被称为大哥的第一也终于不是第一名了。我们两个共同退步，三姐成了新科"得分王"。

当然大事不是指这个，瓶盖告诉我："阿年，大哥和三姐终于在一起了。"

"哦，"我满不在乎地说，顿了一下，我才反应过来，吼道："啊？你再说一遍。"

"大哥和三姐在一起了，当年大哥和三姐打了一个赌，如果哪天三姐的成绩超过大哥了，他们就正式宣告在一起。"

大哥和三姐的故事很曲折离奇，不过我们所有人都认为他们本来就应该是一对，当他们真的宣布在一起的时候，我们居然还是很诧异的，就像一只养了三年的母鸡突然下蛋了一样。

乔千结从来都是一个看热闹不嫌事大的人，她知道这个故事后，居然腆着脸说："阿年，要不我们也打同样的一个赌吧？好不好？"

我拍了一下她的脑袋说："你傻了是不是，那是他们的游戏，想玩的话我陪你玩别的。"

"玩什么？"显然，千结兴致很高。

"我陪你再做一张数学卷子。"

"就知道你会这样。"

我记得曾经从一本书上看到这样一段话："每个人对于感情的认知是不同的，接受能力也不尽相同，对于爱情尤为如此，有些人情窦早开，有些人后知后觉，这两者并没有对错与好坏，只是后知后觉的人，一旦接受了这份感情，受到的牵缠往往会更重。"

我就是那种后知后觉的人，往后的岁月里我对乔千结的感情浓烈到我自己无法控制，喷薄而出，只是当时的我并无法知晓。

然而，我不得不承认，我和千结的关系确实是越来越暧昧。有一次，在课间，我睡着了，千结悄悄地在我的额头上画了两只对拱的小猪，她在画完以后习惯性地吹了一口气，然后我就被痒醒了。我看到的场景是，一个女孩子弯着腰，手里捏着一支墨迹未干的笔，小脸鼓得圆圆的，撅着嘴在呼呼吹气，可爱极了。我迅速地在她脸上亲了一口，然后脑袋里"嗡"的一声，我和她同时呆住了，好像对于刚才发生的事情一无所知。

乔千结突然笑了起来，她说："阿年，你要对这件事负责哦。"看着她笑靥如花，我更加手足无措，只是机械性地点了点头。

从那以后我失去了逼她多做一张卷子的权利，越来越习惯去宠着她。我习惯了课间陪她在操场散步,虽然常常是沉默着走完一圈一圈,偶尔看看她的侧脸;我也习惯了放学后载她看那座小城的夜景,有时候她要逮草丛里的虫子,结果弄得满身泥巴,一无所获;我更是习惯把整个周末的时间都给她,陪她笑,陪她任性,陪她温柔整个岁月。

六

高三那年的春节,是我十八年来见过最冷的一天,那天大雪封城,气温居然达到了零下二十九度。然而,乔千结是贪玩的,她会选择性地遗忘所有的不利因素,然后把我叫出来。

不得不承认,那天的千结是极其漂亮的。她穿了一件白色的风衣,配着一双白色的靴子,远远看去,似乎要和雪地融为一色了,红色的绒线帽子与围巾是如同火一样的暖色,驱散了空气里的寒冷,她的妈妈给她化了一个淡妆,眉眼弯弯,脸色红润如玉,我突然才发现千结这一年多来,气色好了许多,再也不是我第一次见她时候的苍白柔弱。

塞北的那个小城多雪,但每逢大雪还是很让人欣喜的,那天的乔千结尤为如此,她拽着我的胳膊,一路上说个不停。

她说:"阿年,你看,这些房子不管高的还是矮的,都变白了,就像我们穿上了校服一样,好有意思啊!"

我说:"嗯!"

她说:"阿年,你看那一串脚印就像车轮印一样,我们也去踩一串吧!"

我说:"好!"

她说:"阿年,我想吃一口雪,小时候偷偷吃雪总是被我妈妈批评。"

我说:"不行。"

"阿年,你是不是不高兴啊?是不是在生气啊?一路上都不说话的。"

"我不高兴的时候是这个样子吗?"

"也是哦,你生我气的时候就让我做卷子,万恶的地主阶级。"

我被千结逗得不禁哑然失笑。她又说:"阿年。"然后停顿了好长时间,我说:"我听着呢。"

她说:"阿年,你知道吗?我喜欢你,你喜欢我吗?"

我瞬间停了下来,乔千结迈出了两步,也停了下来。我能清晰地听到我的心跳,我也能清晰地听到她的心跳,此时我看不到她的脸,但我能清楚地感受到她的紧张,她那双眼睛里流动的神采必然是我不可能拒绝的。我喜欢她吗?当然喜欢,我康加年何曾和一个女孩子这般暧昧过,如果这还不是喜欢的话,那么我肯定是吃饱了撑的,而且一撑就是两年。

我说:"喜欢,可……"

没等我把"是"字说出来,乔千结就扑到了我怀里,用力地抱住了我。好大的力气啊,勒得我一阵轻咳,反倒是把那个没说出来的转折词掩盖了过去。

"可是,我们马上就要高考了,对吧?阿年。"

我没想到这句话要从她嘴里说出来,她说:"阿年,我和你打的那个赌是算数的,就算不能超过你,我也要和你上同一所大学,

109

对吧？"

我以为乔千结只是在那样的情况下突然脑子短路，随便说说的，然而我没想到往后的半年里她努力的势头让我佩服不已，在最后一次的模拟考试时，她居然冲进了全班前十。

七

高三的最后一学期是忙碌的，然而在春节之后还有一次大的假期，那就是元宵节，元宵节的假期之后我们就真的要背水一战了，所以，这个元宵似乎成了所有高三学子狂欢的最后岁月，我和乔千结自然也不会例外。

那年，政府的管控还不是很严苛，反腐倡廉也似乎只是嘴上说说，所以在元宵节的时候，市政府都要在市区的主要路口燃放大量烟花，各种各样的花灯把市区装扮得五彩斑斓，小吃摊遍地都是，只要交五块钱的摊位费，城管就再也不会打扰你的生意。

傍晚的时候，小吃街上已然人流涌动，我不知道从什么时候开始就牵着千结的手，在人群里挤来挤去，竟也是那么地自然。我们挨个扫荡着小吃摊位，千结像个孩子一样，吵着和我说："阿年，阿年，吃这个，阿年，阿年，我要吃那个。"每当得到一个新的"战利品"时，她都会看着我嘿嘿傻笑，我总是不自觉地要去摸她的脑袋，然后发现自己的手上都是油腻，只好收了回来，最后我给她画了个猫脸，急得千结直跺脚，因为她手上的油腻比我还多，根本不敢碰自己的脸。

晚上的烟花是这个节日的盛宴，我和千结站在人群之外，因为爆竹里飞溅出来的泥块总会打到不少人，虽然不会受伤，但往往会引起一阵骚乱，挺危险的。烟花在喧嚣中升空，爆裂开来，炸响过后的瞬间，空气立刻变得宁静，就像灵魂得到了释放一样，心灵会变得空明至静。我想，我们喜欢烟花，更多的并不在于它的喧嚣升腾，而是在于被喧嚣掩盖的安静。

我看向千结的时候，她恰好也在看我，她说："阿年，你的侧脸真好看。"

"我看你的时候，你恰好也在看我，这个场景让我突然想起了几米的一句话。"

"是什么？"

"我们常常四十五度仰望天空，我想你的时候，你会不会也恰好在想我？"

"会啊，我刚才一直在看你，无论你什么时候看我，我都在看你，阿年，我是不是很聪明啊？"

"你这不叫聪明，你这叫无赖。"

乔千结"哼"了一声，然后转过头去，不再理我。

其实，我想说的是，我多么希望她的这份无赖能陪我度过荒芜的余生。

元宵节过后是我的生日，乔千结送了我一样礼物，是一块石头。她在南方长大，小的时候来过一次这个北方小城，她捡到了那块石头。后来，她带着那块石头去了江南，然后又带了回来，虽然不贵重，但她感觉那块石头总是能带来好运，所以她送给我，希望我高考成功。

我把那块石头穿起来吊在了鱼缸里，我的小鱼"小笨"总是喜欢去顶一下这个不速之客，似乎要把它推开一样，而"小乖"则静静地看着"小笨"的一举一动，无动于衷。我突然觉得，我和乔千结似乎像极了这两条小鱼，一个总喜欢去做点傻事，另一个只喜欢看着对方。

八

六月不期而遇，而高考也如期而至，我们内心惶恐不安，同时也轻松了许多，终于等到这一天。

无论是哪个学校，高考之前必有考前动员大会。其实，这个大会的意义并不在于动员，更多的像是在提前告别，因为有很多人一旦考完那场试，可能就再也见不到了。

我和乔千结并没有站在人群里，教学楼的天井此刻更为安静，很多人把书本和卷子都丢了下来，纸片纷飞漫撒，狂欢的意味里总带着些许哀伤。我和千结就站在天井的入口，我问千结说："两年来我一直没有问你想去哪所大学，现在可以告诉我吗？"

千结看着我，眼神还是那么狡黠，她说："去南京，你是想和我私奔吗？"

"私奔你个头啊，你觉得我现在还能放下你吗？"

千结哈哈大笑，然后说："阿年，想不到你也是会说情话的，我一直以为你就是一块木头呢。"

然后，她又说："阿年，你要好好考啊，别为了迁就我故意放水，我知道你一直想考第一的，我相信你一定可以超过大哥的。"

"可是，我现在只想，只想和你去同一所学校。"

她用手轻轻捂住了我的嘴，然后说："我知道，这两年来你何尝不是我努力变优秀的动力，但你一定要做到最好，我喜欢的一直是那样的一个你。"

我把千结送给我的石头戴在了胸口，陪我度过了人生中最为重要的两天。那年高考的试题出乎意料地难，我在烦躁不安的时候就摸出那块石头，提醒自己一定要冷静。从考场里出来后，我知道自己考得并不好，不知道为什么，心里并没有难过，或许是离千结又近了一点吧。

那时候高考完是要自己估分的，然后填志愿，所以高考后的第二天每个人都要到学校里领取一份标准答案。那天我没有见到乔千结，我领取了她的答案册，等到教室里空空荡荡，我形单影只地站在那里，低头时才发现自己双手颤抖不已。

我知道，我可能要失去她了。从高考结束到录取通知书下来，我没有见到乔千结；九月份我终于到了那个炎热的城市，开始了我的大学生涯，我依然没有乔千结的消息；我跨越了十九岁的生日，那一整年的时间里我失去了乔千结的所有踪迹。

在大一的那一整年里，我发现自己闭塞了好多，我没有参加任何社团，没有和任何一个女生说话超过十句，没有在任何一个月里把手机的通话时长用完，没有让乔千结留下的印记在我的生命里有丝毫变淡。

我常常会在教学楼的天井里呆呆地站半个小时，叫出"千结"的名字后才发现四下里了无人迹，黯然神伤；我常常会在操场里拼命地奔跑，最后瘫在草坪上，想起有一个人总是在八百米考试时不及格；我常常会去一个人逛小吃街，买了东西才发现根本没有人会把它从我手里抢走；我的室友告诉我，我常常会说梦话，说："千结，千结，你在哪里？"

我十九岁那年是绝望的，我开始相信那个算命先生的胡说八道，我可能真的活不过二十岁了。

九

六月八号，又是一年高考结束，千结离开我已经整整一年了。

几天后，我收到一封信，我的室友代我取回来的，他调侃说："阿年，估计又是一个喜欢你的妹子哦！"

我摇头苦笑，我不希望任何人喜欢上我，浑身伤痕的我不能接受任何拥抱，而那味良药却至今不知去了何处。

我原本准备让室友把那封信丢掉，只听到他说："咦，没有署名哎，只是画了两只对拱的小猪。"

"什么？"我迅速从椅子上弹了起来，从室友手里夺过那封信，小心翼翼地拆开，我明显感觉得到双手的颤抖，心脏就像被破城用的重锤一样敲击着。

依然是那么不好看的字，却写得认真娟秀。

阿年：

好久不见，和你分开已经一年多了，多次想和你联系，最终还是忍住了，我发现自己居然也有这么大的毅力，一定是从你那里学来的，你说对不对啊？（快夸我，嘿嘿~）

你一定想知道这一年来我到哪里去了。哼，就不告诉你，你先告诉我，你有没有每天想我，说好了每次仰望天空都要想到对方的。

还是告诉你吧，你也知道的，我不是一个能藏住话的人。这一年来我都是在复读班度过的，相信我，我没有偷懒哦。

或许你在想我当初完全可以和你去同一个城市读大学的，可是，那个我和你开玩笑说的赌约，在我心里是一直算数的。其实，从你告诉我你不会让任何人嘲笑我的时候我就做了一个决定，决定做一个配得上你让你骄傲的人。你那么骄傲，你的女朋友一定不可以是二流学校的。

你知道吗？这一年来我多么想你，我会在草稿纸上写你的名字，画你的脸，我会写一封又一封信给你，然后忍着不寄出去，我会在梦里叫你的名字。你知道吗？元宵节那天我看到你了，我多想跑过去抱抱你，可是我不能。你一定知道的，我好想你。

现在，我终于配得上你了，阿年，你还在等我吗？对于这一年，我想过无数的可能，每次想到你不再要我了，我就难过得要死，你说过你不会哭，我说我哭就够了，可是，哭出来依旧很难过啊！阿年，我可以兑现那个赌约了吗？

想你的笨千结

六月八日夜

我看完后才发觉自己泪流满面，室友看着我，说："阿年，你怎么了？"

我说："我应该能活到八十岁。"

顾不得室友的诧异,我拨通了信纸后面附的那个手机号码。

"喂,阿年,你不会骂我吧?"乔千结在电话那边讨好地说。

一年了,终于又听到了她的声音,我听到她的没心没肺,火气立马就升了起来,我说:"你说我会不会生气,你说说吧,怎么检讨自己的错误行为?"

"我,我,把我交给你还不行吗?我想去南京找你,我好想你!"

"好,我等你。"

我回到宿舍之后,发现三个室友都在盯着我看,我也看了看自己,没觉得有什么不对,我说:"怎么了?我身上没有泥巴啊。"

阿北说:"对不住啊,我没忍住,又把你的信看了,我错了,这封我真不应该看的。"

我摆了摆手说:"算了,又不是什么丢人的事,既然你们都知道了,反而省得我去解释。"

阿北又说:"阿年,你这一年来郁郁寡欢,我们都担心你是马加爵第二呢,感谢你的不杀之恩呐!"

"去你大爷的。"

阿北就是替我取信的人,我几乎没有拆过的信,几乎都成了他的信,最终他从里面拆出来一个女朋友。但他还是乐此不疲地继续拆我的信,据说里面有不少甜言蜜语,可以用来哄女朋友开心。

我说:"以后,你怕是没有信可拆了。"

宿舍里哄笑一片,阿北却哀嚎了半天。

在往后的日子里,阿北以每一封信件的内容为诱饵,在千结那里骗吃骗喝数次,很是无耻。

十

复读那一年,千结的体重降到了八十斤出头,我每次背起她,心里就一阵难受,一个人需要怎样的毅力和倔强,才能用体重换来那遥不可及的几十分。千结常常安慰我说:"这二十斤肉是因为你才掉的,你要天天请我吃好的,这样我就可以恢复到白白胖胖啦,到时候你可不要嫌弃我哦。"

于是在大学里,我学会了做饭,厨艺渐精,千结也终于胖了起来。高中五周年的聚会,我和她到场的时候,不知道是谁带头惊呼:"呀,康乔二位到了。"还有人说:"乔千结,你气色好了太多,康加年对你真好。"

康乔,这两个字似乎本来就应该在一起的,自从徐志摩写了《再别康桥》之后,这两个字似乎也成了离别的代名词,所以,我很长一段时间里都很不喜欢这个词,尤其是千结离开我的那一年。

"悄悄是别离的笙箫,沉默是今晚的康桥。"很多时候,别离都是悄悄的。我们在害怕着很多东西,离开的时候不愿意说一句再见,那样再次相遇的时候,我们就能从容地说一句你好。

瓶盖说:"阿年,悄悄是别离的笙箫,康乔是永远的康乔,白头偕老。"

千结说:"阿年,悄悄是别离的笙箫,你是我命运里年轮的延伸,渡向彼岸的桥。"

我说:"阿年,悄悄是别离的笙箫,不离是从此的康乔。"

小秋子的厨房
——青椒炒章鱼

文 / 村丘夫人

小秋子觉得最最自由的，是饿肚子的时候才吃东西。真好，不会有人来催促自己吃饭，明明一点都不想吃的嘛。

今天小秋子决定要吃的是青椒炒章鱼，这是小秋子学会的第一道菜，也是唯一会做的菜。三点饿了就三点做，八点饿了就八点吃。小秋子慢吞吞走进厨房，取出章鱼和青椒。从冷冻室出来的章鱼早就凝固了。不过这不打紧，好在放进去之前已经切好块了，用热水冲冲再使使劲，就能撕开。浪费不了多少时间。

"小秋子，章鱼在炒之前是要用水煮一遍的，这个你知道吗？"

"我知道我知道。"

"你又怎么知道的呀？"

"大人不都是这样做的嘛，煮之前还要切花的。"

"切花你也知道啊？"

"嗯，我切给你看哟。"

"咚"的一声，小秋子从塑料袋抖落出硬邦邦的章鱼。"嘶"——"嘶"——"嘶"，小秋子觉得挺好玩的，一点一点地撕开章鱼，里头还夹着小冰粒。全都撕好后小秋子把章鱼再次用热水冲过一遍，这下够软的了，手掌都被冲得红彤彤的。

"嗨呀，小秋子握刀的手势很不错啊，真厉害。"

"看，都没人教我呢，我就会了。"

"小秋子，不用把它按得那样紧，轻轻地碰住就行，每切一刀，手指就往后退一些。"

"哦，这样吗？"

"对，慢慢切，当心手。"

小秋子把章鱼捧上砧板，又移移步子打开灶台烧水。小秋子先前是不敢在切章鱼的时候就烧水的。真是的，水烧开这么久了可是章鱼还没有切好。不过这有什么好慌的，烧开了就烧开嘛，又不会把锅烧塌。虽然这么想着，小秋子却时不时回头看看里头已经沸腾得不得了的锅。"咕嘟"——"咕嘟"——"咕嘟"，啊，太让人不安生了，小秋子愤愤地关掉火，好专心地切出漂亮的花出来。

"哈哈，小秋了，直直地切下去费劲的，你要把刀拿斜一些，斜切。"

"你早说嘛。"

"嗯嗯，小秋子切得挺利索。"

"厉害吧，这可是第一次。"

"小秋子，切慢些，让妈妈多看看你做菜。"

119

小秋子抬着砧板把章鱼滑进锅里,刚沸腾的水一下子就静了。小秋子这会开始冲洗青椒。绿油油的,色泽还很光亮。新鲜的青椒能给小秋子带来好心情,有个好的嚼劲总归是幸福的。

对半切开,去籽,小秋子满意地看着自己切成条状的青椒。锅里的章鱼被烫得卷曲起来,方才一刀一刀切下的痕迹,这会都在卷曲里绽放开来。横切一遍,竖切一遍,小秋子,慢慢切。

"要小心别把青椒烧焦了,火可以关小些。"

"哦。"

"嗯,可以加上番茄酱了。"

"哈哈,这么简单啊。"

"是呀,以后你自己就可以做了。"

小秋子很有做饭的天赋,切菜、翻炒、盛菜这几个姿势在头几回看起来已是有七分娴熟的了。

小秋子也不会惧怕油溅到自己的脸上,不,应该是不怕疼,每次都是要被溅到脸上的呢,小秋子勇敢地站在灶前,不躲不闪。"嗞"—"嗞"—"嗞",一番油烟过后,小秋子把炒好的青椒章鱼盛到碟子里,再去盛出一碗稀饭。开窗通通气,冬天的晚间七点,雪花纷纷扬扬,天色昏黄。小秋子在窗口站了会。

"怎么样?怎么样?好不好吃?"

"嗯嗯,很好吃,小秋子做得太好啦。"

蹲在门口,一粒接一粒的雪花落在小秋子的头上。小秋子瑟缩地伸出手在雪地上挥来挥去把雪扫到一块,再把松软的小雪堆捏紧。捏出两个一大一小的雪球。"呼"—"呼"—"呼",寒风吹得小秋子都不大好睁开眼睛了。小秋子抖着身子把捏好的,巴掌大的小雪人带回厨房。

"妈妈，我们明天也做这个菜吧！"

"好。"

小秋子身上的寒意还未完全散去，伸手在身上乱搓一通，牙齿还打颤呢。以前小秋子是有心思打扮打扮小雪人的。萝卜丝的鼻子啦，巧克力的眼睛啦，瓶盖的帽子啦，铅笔的手啦。可时间走了，渐渐的，小秋子就不怎么去打扮小雪人了，不打紧的，反正小秋子知道桌上这两个堆在一起的雪球是个小雪人。

"嘿嘿，小雪人，我们今天还吃青椒炒章鱼。"

"小秋子，你已经快吃了一个冬天的青椒炒章鱼啦。"

"不好意思啦小雪人。今天我多放了番茄酱，你会喜欢的。"

"小秋子，快要二月了，二月一过，就三月，三月……你见不到我了呢。"

不打紧啊，妈妈说了，每一个四季都有它的生命，所以任何东西都不会消失的。就像，就像妈妈也没有消失的，妈妈只是选在冬天好好睡一觉，不醒来也没有关系。嗯嗯，没关系的，你不信吗小雪人？你看，雪花是妈妈，冰冰的风是妈妈，围巾是妈妈，一整个冬天都是妈妈，还有青椒炒章鱼也是妈妈。等到春天的时候，大树、小花、小草都会醒来，妈妈也会醒来的，就醒在我心里。所以小雪人，我还是会见到你，因为你也是妈妈。

"吸溜"——"吸溜"——"吸溜"，小秋子吃得很满足。

外头的雪花飘呀，飘呀，小秋子和衣睡去，睡梦里小秋子笑得很甜，里头依旧有个声音在响——"小秋子，快来吃饭啦。"吸溜吸溜，吸溜吸溜，小雪人融化了。明天小秋子又得擦桌子擦地了。

消失的村落

文 / 逗饼诗人

走过高楼大厦的时候忍不住回头望了望被我抛弃的古老村落,它是不是还跟山坡上那茬青草一样,荒了又长,黄了又绿,年年岁岁无休止地空旷孤独又自得其乐。

我的爷爷奶奶在那里生活了好多年,不出意外的话也将在那里入土为安,倒是年轻的父辈硬生生扯断了与故乡的纽带,已在别处安居乐业,我仅有的一点琐碎零星的念想,也快要被时间消磨掉了。

老公鸡经常在小路上神经兮兮地窥探,见到人影却又钻进旮旯。牛则自在多了,边走边坠一泡稀屎,头也不回,留给落在身后的乡人品味。被我吃掉一片叶子的树高到我再也够不着了,上面又生出了更多新鲜的叶子。飞禽走兽在田埂间留下一撮毛发,警告你它们来过。

门前的大丛蔷薇粉粉嫩嫩，我在香味儿里扑赶一只蜜蜂，不给它分享一点春光，但它被逼急了，叮了我的指头，那刺连着内脏被一同拔出，挂在指上，像一道魔咒，泡肿了我的小指。往后我再也不敢招惹蜜蜂，它可以连性命都不要，却要与阻碍它享受大好时光的人类搏斗，可我们为了自己的生存连家园都不要了，我配不上去招惹它，去逗弄它。

外婆包着头巾拉着风箱做饭，两鬓在烟雾里浸得发白，外公在对着蜘蛛网吐烟圈，我在玩，用一个跌跌撞撞的石子去碰撞另一颗。每个人都有擅长的事情要做，村庄也有，它习惯送别，目送汽车大包小包地满载归来，可车上的人永远呆不长久，离去的时候车变得轻飘，泥土也轻浮，飞得更高也更远，村庄的眼睛在黄沙里慢慢迷离，顶多被尾气呛到了轻咳几声，又遁回落魄与苍凉。

多年后我回去，童年走过无数次的铁板桥依然健在，依然起伏不平，我有了比往年更沉重的身体和心事，摇摇晃晃地踱上去，听它的骨骼更加响亮地呻吟，它已承载不了乡愁了。桥下的人也在好奇地瞧我，像瞧一个不曾见过的怪物，那怪物守着在枯槁的河床上修好的路不走，偏要走那叫人心慌的破桥，她是不是不知道这里也进步了。

河边歇息的挖土机笑我，桥上驶过的车辆笑我，我争辩着想说几句，却被风沙堵住了嘴。我长久地躺在青草和雪地里，我的血液变成绿的或白的，跟着季节漫延，把自己交给虫子和风雪，不知道它们还看不看得惯这身沾染了不少世俗气的皮肉。

落叶归根，可是人怎么才能知道什么时候该往回走了呢？走得太远来不及赶回，怕自己会死在路上更怕回来时它已陌生到让人找不到路认不清脸了；那走得近呢，私底下给自己盘算好了人生路程，过早地回到了家，却发现被乡愁唤醒的生命更加长久，长久到无聊空虚，又想着出去走走。于是怕走不到家的，怕走到家又想出去的，都没再回来。

人们怕触景生情，所以在异乡飘零。把家留给了蛀虫，日复一日地啃食，村子被一些人遗忘，于是村子被另一些人拆毁。你不在了，山林不在了，河流不在了，你走了之后，混沌乘虚而入，没有人烟，只有雾霾，没有山鸡，只有推土机，没有集市，只有超市，没有乡村的面子，只有人的面子。

不珍惜过往的会被未来索债。从城镇回归土地，我看见一波荒芜又一波风骚，前仆后继地拍打过来，让迟缓的来不及反应的人站不住脚，"啊呀"一声倒地，倒在自己耕种的罪孽里。若干年以后，那些罪孽会深深浅浅地一路流淌开去，湮没了长河的去路，冲刷掉碧绿的麦田和参天的大树，它们开辟的干涸和腐臭，却一直茂密地生长。

最后，我们再也没有过去可以回想。

少年天高远。星子如大海。

摄影 by 吴晓隆

摄影 by 吴晓隆

执子之手,与子偕老。小方,你愿意陪我走下去吗?

梦昔笔谈

文 / 骆闻笛

一

我脑海里时常会莫名其妙地浮现出一个奇怪的场景，像是拍劣质电影，画面昏暗而模糊。开始，画面从一片漆黑慢慢变亮，如同黎明的晨光慢慢驱逐了夜色，逐渐浮出一个空无一物的桌角的轮廓。镜头是固定的，就这样一动不动地对着这个桌角，很长时间没有动静。然后，光线忽然有浮动，一个淡淡的人影走近桌子，他在桌角轻轻地放下一只杯子，就转身走开了。杯子恰好在镜头的焦点，似乎镜头一直对着桌角，就是为了等待这只杯子。杯子上刻着几个我看不懂的外文字母，但非常清晰。

没了。就这么简单，但它反复地在我脑海里出现。整个过程没有任何声音，因为镜头角度很低，所以也看不到那个人的脸，我不知道他是谁，也许他是谁根本不重要。

有些事情就是这样莫名其妙，比如"即视感"现象，就是明明未曾经历过的事情或场景，却总有仿佛在某时某地经历过的似曾相识之感。比如一些科学可以解释却又解释不清楚的灵异现象。还比如，一些奇怪的梦……

二

高中时，我在金华那座小城市里，心情无比彷徨，内心的孤独让我本能地远离人群，而现实又让我不得不不着痕迹地混迹于人群。

那时，我觉得自己像极了一尾深海里的游鱼，有着融合环境的体色，有一颗坚如磐石的心脏，嵌在身体的某个深处。 城市像一艘光怪陆离的深海沉船，爬满了纠结丛生的杂乱的海草。形形色色的人群是不同的鱼种，每天目不转睛地在里面游来游去。我独自在这冰冷的林立的石头森林的夹缝里面生存，穿着滑腻而刀枪不入的铠甲，永远一副冷若冰霜的表情，在刀光剑影的鱼群里东躲西藏，却也游刃有余、来去自如。每天在学校和住处之间两点一线，反复地来回穿梭游弋，眼神呆滞，内心木然。

每天，除了上课，便是坐在教室里看周围同学唾沫横飞地高谈阔论。他们每天总有说不完的话题，不是对天南地北轰轰烈烈的国家大事评头论足，就是对街头巷尾蝇营狗苟的民间小事说三道四。从他们身上，我看不到任何的安全感，于是，我便以全面防御的姿态生活在他们当中。那时候的我觉得，只有像我自己这样沉默寡言的孩子，才是最善良、最安全的。

下了晚自习，我便会立即奔出教室，逃出令人窒息的校园。外面的空气让我感觉舒畅，我通常喜欢踩着单车，独自漫行在路灯昏黄的空荡街道上，内心一如街道般空荡，思绪随着车速很慢很慢地流淌。夜风习习吹来，拂在胸膛，把心情吹成一种忧伤的形状。单车的链条声，就那样默默地穿过黑暗无人的街区，穿过歌舞升平的市中心，穿过色彩斑斓的幻彩霓虹，穿过姿态癫狂的妖艳的人群，穿过朝朝暮暮，穿过四季春秋，穿过内心那片无法抚平的褶皱。和永恒的荒芜。三年的时光，也不过就是来回地丈量这段距离。

回到住处，拍亮一盏小灯，暖色的灯光照亮小室，我倒在床上，直到此时，才敢卸下所有的防备，内心才有了真正的平和与宁静。躲在被窝里，像只单纯的动物安然地睡去，开始做一个反复做的梦。

梦里，我站在一片空旷的平地上，四周是浓重的夜色，头顶一束清冷的月光如同灯光般打下来，打在我的身上，使我站成一个亮点。我听到世界寂然无声，看到无边无际的黑暗在慢慢地沉淀，然后我把身体抱成团，月光成了一种透明的实体，一层层地把我包裹成了一个雪白的茧蛹。

此时有一段旁白响起：

> 你像一只独兽，在生活中茕茕孑立、踽踽独行；你被迫伪装，又随时武装；你被迫对人张牙舞爪，又被迫强颜欢笑；你与他人越来越隔阂，越来越疏离。终于有一天，你突然张皇失措地发现，你听不到别人说话，触摸不到别人，就像独自被关

在了另一个世界里。其实，不知从什么时候起，你与他人之间已经被塞进了一块透明的玻璃，你使劲地敲击着玻璃，大声地对外面的人叫喊，而他们只是表情冷漠而木然地自顾自行走在大街上，穿梭在人群里，视而不见地从你身旁擦肩而过。因为，他们各自也都被关在了一面玻璃里，他们听不到你的声音，看不到你的哭泣，更感受不到，此时的你，正在被巨大的悲伤悄悄吞噬。

三

现在，我在南京这座繁华绮丽的城市里，心情依旧彷徨。我觉得自己就像一只离群的飞鸟，一直在奋力地扑打着翅膀，却不知该往哪里飞。每天在固定的宿舍和不固定的教室之间来回，偶尔抬头看天，在这片陌生的天空时常寻找不到方向。那些夜晚，我总是梦见我的初三，梦见那些花儿，那段懵懂而又疯狂的时光，仿佛固定成了一个静止的手势，在我心里柔软地搁浅。

梦里，我们一大群人手拉手走在路上，尽管四周黑暗，但我记得我的右手牵着你的左手，内心无比平安。可是突然，我发现我的右手空空，手心里丢失了你的左手，你们一群人都不知去向，只剩我独自站在一片未知的地域。我害怕起来，于是我焦急地大声呼喊，可是却发不出一点声音；我在原地转身四望，可是四周只是沉重的夜色，望不出一寸距离。

这时，头顶一道强烈耀眼的光束从黑暗里穿透过来，我把手挡在额头迎光看去，却只见一片炫目的白色。等到瞳孔适应了强光，我终于看清，那是一列从天空开来的列车，如同一条巨龙撕开了黑色的苍穹，蜿蜒地向我驶来。它长得看不见尾巴，一个个车窗里透出温暖的灯光，从里面不断传出一些孩子的欢声笑语。然后，它如同直升机一般悬停在空中，在我周围打下一片亮如白昼的灯光，缓缓着陆了。它巨大的身躯向下压迫，产生一股强大的气流，几乎把我推倒。随后一扇车门在我面前打开，我便茫然而不由自主地上了车，它又慢慢开动，越来越快，越来越快，尖声呼啸着驶进了黑暗的最深处。

我不知道我前进的方向是在接近你们，还是在与你们背道而驰，我只仿佛听到了风和时光在我耳边簌簌地飞过。夜里的空气被列车冲开、回转，形成了一个气流旋涡，而我的心里也开始出现了一个巨大的旋涡，在梦里这不是幻象，可以用肉眼真切地看见，它把所有的一切都卷入了其中。我看到了岁月，看到了年华，看到了惨烈的青春和年轻的生命，看到了人间的欢喜与悲伤，看到了那些生命中握不住也留不下的悲哀与叹息，然后看到了你们每个人的灿烂笑脸，在里面依次出现，随后一闪而逝。最后漩涡慢慢变小，消失，世界变成了一个无尽的黑洞，死一般地寂静……

随即梦醒，天光大亮。

四

请原谅，我总是做这样荒诞不经的梦。你可以像拿起一个难看得足以引人注目的杯子，冷冷地看一眼，然后随手放下，转身离开；你也可以像游鱼一样，目不转睛地游来，冷漠地对它视而不见，然后随意游走它处；或者，你还可以像一只小鸟，其实什么都不懂，但仍飞过来叽叽喳喳地对我煞有介事地高谈阔论你的高见，我会微笑地看着你，而不打算拆穿。

而最后，我要告诉你的是，其实，连我自己都已分辨不清，这些梦到底是现实的折射，还是纯粹的幻影。

酒仙

文 / 阿狸姑娘

从桂林回来的飞机刚落地,就接到了 L 的电话,说是许久不见邀我去他家坐坐。我想了想,回家也是一个人,就拉着行李箱直接打车去了 L 家。

到了 L 家,他打开门热情地迎接我,说是垂涎我做菜的手艺很久,食材都备好了,就等着我来露几手。我笑着把他凑过来的脑袋推开,从行李箱里翻出两个精致小坛子装着的桂花酒,递给他说:"礼物。"

我本以为他会嬉皮笑脸地说"跟我还客气什么啊"之类的话,没想到他却突然晃了神,愣了好几秒才缓过来,问我:"要不要听故事?"我理所应当地点点头。他一手接过我手里的小坛子,另一手拉过我的箱子,说道:"那就快做菜!做好了就有故事听。"走了两步,又回头补充了一句:"我的故事。"

吃饭的时候L拿出一个皱巴巴的本子，能感觉到他很宝贝那个本子，故事就从这里开始。

大约在L5岁的时候，有很长一段时间被爸妈寄养在乡下的爷爷家。爷爷年轻的时候给富家子弟当过老师，知识渊博但思想却有些顽固。跟爷爷在一起的时候吃饭不能说话，每天要背一首诗，连在家里走路都要轻轻的。L小的时候并不听话，爷爷让他往东，他偏要往西，爷爷说不能跑他一溜烟儿蹿地不见影儿，吃饭时候不能说话，那就吧唧嘴，因此没少挨爷爷的骂。虽说爷爷是骂，可也只是严声责备，并没有打过L。

直到有一天L失手打翻了爷爷珍藏许久一直舍不得喝的桂花酿，爷爷动手拍了他的屁股一巴掌。其实L那天也挺难过，不是因为屁股疼，而是酒也同时弄湿了他心爱的笔记本。

晚上L正坐在房间里黯然伤神，突然听到不知道哪里传来了声音。仔细找，发现竟然是那本皱巴巴的笔记本。

"你好呀，小朋友。"笔记本说。

L愣了愣，拎起笔记本抖了抖，又翻了翻。

"别折腾啦，再怎样我也不会掉出来的哟。因为现了形就不能跟你一起玩了嘛。"

"你是谁？"L试探着问笔记本。

"我是神仙啊，我是一个酒仙。"

"啥？"

"哎呀，你刚才不是把那坛你爷爷珍藏很久的桂花酒打翻了嘛，我就是那坛酒里的神仙，在酒罐子里呆了那么久太无聊了，正想有个机会跑出来玩，刚好就被你撞上了，你说巧不巧？"

L当时毕竟才5岁，三言两语就被酒仙逗得笑了起来，酒仙就这么在L的笔记本里住了下来。

酒仙很博学，会讲各种各样的故事给L听，也会帮助L背诗。

"人面不知何处去，桃花依旧笑春风。"讲的是一个落榜的诗人，外出散心时在一个缀满桃花的宅院见到一个美妙女子，顿时心生爱慕。第二年路过此处，桃花依旧盛开，院门却悄然紧闭，诗人怅然若失，就在院门上提了这首诗。

长恨歌讲的是一个任性的皇帝为了一个妹子抛弃一整个后宫的故事。

七步诗是讲一对儿兄弟之间不得不说的故事。

酒仙有时候一本正经，有时候满嘴放炮，L有了小伙伴便不再胡闹，因为有酒仙的陪伴，日子竟然渐渐变得有趣了起来，连一向严肃的爷爷看起来都不是那么凶神恶煞了。

开心之余，L曾经问过酒仙长什么样子，因为平时都是只能听到声音。

"我可以变成所有的样子，因为我是神仙嘛！可是我现形以后就不能继续陪你玩了哟，没有为什么。"

L不想酒仙消失，酒仙也喜欢陪L玩，对话便没有再继续下去。

日子过得很平静，爷爷大抵是上了岁数，身体越来越不好，不但没有功夫责骂L，连督促他背诗的时间都没有了。L很多次拿着笔记本去找爷爷背诗，都只看到爷爷躺在床上不停咳嗽的样子。那时的L很小，以为爷爷只是感冒了，便也没有太放在心上，转身就拿着笔记本回去跟酒仙玩了。

爷爷的病一天比一天严重，没过几天，妈妈来接L回家，L不太愿意，虽然爷爷很凶，可是L还是很喜欢爷爷。妈妈蹲下来拉着L的手说道："妈妈也很想L啊，回家呆两天再回来好不好，我们一起去游乐场玩。"游乐场这几个字让L动了心，他跑到爷爷跟前，大声说："我去游乐场玩，过两天再回来！"说完便跑掉了。

　　过了一个礼拜，妈妈带着L回到乡下，家里还是和原来一样古旧，L一进门就大步跑进了客厅，却没听到爷爷一如既往的责骂。找遍了整个家却还是没有看到爷爷。

　　"爷爷是去买菜了吗？还是去下象棋了？"

　　"不是的，爷爷去世了。"妈妈告诉L。

　　"去世了？什么意思？"L有些不明所以。

　　"就是再也见不到了。"

　　L愣了愣，扭过头跑回了自己的房间。拉开抽屉，笔记本躺在那里。

　　"酒仙！酒仙！爷爷去哪儿了？"L大声喊着。

　　酒仙不知道该怎么向这个小小的孩子解释。

　　"我想见爷爷！虽然他很凶！可是他对我很好！我又背过古诗了！他还没有检查呢！"

　　"你别慌啊。"现在慌的人其实是酒仙。

　　"我不知道为什么以后都见不到了，可是最后，最后还想再给他背一首诗……就背一首诗……"

　　笔记本里传来一声"唉。"

　　突然，一阵风吹来，笔记本被吹得刷拉拉一页页飘起来，L哭哭啼啼晃动的小脑袋被覆上一双苍老却温暖的手。

L愣住了，停止了哭泣，身后的那个人是爷爷。

"背诗啊，背吧，背错一个字就不许吃晚饭哦。"熟悉的声音。

"芦叶满汀洲。寒沙带浅流。二十年、重过南楼。柳下系舟犹未稳，能几日、又中秋。"

"黄鹤断矶头。故人今在不。旧江山、浑是新愁。欲……欲……"L再也背不下去，哇地一声哭了出来。

"虽然爷爷平时会凶巴巴，可是会在半夜偷偷来给我盖被子，会在酒仙给我讲乱七八糟的故事的时候纠正我，然后把对的故事慢慢讲给我，会在我一句无意地'想吃西瓜'的时候一大早就给我买好冰在水里，虽然我总是把爷爷气得胡子一颤一颤，他却还是会在吃饭的时候夹肉给我。"其实这些早都给酒仙念叨过很多遍。

"爷爷我最喜欢你了！这句话还没有告诉过你啊，你怎么能不见了呢。"

"嗯。我也最喜欢L了。"

妈妈听到动静后打开门，只看到哭得一脸泪的L，和桌子上一个皱巴巴的笔记本。

"故事讲完啦。"L咽下最后一口桂花酒说道。

"也不知道究竟是梦还是真的。"L搔了搔后脑勺，"酒很好喝，你洗碗哦。"

"我不是客人吗……喂！"

从那天起酒仙就再也没有出现过了。L也跟着妈妈回了家，再也没有回过乡下。笔记本偶尔还是会拿出来翻翻，却再没有声音跟他对话了。

那年夏天的回忆究竟是梦还是现实，酒坛子里究竟有没有住着一个可以说话的神仙，那天的最后一句话究竟是爷爷说的还是酒仙说的，这些通通不知。

而那个故事也就像那个夏天一样，没有任何结尾地无疾而终了。

"欲买桂花同载酒，终不似，少年游。"

风的颜色

文/ESPE

连续的多云天气让整个世界的色彩都变得单调起来。午睡过后的散步总是能很有效地缓解短睡后短暂性的大脑迟钝。我选择了后山作为我的目的地，绕过邻居家，爬上山坡，发现不知什么时候多了几户人家，他们的房子并排直立地出现在我眼前，莫名的陌生感，脚步声引起了一户人家的狗吠声，接着几户人家的狗连着吠了起来，此起彼伏，互相呼应，要把我这个外来人赶走似的。

是啊，我对于他们来说，已经是外人了。我突然觉得有点苍凉，时光荏苒，物是人非，你总是试图在岁月的河流冲刷中捕捞到不知何处的碎片，你总是企图拼凑那些零散的记忆。其实，你不过是怕被遗忘罢了。其实你心里明白，没有什么是可以回去的，不管是人还是物。你怕曾经是你的，已经不再属于你，而是另有主人。

其实任何回忆里的东西,都只能存在于回忆本身。

我在狗吠声中爬到了小丘的山顶,红色的岩石与周围因风吹雨打、日晒水洗从石头上剥落下来磨得细腻光滑的小碎石依旧给我那样熟悉的亲切感,红色的土壤里生长着高高的蒿草,长成一大片,在灰灰的天空下连成壮观的蒿草丛,枯黄的蒿草依着山丘的地势起伏相接,高低不一,远远望去就像给大地铺了一张很大很大的床褥,山风吹拂着蒿草丛,涌起一波又一波的昏黄色浪潮,由远至近,由近至远。美,真美!

闭上眼睛,伸开双臂,呼吸风中夹杂着的干燥的,带着枯了的蒿草的干味的,还有红土地的淡淡的泥土味以及空气中降雨前的湿气的味道,大脑实在不能运转,只剩下身体各部分,每一个细胞、每一个器官、每一寸肌肤,静静地纯粹地用所有的感官去感受当下的所有。每一个能真实地让人感受到当下的时刻,都让人感到无比的满足。

感谢上帝,我活着。感谢上帝,我是大山的孩子。

睁开眼睛,瞬间的光明让视网膜浮现了黑暗的影像。几缕虚无而漂浮的黑丝在眼前停留了短暂的几秒,天空是单调的灰色,像是雪地里白茫茫的一片那般找不到任何焦点。身体很无畏般地向后倒,张开双臂让自己享受重重的压在蒿草丛中的感觉,冬天厚厚的外套感觉不到蒿草叶子的细杆往背部伸展的痕痒感,真舒服。我翻开带来的书,用右手单手夹稳书脊仰着拿到眼前,左手手掌打开压在后脑勺下,听着耳机里的钢琴曲,时不时趴在草丛中,时不时侧身,时不时向天跷起二郎腿,好不惬意。

朦胧中滴落在脸上的雨珠和一丝冷意让我醒了过来,原来我不知几时睡了过去。起身伸伸懒腰,远处的山一层层地围着,把身体转一圈,你能看到的最远的都是山,山包着山,山围着山,山的外面还是山,你无论怎么踮脚也看不见外面。我可以告诉你,山的后面,还是山,你是山的一部分。山里有河,山里有树,山里有人家,山里有你。

白色的水泥路绕着一座座山,蜿蜒曲折,串联着一座又一座山腰,绕过一个又一个存在于山峰之间的小山村,统一的两层水泥房以及特色的长方形天台,还有那椭圆体的不锈钢水塔,静静地以村落的形式隐约坐落于山间,唯一飘着彩旗的特别的建筑物,是每一个村的地标——村小学。在这个把读书当做是日常生活的重中之重的小山村里,早就有老祖宗崇文的传统,一代又一代的家长,把走出大山的希望寄予一代又一代的孩子身上,依旧相信"读书是唯一的出路"这样早已被社会淘汰的老话。大山的怀里飞出了一只又一只的金凤凰,殊不知飞进城市变成了一般黑的乌鸦。

简简单单的生活,日出而作日落而归的勤劳,左邻右舍患难与共的情同手足,大门敞开独留空宅的信任,热情相待真诚共处的态度,安享晚年的安心,携手到老不离不弃始终如一的婚姻,兄弟姐妹血浓于水的亲情,孝顺父母的本分,尊师重教的美德,拾金不昧的习惯,这些生活渐渐在人们心中被丢弃,慢慢地变成只能在教科书上看到的东西,大山用他的手臂把这些生活紧紧地揽在怀里,不让它们丢失。

看着远处的山间建起的工厂,高高的烟囱里冒出的滚滚浓烟,我在想,也许有一天,大山,也只能存在于回忆了。

忽而今夏

文 /ESPE

今天周末,早上6点的闹钟,想起来拍点照片,结果起来一看是阴天,就立马又躺了回去。7点闹钟又响起,起身洗刷,背上小书包,吃了便宜又好吃的叉烧包,约了几个朋友去骑车。

连续的长上坡让人出了一身的热汗,路边的野花沾着清晨的露珠艰难地摇摆,听不懂林间的鸟语,只闻得见枝头的花香。梧桐树开满了白色的花,一阵风吹过,三三两两飘落下来,地上已然是白白的一片,美美的。

梧桐,象征至死不渝的爱情,古代传说梧为雄,桐为雌。梧桐同长同老、同生同死。

至死不渝的爱情我是理解不了了,爱不爱不是承诺就可以的,我倒是觉得梧桐花真的蛮好看的。尤其是满山的梧桐花在风中一起落下的时候，尤其美，像好多只白色的蝴蝶翩翩飞舞。虽然这个比喻我小学就开始在用，但真正能体会到那种情景时，真的会有一种难以忘却的美。

周末出来跑步爬山骑车的人特别多，清晨的山里也能听到一家老小的嬉笑声，空气清新得简直就像刚吃过薄荷糖一样，润润的冷意沾在皮肤上，把热热的汗气都给冻结了，太阳慢慢地出来了，额头开始冒汗。在山林隐处的庵堂前，有专门供路人解渴的水龙头，从山顶慢慢流淌下来的山泉水，捧一把喝下去，凉凉的，甜甜的，很清爽。

佛堂前的香火炉烟气袅袅，厚厚的烟灰使得本身就陈旧的鼎更有年代的味道。进去庵堂，带着谦卑，我尊重佛教，尊重教人向善的教义，虽然我不会上香不会跪拜求得菩萨保佑，但我也不会对寺庙或者庵堂做出什么不敬的事情，每个教人行善的教都是好教，佛教的教义很宽容。

庵堂里的师傅在磨米浆，我觉得好玩上前去推了一会便体会到了辛劳。看似简单的活，却要技巧和体力。大米浸透磨成浆，然后用开水冲浆，加上适量的土碱，盛到小碗里用旺火蒸。大大的锅用柴火猛烈地烧，师傅掀开锅盖，热气腾腾的味酵粄一碗一碗地拿出来放在米筛里，用煮好的红糖姜水浇上，拿竹签划成小块蘸着吃，有韧性，软软的又不腻人。这是客家人最爱的小吃之一，味酵粄。

师傅们忙忙碌碌个不停，香客们来了一拨又一拨，周末的观音宫比平时多了几分人气，却依旧不失那份清净。在这个林间小庵堂里，你舍不得打破属于她的宁静，只能随着这慢慢的节奏呼吸，享受这一份安静。

　　回程路是M城的其中一条骑行绿道，所谓绿道就是专门给自行车骑行的道路，M城规划了许多给人骑行的自行车道，一路风景都很好。这条路从市区出来，穿越一个小村子，绕过水库，翻越一座山，是骑行人都很喜欢的一条路。尤其是在晚上的时候，骑着自行车的人成群结队穿梭在山村、水库、林间，简直就是一道美景。路边有成片成片的柚子树，间隔着蕉树、桃树、李树，村里人家，小小的鱼塘，几亩水田，柚子花飘香，桃李果子芬芳，稻田里虫鸣蛙叫，躺在水库大坝上看漫天的繁星，眼前偶尔飞过萤火虫，闭上眼睛，聆听风吟。

　　我不知道我有多爱这个小城，不吵不闹不喧嚣，绿树成荫的街道，全城足球的热潮，崇文重教的传统，大街小巷的美味，贤良持家的客家妹，揣着100块你能吃遍客家小吃，公交车上许多老人，说说笑笑吵吵闹闹聊家常，随处可见爷爷奶奶带着孙儿散步，晚上公园里广场上都是跳舞的人群，街上的路人也是那么和蔼可亲，花上35元看一场电影首映，这样的幸福是如此简单。

　　我不是一个特别有志气的人，我没有很多远大的理想，野心也不算大，我是一个很平凡的人。我不过是因为做着自己喜欢的事情，所以过得开心了点；不过是不喜欢计较太多事情，所以笑得多了点；不过是想要的少了点，所以容易满足了点。其实就这么点。我也不过是在生活的石磨里，被碾去了一些东西，练就了一些东西；我也不过是懂得，日子是自己的，不是过给谁看的。生活，就是要活得生机盎然，即使会有绝望但也还是充满希望。

　　我也不过是在自己写下这些东西的时候，发现自己好像变了。

哪里变了我不知道，但我知道是变得好了。什么时候变了，我也不知道。如同，早上起来没有凉意，连续的雨天不再继续，晾衣架上的衣服没有霉味，靴子显得厚重，外套变得累赘，出门被太阳的强光刺痛，猛然想来一杯冰饮，才发现春天已经过去。

忽而今夏。

念·旧

文/ESPE

星期天的太阳很好，天空蓝得很透彻。骑着弟弟的车子穿梭在田间小路，碎石时不时从飞驰的轮胎下弹出，两旁高高的蒿草偶尔划过脸颊，秋收过后的田里剩下矮矮的排列整齐的禾头，枯黄的秸秆被日晒雨淋之后软软地搭在田埂，菜地里的稻草人身上披的衣服俨然褪去了靓丽的颜色，不远处的群山，一眼就望得明了，果树几乎都掉光了叶子，唯有枇杷，却还是青绿的显眼。田间劳作的人，不知是谁家勤劳的媳妇，见声响抬头望来，我竟不识她的模样，她亦是一脸迷茫。仍旧微微点头以示礼貌。送旧人添新人，隔年便如隔世。

那棵记忆里的龙眼树依旧在那个地方顽强地生长，前面的那口池塘，倒比记忆里小了许多。我仍旧清晰地记得那年旱灾时跟奶奶一桶一桶地往池塘里提水去救这棵树的场景。睹物思人最是伤心。

同样是生命,一个是在岁月里渐渐消散,一个却是在年轮里越长越丰饶。

祖屋已经破旧坍塌只剩下大门,连厅堂都掩埋在尘土之下。周围的老房屋都是大门紧锁,庭院灰尘遍布,各自都有了新家,各自都散去了天涯。门前的桂花香甜得不像话,闻着就不想动弹,只是这些花长得再好,也芬芳不了几处人家。

寂静的四周传来妇女们的欢笑声,我循声而去,远远看见便大声喊叫长辈的称呼,年长至最幼,我依旧记得奶奶的教诲,不忘规矩。婆婶们端详着我的容貌,脸上的笑容温暖了我的怀旧情怀,终是女大十八变,我也落了俗。从小就被称赞嘴巴甜,其实不过是愿意与人相处与人亲近罢了。老人都是宝,半辈子的辛苦操劳,练就了内心的笃定与淡然,而这恰恰是我最缺乏的。

婶婶们在移植一株君子竹,一边讨论着什么时候该施肥,一边招呼着我喝茶。我说好安静,人都见不着几个。于是她们便数起了这些年一个一个离去的人,唏嘘着年月里那些在意料中和意料外离开的人,转而又细数那些新来的媳妇新生的孩儿。这世间,总有人来总有人去。辞过旧识,在一栋栋老去的房屋前回想着年幼的时光,那些人早已变了模样,天涯各一方。我喜欢祖屋,喜欢老房子。虽没有那么的宽敞,每家每户都挤着小小的门房,开门看得见对门的厅堂,做饭的时候谁家烟囱不飘香,各家小孩端着碗筷坐在庭院一起晒太阳,隔壁的婶婶又给你添了一大勺肥肉,饿了转进谁家的厨房都能让你拍着肚子出来,谁家的小孩不是吃百家饭长大,又有谁不知道哪家的饭菜香。

如今老屋只剩下守着不走的老人。冷暖自知。逢年过节孙儿回家一趟,热闹一番席卷而去。那365天中的364个日日夜夜,也只有依着那一日的期盼,如此盼着盼着就盼过来了。

那天带朋友去博物馆,偶遇两位老人,他们一边讨论着山歌一边唱着,我接过来唱了两句,看见了两人眼里的欣喜,他拉着我要我一起唱,我因觉自己浅薄不敢献丑,拉着朋友走开。听着身后他们的歌声,想到如今的年轻人,哪还有几个会哼得几句。

城市的灯光再亮,也比不上家乡的月光暖人心。即便求得毕生荣华富贵,终究还得落叶寻根。

你若盛开,清风自来

文 / 路小佳

还在乡下时,家里种过一池荷花,花瓣粉白厚实,经脉剔透,荷叶大如玉盘,面有细绒,下过雨后,许许多多晶莹的露珠便在叶子上滚来滚去,最后凝成一颗大的,停在叶面中心,不动了。

家乡并非江南,而是西南川东一处丘陵地区。但不知为何也种荷花。每到初夏五月,天气逐渐炎热,藕多半熟了,于是就有小孩子挽起裤腿,光着上身跳进池中去抠藕。我也是抠过藕的,双脚一入池,便被柔软松散的淤泥轻轻盖住,拔起脚来向前走,突然在湿滑的泥中踩到了一个硬疙瘩,于是手伸下去,摸到那硬疙瘩,向上一用劲,"咕嘟"一声,一节白生生如小孩手臂的藕便从泥中出来了。

刚抠出的藕,用井水洗净污泥,却也不必加以烹饪,只消用刀切成薄片，薄得几乎能透过光去，然后蘸些白糖，就那么生吃下肚。这绝对是消夏解暑的绝佳水果。长大后读词，有一句回环手法写就的"手红冰碗藕，藕碗冰红手"，脑子里立马浮现出的，便是少时抠藕吃藕片的场景。三伏天，用井水冰好的脆生生的藕片，端在妙龄少女的手里，那双白净的手因井水的冰凉而微微发红……光是想一想，就觉得万分舒畅，儿时白糖藕片的滋味似乎又在嘴里生动了起来。但其后那句"郎笑藕丝长，长丝藕笑郎"却是那时无从体验无从理解的绵绵情思，一直到很多年之后，忆起此句，想到不解风情不懂"藕丝"即"我思"的男孩，才忽而于莲藕生痛心，但人与时光已俱各远去。

家里种的荷塘并不大，根本用不着小船，因而记忆中也从未见过"莲动下渔舟"的画面。但是我是看过"鱼戏莲叶间"的，那真是如画的景致！我因嘴馋而跑到塘边准备掰几个莲蓬，我是极爱吃新鲜莲米的，剥开碧绿的莲蓬，里面翠绿若滴的莲子就露出来了，先要剥掉这一层翠色的软壳。后来到了北方见街上有卖莲蓬的，忍不住挑了两个，吃时却忘记要剥去软壳了，嚼到口里，苦涩难当。再者，把雪白浑圆的莲子捏成两半，中间一根鹅黄色的，是莲心。这可以扔掉，因为有些苦，但也可食，因为这苦涩中又别有一番清澈。家乡人多采集莲米芯用以泡水。《西洲曲》里，双鬟鸦雏色的少女，登上西楼极目远眺，希望看到自己心爱人的归影，然而她并未看到，她低头玩弄着袖中如水的莲子，莲心已红得彻底，那莲，便是"怜爱"的怜啊，便是"共结连理"的连呀，但谁又懂得她婉转的心思呢。只好期盼"南风知我意，吹梦到西洲"了。**荷塘中，总会有那么一些故事吧。**

鲜美肥硕的鲫鱼在莲叶间来回穿梭，淤泥里则住着泥鳅，我与堂兄打着手电，拎着用竹片制成的鱼夹子，背上是小巧结实的小竹篓——我们一同下塘捉泥鳅。月光如水般流泻到这一片花上，我用手电一照，粗如拇指的泥鳅便探出头来，堂兄眼明手快，竹夹一伸一合拢，背篓里便多了一条活蹦乱跳的泥鳅。在中学课本里读到朱自清的《荷塘月色》，心想他若是看到少时小童夜深夹泥鳅的场景，那般的孩子气在他眼中会得到如何的看待？清华园的荷塘月色太静了，荷花荷叶如幽灵魂魄般，总带着些鬼气，彼时朱自清自伤的心情也让他笔下的荷塘多了几分阴沉，但有一点是与我儿时的体验相差无几的——真的，塘里会浮起一层薄薄的青雾，如梦似幻。

后来也去过清华园的荷塘，太大了，塘边种着柳树，粗壮的枝干倒影在湖里，柳条温柔地浮在水面上，彼时正是初秋，塘中花已凋谢，据朋友说在全盛时满池都是荷花，美丽得让人无法言语。池中有一小亭，朋友告诉我那已成为校园中同性恋者的秘密集会地点，我哑然失笑，从女子借莲心喻怜心，到男子对男子龙阳之兴的尽情宣泄，似乎是变了什么，但不变的，是爱情。爱情，无关男女。

圆明园的荷花似乎是很出名的，清华园的荷塘虽宁静却又不过分寂寞。但圆明园的荷花儿可称之为俗陋。我曾下到荷塘边上，踩到有些软的泥土，扑鼻而来的并非想象中的清香，却是水草与荷花根茎腐烂过后又被毒辣太阳加温后的闷臭。根茎横七竖八倒在岸上，一片狼藉，水面漂浮着浮萍，不知荷叶下是否还有鱼儿嬉戏。池中央还安装着大型荷花假灯具，媚俗的配色，简直是一种侮辱。游人如织，持单反的文艺青年们兴奋地拍着照片，没有人看到繁盛花田下的污浊与丑恶。圆明园的荷花,似乎是盛开在尸体上一般的,开得那样突兀那样热闹,背后却是贫瘠、荒凉与无边的罪恶。我不爱这样的荷。

听素怀真的《莲曲》,我总是会忆起那些荷:儿时家乡悠适的荷塘,朱自清笔下的清冷的荷,包容着多少美丽哀愁,但我最愿意见到的是蒲松龄《聊斋志异》中《岁寒芙蕖》那一幅画面:众人隆冬围坐饮酒,疯癫道士手推木窗,木窗吱呀一声打开,庭中立刻飘起了雪花,外面是银装素裹的世界,一片冰天雪地中却现出了满塘妖娆的红莲,如火,如血,热热地灼伤你的眼睛,灼痛你冰凉麻木的心脏。

那些罪恶,那些坚持,那些守望,那些暗喻,那些清凉月光,那些儿时欢乐,就随着莲曲,汩汩地流淌。我愿意相信,千百年前,湖上泛舟的那个越女,口里唱着"山有木兮木有枝,心悦君兮君不知"的美丽姑娘,她的桨划过的,也是满眼的风荷,荷花人面相映红。而在溪头,一个幼子嬉笑着于石上睡倒,卧剥莲蓬。

拾号店·李姐

文 / 路小佳

我拖着行李箱疲惫地来到拾号店前,抬头却发现熟悉的招牌已然更换。探进半个身子一瞅,并未瞄到李姐穿运动套装的背影。我如脱线木偶般傻站了几分钟,也不想再吃饭了。上海的雨下得缠绵不绝,脚在靴子里变得冰凉。我掏出兜里的烟点燃,吸了两口,又觉索然无味,便把剩下的半根扔到屋檐下。它在污水沟里发出"嗤"一声轻响,紧接着红色的火光便熄灭在这冷雨夜里。我搓了搓手,把围巾系好,叹口气。一团灰白雾气便从嘴里发散到空中,在昏黄的路灯下渐渐散了。

我不记得这是我第几次来拾号店。

那时还是八月份,我从朋友家搬出来后,一个人住着也没心思烧菜。某天早晨推开了这家小店的门,原本只打算吃碗馄饨,没料着此后拾号店竟然成了我的小食堂。

我跟看店的大姐说:"给我煮碗三鲜馄饨吧。"大姐看看我,说:"你不如吃特色馄饨。我家女儿就特别喜欢吃特色馄饨,你跟她差不多大,大概你也会喜欢那个味道。"

她走进门后去了,过了两分钟,估计是馄饨下锅了,她又坐到我身边跟我聊天。

这是个工作日,我却背着荧光绿背包整天游手好闲。她有些迷惑,指指我的书包:"小姑娘你今天不用上课吗?"我噗嗤一声笑出来,我说,我都毕业了,来这边找工作的。她大吃一惊:"那你看着跟我女儿差不多大呀!"

此后陆陆续续知道了她四十多岁,有一个女儿,女儿上高二,成绩不太好,也不喜欢念书。说到这里,她轻轻叹了口气:"要是我女儿有你这么厉害就好了。"我连忙摆手,她却笑了:"别介意。我就是跟我女儿说不读书的话以后只能像我这样做点简单活儿,可她就是不听话!"我说,这是各人都有的叛逆期吧。她摇了摇头。

没过几天我的慢性胃炎发作,吃什么吐什么。我买了一大堆冲剂胃药,调理了几日。喝了数天稀饭,嘴里淡出个鸟来。我再次踏进拾号店,问李姐:"李姐,有面条吗?给我加点辣。"李姐说:"我们这里不卖面条的,只有米饭。米饭你要吃吗?"我只好告诉她胃病发作想吃点容易消化的东西,李姐突然拍了下手:"对了,今天我买了一些米线,本来打算晚上自己煮着吃的。现在煮给你吃好哦?也不要加辣椒了,给你烫些青菜加点肉丝可好?"

我点头。她笑着站起身,在围裙上擦了下手,走进厨房忙碌。不多时,一碗热气腾腾的青菜肉丝米线就端上来了。

量我是个无辣不欢的川妹子,这碗米线却也挺熨帖我的心意。

味道鲜甜，有新鲜蔬菜的香味，肉丝也是上好食材做的，稍稍煎过，吃到嘴里又烫又鲜。我稀里呼噜吃米线，李姐又去后厨给我夹了两片自家泡的酸菜萝卜出来。

"小P，这个给你尝尝。你这几天一定没胃口，吃点泡菜好下饭的。"我接过泡菜萝卜，轻咬一口，脆鲜爽滑。虽然和正宗四川泡菜并不相同，但另有一番风味。李姐笑盈盈地问我："好吃么？"我忙不迭点头，她又说："下次教教我正宗四川泡菜怎么做！"我说好。

然而直到李姐离开，我也没能兑现给她这个简单的承诺。

李姐把我的电话号码存了下来。在入职前那段时间，朋友来上海玩，我带着她四处晃悠，并未再去李姐的拾号店。有一天突然收到了一条短信。

是李姐的，她还牵挂着我的病情："小P，你的胃好一点没有？"

想了半天要怎么回复，最终还是不知道该怎么说。于是次日我便上拾号店去吃中饭，顺便跟李姐说会儿话。我盯着菜单看了老半天，那些单调乏味的配餐叫我提不起兴致。李姐似乎看出来了，招手叫我去后厨："你看，这边有新鲜的青菜心，我给你炒青菜肉丝好吧？"

青菜肉丝端上来的时候我就忍不住流口水了。青翠欲滴的嫩菜心配上粗细适中的肉丝，看上去就很享受。等到一口下肚，我几乎激动得要叫出来："李姐，你加了辣椒？"

"是呀，"李姐还是笑眯眯的，"知道你喜欢吃辣嘛。"

从此以后我每天都会跑来拾号店吃饭。李姐每天买不同的菜，变着花样儿给我做。什么茭白啊花菜啊胡萝卜啊冬瓜啊应有尽有，她还说："要是想吃其他的，给李姐打个电话过来就成。"

李姐做的菜很合我口味，会加一点点青椒，菜色诱人。她送给顾客的配汤也是自己熬好的,而不是大多数餐馆的洗锅水。短短一个月下来,我人就胖了一小圈儿。

中秋节那天我有些抑郁,去李姐那里吃午饭,她问我:"小P中秋节怎么过啊?"我说:"一个人过呗。买瓶酒回去喝。"她说:"那怎么行!你晚上也来我这吃饭吧,我女儿和我陪你吃,你要是想喝酒我这有啤酒的。"我心里很感动,但终究感觉不太好,毕竟是家人团聚的日子,我一人孤身在外,想想略觉凄凉。人家一家和和美美地团聚,何必拖上我扫了别人的兴致?

我去超市买了一小瓶白兰地,就着好友寄给我的麻辣花生,一边看《北京杂种》一边把它喝光了。

但我还能记得那天中午李姐给我的汤。

汤里加了芋头,还有鸭子肉。我从来不吃鸭子,起因是小时候吃鸭子曾吃到一块有骚气的。但李姐把汤端过来的时候我只觉得鼻端一股清香,全无异味。吃完后才知道,这是我曾经深恶痛绝的鸭肉。

李姐总是很自豪,因为这些汤水她每天都会换,每天都是全新的不一样的。

后来还喝到过罗宋汤,只在小说里读到过的,听起来很有俄罗斯贵族感觉的罗宋汤,在李姐手里是那么平易近人。炖得很软的土豆,加上西红柿和切成片的腊肠,再放点糖。酸酸甜甜的口感真是无与伦比。

我也见到过李姐的孩子,那个她口中"不听话不爱学习"的小姑娘。

小姑娘个子高高瘦瘦,挺漂亮,耳朵里总是塞着耳机,要么听歌，要么看美剧。她好像并不太喜欢我，每次见到我都不愿意说话。

我带着男友星星去拾号店吃饭，脚边放着一只宜家的大型购物袋。李姐看了看，说："逛街去了啊？"小姑娘则用脚踢踢，脸拉得老长地去给我们准备筷子和饭碗。我一时有点尴尬，于是出门去打算抽支烟。这个时候一个中年男人走进来，面色惊异地看着我，感觉特别不可思议似的。我侧过身让他进门，不免有些反感。之后才知道，这个男人是李姐的丈夫。

李姐的丈夫在澳洲做生意，常年不在家。这次来是带着父母看病。我问李姐："你怎么不跟他出国啊？"李姐说，我想在澳洲也开饭店，现在先练练手，反正签证不知道什么时候才能下来。我顿时有些哀怨："那我以后都吃不到你做的饭了哦？"她双手在空气中舞动几下："别担心别担心，还早着呢。"

"不过我女儿要是真不想高考了，可能还得提早出国。"她又补充了一句，然后递给我一瓶开好的美年达。"李姐请你喝。"

再去拾号店，中年男人已经在店里驻扎下来帮手了。他不再用惊讶的眼神看我，只是语重心长地跟我说，小姑娘少抽烟啊，对身体不好的。你真的看起来跟我女儿差不多大啊。我点点头，掐掉香烟，回头看见他们的女儿正埋头看美剧。"看什么呢？"我问她。她如我预料中那样没有回答，但中年男人摸摸她的头发，说："姐姐问你话呢。"她终于抬起头看着我，说："吸血鬼日记。""我更喜欢邪恶力量。"我说。她冲我一笑，笑的时候真好看。

这当儿李姐刚好煮好他们一家三口的午餐，要我去尝尝。我忙摆手说不用了，但她坚持给我叉了一只馄饨。我咬下去，果然比以往的更好吃，更鲜美。"我们自家吃的里面有虾仁的，"李姐说，

"做起来麻烦,就没有对外出售了。"

十月底。我即将前往苏州无锡出差。临行前还是在李姐店里吃了一餐饭,记得那天李姐做的是炒三丝,茭白、青椒、胡萝卜和肉丝,白的绿的红的混在一起,煞是好看。她还是雷打不动地给我盛了碗汤,是番茄炖排骨。她偷偷地给我夹了好大一块排骨在里面。我吃完后抹抹嘴,心满意足地上路。她说:"小P,以后再来吃啊!"我说好!但我没想到,半个月过去了,再来拾号店,店铺早已易主。

我还是能记得很多很多小事。比如李姐的打扮,比如她喜欢喝茶,比如每天固定菜单之外的蔬果随意买,顾客随意挑,比如李姐在我胃病之后给我的那条问候短信,比如她送我的一锅绿豆汤。我实在有点儿接受不了拾号店已经易主的事实,我总觉得,走进去看到的不是俗艳的"黄山菜饭"招牌,而是素净雅淡的小黑板,上面用记号笔认真地写着今日蔬菜与例汤……

我走在回住处的小路上,想了想,还是给李姐发了一条短信。

"李姐,四川泡菜的做法是……"里面简单列举了一些我还记得的家里做泡菜时选用的原料。

李姐没有回复这条短信。

也许她真的和女儿老公一起出国去了澳洲吧。

我依然每天在外吃饭,混迹在宝安路这条曲折的弄堂里,吃着地沟油炒菜,过期霉变大米饭,在河南人的馆子里吃辣酱面加很多辣油,但我觉得,再也没有一家店能够像李姐的青菜肉丝米线那样熨帖我的胃。

还有我的心。

心灯

文 / 路小佳

起初, 病寄生在你身上。

那时,你的小孙女—我,尚在襁褓中。由于父母年轻,不懂照顾婴儿,首次给我喂奶就让我被呛到咳嗽,牛奶喷了满身,差点感冒。你着急地把我抱到怀里,说,算了,不指望你们了,还是我来带孩子吧。于是,照顾我的重担压到了你肩头。你必须每天早起给我煮牛奶,打花生粉,然后给我洗澡,背着我去菜市看商贩卖菜卖鱼。我夜晚好哭,你整夜整夜地抱我哄我。有时我尿床,你还得半夜起床收拾床单。一来二去,你染上风寒,病倒在床。气管炎和哮喘让你在医院整整住了一个月,但你刚刚好转,就又回到家里,开始了忙碌。

你的生命中,我就是那个重心。我长出第一颗乳牙,我叫出第一声外婆,你都笑得很开心。直到我第一次在你面前失踪,你急得脸色煞白，急忙去警察局报案，出来时几乎连路都走不动了。你有些不敢回家，不敢面对女儿女婿。当你在楼下徘徊时，却看到我穿着那件熟悉的外套跟在爸爸身后屁颠屁颠地跑。

是我太贪玩，趁着你在公厕解手一溜烟跑回了家。我看到你，有些害怕受到责备，往爸爸背后躲。你没有责怪我，只是连连感叹真的好险。从那以后，你就把我看得好紧，生怕我又丢了。

你的老头子，我的外公，有些重男轻女。我上小学时，你为了方便照顾我和表哥，就接我们去你那吃午饭。外公每天都会给表哥两块零花钱，我只有偶尔才能享受到这种待遇。有一次，外公买了两只陀螺，一只很漂亮，涂上红色油漆，颜色靓丽，另一只却只是个丑陋的木疙瘩。毫无疑问地，我分到了那只丑的。我心里非常不服气，不懂事地和外公大声争吵。你很偏袒我，责怪外公对孙辈不公平，然后偷偷地塞给我一些零钱叫我自己去买点喜欢的零食。后来有一段时间，爸爸出差，妈妈在家带我。我妈不太会做饭，于是买了很多玉米棒子，每晚煮一锅我和她一块儿啃。你得知后心疼得不行，又坚决地搬来和我们一起住。

我可以每天吃到你做的好吃的菜了，可你的身体逐渐地坏了下去。你生病发烧，躺在床上怕花钱不肯去医院，咬牙死撑。我哭着把去寺庙求来的佛牌挂在你身上祈求佛祖保佑你平安，你无力地摸摸我的脸，叹了口气："去给你姨妈打电话，叫她送我去医院吧。我不能把我的小外孙女吓到了。"

我哭得更厉害了。

你是个很坚强的女人，脾气刚烈。年轻时因为发现外公出轨，气得几乎离婚。但想到有四个小孩需要完整家庭，又默默忍受。粮食短缺时期，你凭借自己的人际关系，愣是撑起了整个家，全家没有一个人营养不良。你拉扯大了四个孩子。我算是第五个。

初二那年，妈妈患上心脏病。术后她肺部感染，爸爸没法请假，全靠你护理。你去市场买了很多土鸡给她炖汤喝，每天给她擦身体，梳头。当她哭喊说不想活下去的时候是你劝慰她要她更坚强，在那段时间，你成为了家庭的支柱。

可你从来不哭。当年外公出轨你没哭，他打牌赌钱你也没哭。外公患胃癌去世，你也没哭。女儿生病住院，你心里难过，却叫她坚强。可是有一次，小外孙女和你拌嘴，你偷偷地掉了眼泪。

你最爱的那个人，就是我。

跟我在一起的时候，有时你会像个小孩子。你会调皮地学窗外的鸟叫，你会跟我讲很多过去的故事。

你讲你和舅爷骑着牛去放羊，讲你家的长工，在夏天诓骗你穿棉袄。讲你读私塾时调皮，乱改三字经："人之初，性本善，我家老师爬牛圈……"惨遭毒手的还有百家姓："赵钱孙李，狗偷生米！周吴郑王，狗偷黄糖！"然后我和你抱在一起笑成一团，刚才顶嘴时生的气就这么被抛到了九霄云外。

再后来，你，寄生在病身上。

我高中毕业，选择去北京念书。离开四川的那个下午，舅舅开车送我去成都坐火车，我趴在车窗看着你在五楼窗口的剪影，看着你越来越小越来越远，眼泪就模糊了眼睛。

我走了，你一下子没了支柱。你变得很瘦，手臂青筋暴露。冬天成了恶魔一样的季节，你穿上三层羽绒服还是会觉得冷，你会觉得很疲倦，心很累。

那些年的冬天，你几乎都是在医院度过的。每次我给你打电话，你都会说，外婆没事的，外婆生病很正常，你不要挂念我，好好读书！

挂掉电话后，我都要哭。我知道，你留给我的时间越来越少了。

还记得我决定去上海的那个夏天，你焦虑地拉着我的手。虽然我对谁都没有说过这个计划，你却很神奇地有了预感。你去大仙那里给我算命，说我会去离家东南方向有水的地方。我只能紧紧地抱着你，叫你不要担心我。我不知道那时你经常失眠，然后你会在深夜坐起来，为我向耶稣祷告。

再后来，你因心肺功能衰竭再度入院，病重时谁也不认识。我心急火燎地买了头等舱机票飞回成都，来到你的床前。你一眼认出是我。你不听话，不愿意输液扎针抽血化验，只有我，告诉你要治好病，你才会顺从地将胳膊伸出来。我心里一酸：你曾经康健有力的手臂，终于被时光吸走了能量……

年后，我回到上海工作。男友星星趁着去四川出差的机会到我家看你。你拉着他，说，一定要对我的外孙女好，我的外孙女是好女孩，你要珍惜……

我给你电话，我说，外婆你也好好保养身体，多吃饭，等国庆节我就和星星一起回来看你！到时候我还要挨着你睡，像小时候那样！

你说好，可你第一次食言了。

我接到爸爸报丧电话时一瞬间哭得昏天黑地，我不敢相信这是真的。而你的儿子们在第二天就匆匆将你深深薄葬，墓碑来不及做，也来不及见我最后一面。

我时常梦到你，时常在梦里哭醒。有一次，我梦到那间灰白的病房。病房空荡荡的，我走过去抱住你，你苍老温暖的脸贴在我肩头。我闻着你身上的味道，觉得安心。你用手抚摸着我的背脊，渐渐地，不动了。

这也算是一次告别吧。

国庆节，我还是来看你了。站在你的墓前，为你焚烧纸钱。我摘了一束格桑花放在你的墓上，奇怪的是这一刻我竟然哭不出来。所有的眼泪仿佛都流干了。

用三分心盛血，三分心盛泪。留下四分盛光明，来生换我，点亮你心灯的光辉……

外婆，一路走好。

零食

文 / 突突 2.0

农村的孩子天生就一股野性调皮的味道,而这野性大半体现在对零食的孜孜求取之中。

1990年代初的农村,大多数的家庭生活还是有些拮据。逢年过节时,或是有远方亲戚上门时,孩子们才能吃上一些零食,葵花子、西瓜子、南瓜子、花生,还有偶尔的大白兔、金丝猴的糖果,一些饼干油梭,一盘一盘地端放在高桌子上。孩子们往往见到这些,眼睛就像放了光一样明亮,当拜祖祭祀的活动进行得差不多的时候,或是亲戚快要离席了,孩子们便瞅准了时机,一扑而上,先抢糖果,然后饼干,最后才随意的抓一把那些干果。然后把抢到的零食藏在裤兜里,躲到边上,一个人慢慢地享用。糖果和饼干的包装纸撕不开,便用牙齿狠狠地撕咬;瓜子嗑不开壳,就一股脑儿塞到口里,使劲地嚼,也不管嗑不嗑嘴,直嚼到只剩下渣才吐掉。

中国的节日固然比较多，走亲戚也是频繁的事情，但这些上盘的东西，始终也解不了孩子们心中的那股馋劲。而正因为这股馋劲，童年的快乐才犹显得浓厚，玩伴之间的友谊才更显得纯真。那些小时候吃过的零食，随着童年的逝去，也便成了内心深处的一种念想。

说起农村孩子的零食，是绝不能离开大自然的、山上、田地里、溪流中。孩子们往往可以找出很多野味。

在田埂边，灌木丛中寻找"刺泡儿"，一颗一颗晶莹剔透，有些是红的，有些红到发黑，春天里，孩子们放学归来，便成群结队地漫山遍野的去找寻"刺泡儿"，至今，我犹记得，家乡的哪座山上生长着大片大片的这种植物。待找到后，就大声呼着伙伴，一颠一颠地跑去，一个一个地采摘，一个一个地送入口中。有时候，大人们外出劳作，回来时也会带回一些"刺泡儿"，老远的，孩子们便会喜笑颜开地去迎接。

在别人家的地里偷着香瓜、黄瓜或者栗子等其他果子，为此跋山涉水，被追得心惊肉跳；在溪流中、小河中捕捉螃蟹，回来后便混着一些盐油，胡乱地烤着吃了；还有桑葚，孩子们喜欢养蚕，桑叶留给蚕宝宝，桑葚便留给自己，这也算是和自己的蚕儿有福同享了。

还记得村口有一棵梧桐树，秋天落叶时，若看到有一片两片像勺子一样的枯叶，便过去捡了，因为那上面或许就有一两颗好吃的梧桐子。还记得和哥哥种的那些美人蕉，待到开花时，就去抢着摘了，倒过来吸着里面的汁液，甜甜的，直钻进心里。还有酸枣子、山楂果、地里面那种甜甜的草根等等一些叫不出名字的食物，很多

163

很多，聚到了一起，便转变成了童年里的意味深长的趣味。

夏天时，是很多果子成熟的时节，桃子、李子、枇杷、橘子等等相继成熟。孩子们流窜在一棵一棵的果树上，练就了一个个爬树的能手，不见得吃得了多少，但此中的趣味却是填满了整个人，以至于还有一些保留到了今天，让我无意中拾起，然后会心一笑。

小时候，马路上偶尔可以看见一些流窜的商贩，而我最期待的是，一个打爆米花的中年人。他胡子拉碴的，开着那辆用拖拉机改造的爆米花机到处流动。他每年都会来我们村子一到两次，一来便带着不知是哪的口音大声说着："打爆米花咯……"。于是，各家里都有大人们带着孩子出来，提着一两斤大米，一小杯白糖，混在一起，通过那机器伴随着轰隆隆的声音，一根根好吃的爆米花便出炉了。那时候，我和哥哥会吵着闹着要吃，家里人也没办法，只好许可。有时候，趁父母不注意，我们还会直接偷偷地弄了米和砂糖去打。爆米花是我小时候最爱吃的零食，因为一年中，只有那么一两次能够吃到。

我想，正如安妮宝贝说的，人所习惯并带有感情的食物，总是小时候吃过的东西。

池塘

文 / 突突 2.0

老房子的前边是一条马路，马路蜿蜒地通向前院、祠堂。马路像是一条弯曲的蛇，与小村子形成一个窝角，这窝角里，便是一个池塘。在我的记忆中，池塘的水常年显得有些浑浊，就近的人们只是挑这些水浇菜，或者清洗一些木桶、耙子、短锄等农用工具，也会背着手扣式的喷雾器到这里来调水。靠近房子这边的池塘边，用石头垒了一块水泥板，作为洗衣板。板面上依稀可以看到一些露出的沙砾，而且已缺了一个角。可见许多年前，长辈们是靠这个池塘的水洗过衣的，甚至淘过米洗过菜。

池塘是有人承包养鱼的，记忆中，二爷和三爷都曾是这个池塘的主人。清晨时，池塘里会漂浮着许多供鱼食用的水草，那都是池塘主人起早贪黑游走在田埂间拾来的。小时候，我喜欢蹲在池塘边，看鱼儿们露出嘴巴，大口吃着水草，一个一个泡沫从鱼的嘴巴边冒出来，然后破掉。细细听时，仿佛可以听见那细微的声音。临过年时，便到了收获的时节了，池塘的水会被放光，鱼儿们全部露出了真身，有些隐没在仅剩的泥水中，不停地抖动，有些趴在淤泥上，奋力地摇动着尾巴。远远看着，一片一片的鱼肚白翻来覆去，煞是好看。待到鱼被拾去之后，各家里的女人们都会穿上高筒胶鞋，或是挽着篮子，或是提着桶子走到池塘里，沿着池塘的边缘，在石洞里、淤泥下摸着河蚌和田螺。孩子们也爱凑个热闹，每每弄了一个个大花脸，好东西没弄着，倒讨了一顿骂。

夏天时，逢连日大雨，村子里便长了大水。池塘里的水漫过了堤岸，许多个小鱼便会沿着水流冲到了马路上。哥哥和我往往不顾雨水，随便取个锅碗瓢盆，连蹦带跳地下了石阶，跑到马路上，混着泥水，便捉了它们回家，或叫母亲煮了吃，觉得倍儿香，或出奇地留一两条养着，最后却不知道成了哪家猫的囊中之物了。小时候，最喜欢在池塘边上玩耍，在湿润的泥土下翻看蚯蚓，在草丛里寻找着蟋蟀，用饭粒逗弄着蚂蚁。夏日黄昏时，池塘的周围总是飞舞着许多蜻蜓，待到蜻蜓停在池塘边上的灌木上休憩时，大伙儿便一哄而上，想方设法去捉着玩儿。那时候，我的个儿最小，老是不慎跌足落入池塘，现在想起来，不禁觉得，它不愧是我的母亲池，不然，我怎会老是投入它的怀抱之中？

村子里还有一个池塘，顺着村里的小溪一路而上，在一个三面环山的盆地里。那是我记忆中最大的池塘，它的名字叫做弯竹塘。为了不让孩子们到那里去玩水，大人们老是杜撰着一些关于弯竹塘的罗刹鬼的故事，吓得我们直冒冷汗。记忆中，我从未一个人涉足到那里。它对孩子来说,是神秘、阴森的代名词。与门前的这个池塘对比来说,仿佛一个天上,一个地狱。

外祖母家的门前也是有一个池塘的。大致呈圆形,水不是很深,那时候也只能漫到我的大腿根。池塘的一边搭着一个瓜棚,一棵上了年纪的葡萄藤混乱地绕在上面。再往上,环绕着种了一些桔子树,另一端,栽种了两棵树,一棵是桃子,一棵是李子。小时候,老是喜欢跑到外祖母家来,或许就是为了池塘周围的这一方天地,惦记着这些形形色色的果子。夏末的时候,葡萄成熟,哥哥和我总是会抢上裤脚,跳到池塘里,站到瓜棚的底下,边摘着葡萄边吃,有时候为了抢一串熟透的葡萄,我们还会在池塘里欢快地打上一架。为此,不知道喝了多少池塘的水,抹了多少池塘的泥。

后来,池塘被填了,葡萄藤也被拔了,童年也就远了。

小山，小山

文 / 简俐略

一

他叫庞小山，他今年 25 岁，他是我兄弟，他死了。

我很庆幸在小学跟他结拜的时候没发誓："虽不是同年同月同日生，但求同年同月同日死。"

我们结拜于学校墙外的小胡同，史称"胡同结义"。

我们为什么会结拜。小山的解释说："我觉得你是个忠义之人，可托付心事。"

吓我一跳，还好不是托付终身。

事实上，在小学二年级时发生了一件事。我们下课弹玻璃球，小山花花绿绿的玻璃球五分钟之内被我赢得只剩下一个，他急得满脸通红，吭哧吭哧不说话，站起来做了个深呼吸，一副破釜沉舟英勇就义的表情，然后又来个深蹲，准备拼个鱼死网破。只是，网没破，他的裤子破了。

"呲啦"一声。

小山是个胖子。很胖很胖的胖子。一跑起来，身上的肉就像被风吹过的湖水，碧波荡漾。

他说，他出生时很瘦，八斤半，又高又瘦。骨头沉，才会显得重。但是没人信他。

他走的时候，真的很瘦，我就一下子相信了他说的那句话："我出生的时候八斤半，又高又瘦，爷们骨头沉，所以重。"

他裤子破掉的时候，露出红色的裤衩，鲜红刺眼。要比他脖子上戴的红领巾还红。因为没有其他伙伴围观，所以我是他裤子破掉的唯一历史见证者。时间好像就静止在那里。他眼睛直勾勾地盯着我，血红血红的，我害怕了，天哪，他会不会恼羞成怒杀掉我？我赢了他九个玻璃球，还看见他穿的红裤衩。

他盯着我，我心虚地发抖着。

然后，他哭了。吭哧吭哧的。

那时候惹哭同学，好像比被杀掉更悲惨。全班同学一定会围上来，指责我为什么欺负老实憨厚的小胖子，老师会教训我怎么不跟同学友爱相处，甚至老爹会买给我一白个玻璃球，然后把我拉到墙角拳脚相加大声嘶吼："老子给你买一百个都买得起，不许你再去赢别人的！小兔崽子！"

想到这，我流了很多汗。他流泪，我流汗。

我把口袋里的玻璃球全都倒出来推到他面前，咬咬牙，说："都给你！你别哭了。"

他看了看，没停下哭泣，小声的说了一句："我裤子破了。"

我拉起他去车棚，一狠心："我新买的自行车，好孩子牌的呢，借你，快回家换裤子。"

他终于不哭了，然后看着我说："我不会骑车。"

靠！！！

我人生中第一次逃课，第一次用单车载人，都在二年级炎热的下午，献给了那个叫做庞小山的胖子。

从那以后，我就变成了他的兄弟，他觉得我真是他的兄弟，他不知道我只是想避免指责跟训斥。

在小胡同里，他学电视里说的话："虽然不能同年同月同日生，但求同年同月同日死。"

我问他，这句话是什么意思。

他说，他也不知道，但说过这句话就是兄弟了，应该表示很要好的意思吧。

我说，既然要好，为啥要死。不要，不要。

他憨憨一笑，那好吧，但你还是我兄弟。

"小山，既然要好，为啥要死？"

在他的葬礼上，我默默地问他，默默地跟他炫耀我的智慧。

二

念书的时候，我们常常一起吃饭，不知道为什么，学校外的盖浇饭总是那么好吃，直到现在，我再也找不到任何一种能代替它的味道。小山吃饭总是很快，每次都狼吞虎咽。

我问他:"你挨过饿吗?怎么这样的吃相。"

他来不及抬眼,说:"人不贪吃枉少年,牡丹花下死,做鬼也风流。"

我靠,这是什么狗屁逻辑!

小山喜欢吃辣,老干妈是在他青春期来到之前第一个让他血脉贲张的女人。他能打很响亮的嗝儿,一下子就能把整个楼道的声控灯震亮,这个本事贯穿于他整个年轻的生命。

他躺在病床上,阳光铺满他的脸,他吵着说要吃麻辣烫。我说:"你不要命了。"他说:"要吃要吃,我就快没命了。"

如果能倒回以前,别贪吃,别吃辣,别喝酒,别作死。

他说,不是每个人都有机会这么酷地死去。

三

庞小山虽然臃肿,爱上的姑娘却一个比一个精致。

高中时他爱上一个平胸姑娘,他露出一副圣洁的表情:"爱情跟胸无关。你们这些低俗的人们,不配拥有爱情!"这时的他已经不再有小时候裤裆开了就会哭的怂样子了。他脸皮厚得能说同样肉麻的情话给不同的姑娘听。

他大学时候的女友身材特棒,凹凸有致。他再次表示:"爱情跟胸是无关的!"后来的某一天,他又说:"在拥有爱情的同时,胸大一点,自然是好上加好的一件事。"

他是个多情的胖子,无数次恋爱,无数次分手,无数次痛哭流涕,无数次看破红尘,无数次重整旗鼓。

在每一次追爱之前，他会狠狠地吃上一顿辣，大汗淋漓，为自己壮行，为自己鼓劲。

在每次分手之后，他会更加狠狠地吃上一顿辣，大汗淋漓，泪流满面，汗泪混杂同流合污。然后连抽三根烟，祭奠逝去的爱情。这一套仪式在他遇到一位叫做小雨的姑娘之后戛然而止。

"小雨是个好姑娘，可爱又善良。像猫一样慵懒，喜欢睡在每个有阳光的午后，走路不稳，经常摔倒，我希望以后会在她身旁，在她摔倒的瞬间拥住她。小雨是个好姑娘，可爱又善良。露出小虎牙，融化了全世界的冰。小雨是个好姑娘，可爱又善良。我爱这个姑娘，她轻靠过的毛衣我舍不得穿，她对我说过的话我不敢忘。如果能流浪，要带我去有她的远方。"小山常常念叨这段话。

在跟身材极棒的姑娘分手后，小山颓靡地度过了他恋爱史上最长久的单身时间，一个月。他感叹爱情敌不过距离，我们举杯庆祝姑娘恢复理智。

直到在公司组织的新人培训里，他遇到了小雨。长发及腰，面容姣好，桃之夭夭，灼灼其华。

他的爱情就像他的吃相，吃到兴起天旋地转海水倒流，美味殆尽油嘴一擦从不回味。所以他再次迅速地坠入爱河，一条单恋的爱河。

他打出响亮的嗝儿，震亮了培训楼里黑黢黢走廊里的灯，震亮了那美丽姑娘回眸的美丽笑容。

谨慎地表白，小心翼翼地牵手，一起在屋檐下躲雨，一起造以后去环球旅行的春秋大梦。

有很长一段时间没再见过他。这丝毫不稀奇，一旦他用他发达的雄性荷尔蒙觅到了爱情的存在，他就会在我们这群朋友的视线里消失得无影无踪。一年四季都有可能是他的发情期。

四

有一天半夜，他敲开了我家的门。

醉醺醺的，头发油油的，胡子密密匝匝。

他说，同学聚会的时候他喝醉了跟前女友干柴烈火地发生了一夜情，出于内疚他跟小雨承认了。

我说，狗血的像于正改编的琼瑶剧。

他说，他不想失去小雨。

我说，净他娘的想美事儿。

他一脸沧桑的问："有吃的没？"

我翻箱倒柜勉强找出一袋泡面，劲爽香辣。他吃了不到两口，皱着眉说："吃不下。胃不舒服。"

我说："擦，看来你的爱情升华了。以前吃香辣泡面应该是一脸高潮的叫爽才是。"

他没说话，蹲在墙角嘤嘤地哭了起来。那个怂样子一下子就把他送回了小学时裤子开线的那天。

小雨说过，她决定的事，永不会改变。

这也是小雨留给小山的最后一句话，她换了工作，从此，不再联系。

这次，他没有举行祭奠仪式。

跟小雨分开的头半年里，他酗酒、抽烟、疯狂吃辣，半夜里写诗、唱歌、发疯。但只字不提小雨。

后半年里，他好像被佛菩萨普度了，变得安静。安静上班，安静回家，很少外出厮混，每天都按时回家陪爸妈吃饭。但只字不提小雨。

其实他根本就没那么有骨气。他在晚上漆黑一片的时候偷偷跑到小雨家楼下，像个小偷踩点一样数着小雨家的楼层。他在喝醉的半夜打小雨的电话，第二天谎称是电话坏了自己拨出去的。他在小雨生日之前策划各种各样的事儿，却在生日那天一个人躲在家里，什么也不敢做。我说他能不能再怂点儿。他不说话，眼睛血红血红的，含着眼泪。

他没再谈恋爱。又胖了十斤。大概姑娘们已经看不上他了。他打破了之前保持的最长的单身记录。

在他跟小雨分开后满一年，某天他突然严肃地问我："你说她是不是为了考验我才不理我不原谅我。已经过了整整一年了，我是不是应该去求她给我'减刑'"。

"嗯对！一定是这样。"

还没等我回答，他自己就这么回答了自己。

我说："不作死就不会死，你别瞎折腾了。"

他摇摇头，充满希望的说："我不。"

我觉得他已病入膏肓。

然后，他窝在我家写了一封长信给小雨，字字泣血，句句含泪，就差把半条老命给葬送了。他让我看看行不行，我看完之后吐了二十分钟，然后说，行。

他点击了发送键，然后开始等待。等着等着睡着了。早上四点钟,他突然惊醒。打开手机,一条未读短信。

此时的他像个怀春的少女,含羞带臊,欲看还休。

我说:"你别抱希望。"

他疯狂点头:"嗯嗯嗯,我不抱希望。"

我说:"看你那一脸发春相,还 TM 不抱希望。"

然后他做了个深呼吸,又来了一个深蹲,这个动作是当年他为自己鼓劲誓要赢回玻璃球的架势。

他如此艰难地打开信息,艰难地阅读,艰难地锁屏。

他什么表情没有,一脸平静准备去公司上班。公交车上,他晃晃悠悠,半睡半醒。

我问他:"她回你啥了。"

他大方地拿出手机让我看。

中心思想总结出一点:我们之间不可能了,你是个好人。

他回给小雨:我真他妈讨厌谁说我是个好人。我他妈不是!

这还是我第一次见他说这么硬气的话。

在他下车的前一站,他的手机又响了。看完之后,他没有征兆地嚎啕大哭,一车的人全都围观过来。看一个油腻的胖子哭得山崩地裂海枯石烂。

作为他从小就十分信任的兄弟,我连忙跟人群解释:"那个,我不认识他,呵呵呵。"

小雨回:讨厌吧,只要能忘了我。

小山哭着说:"她干嘛还给我回啊,忘忘忘,忘个大爷啊啊啊啊。"杀猪般地惨叫。

我说:"活该。谁让你出轨。"

妈的，那么胖的屌丝，还玩多情这一卦。

五

小山终于真的安静了。对过往不提不念，对未来不期许不憧憬。

一夜之间，他吃相变得优雅，不再狼吞虎咽，不再那么能吃辣，喝酒也不玩命了，还常拿自己胃疼当托辞。

我跟大伙说，算了，人总得死过之后才能继续活。大概这就是小山重生的方式。

辣是他的最爱，连辣都不吃了，重生的好吓人。

后来，岂止是不吃辣了，连饭都吃得很少了。

庞小山，25岁，胃里一些奇怪的东西搞得他不能吃饭，不能吃麻辣烫、麻辣香锅、水煮鱼、水煮肉片、变态辣火锅。

我还是第一次见到他消瘦的样子。我晃着他的病床说："小山小山，你瘦的时候太难看了，赶紧赶紧，胖回来。"

他微微睁开眼，笑了："你他妈就是嫉妒。"

小山办了出院。他说："阿旺，陪我走完最后一程吧。"

我说："陪你大爷。呜呜呜。"

出院之后，他说："我想吃辣。"

"你不要命了。"

"要吃要吃，我就快没命了。"

他赖在我家不走，半夜三更不睡觉打游戏哼歌看照片，写遗书。

我说："你能不能按时睡觉。尊重一下你的生物钟。"

他头也不抬地说："过不了多久我就迎来一场盛大的长眠，现在睡那么多干嘛。"

我陪小山拜访了很多姑娘。这厮这么胖，怎么能泡到这么多好看的姑娘。

那个身材超棒的前女友把我们送到车站，她的身边站着她的现男友。

小山悄悄问："他对你好吗？"

她说："挺好的。"

"那就好，你爱他吗？"

"不知道，但他做了很多让我感动的事。"

"比如呢？"

"比如中秋节的时候我没告诉他我是几点的火车，他就一辆一辆的等，等了一个晚上，一直等到我出现。"

"靠，这就感动了。他没大脑的吗？不会给你打电话吗？"

她瞟瞟他："至少你没做过。这就是你跟他的差别。"

小山不服："你个没良心的。"

我赶紧劝住："算了算了，都半条命的人了，争个屁啊，赶紧滚回家，别客死他乡了。"

小山嘿嘿一乐："我开玩笑呢。"非常糟糕的脸色让他的笑容又滑稽又恐怖。

我问他："要不要见见小雨？"

小山坚定地摇摇头："不要。如果有一天，我悄然离去，请把我埋在遇见她的冬天里，在枯树下，或是冰河里，我不期待轮回，只愿在与她相识的这个空间里，化作另一种形态，继续遥远地相伴。"

我说:"都死到临头了,就别 TM 装文艺了。"

小山说:"我的骨子里淌着文艺的血。"

我说:"淌你妹。"

六

小山常坐在阳台上,沉默或者睡觉。

他从不提那件让小雨痛苦,让前女友痛苦,也让自己痛苦懊悔的出轨事件。

他不敢回忆。

我说:"你也别装忏悔的苦行僧。你想万花丛中过,片叶不沾身,天底下都是你想那美事儿?醉了就出轨?那喝的还是酒吗?那 TM 是春药。"

"我说庞小山,从咱俩玩玻璃球那时候起,看你吭哧吭哧想赢球的样儿,我就觉得你是个一根筋的人,谁知道你有这花花肠子。小雨离开你,那是她的福分。"

我忘了我叨叨了多久,只是一个劲儿地说,把他自己心里想的,都替他说完,别让他那么怂地离开这个世界。

他忽然地就抬起头,像个得道的大师,缓缓抚了抚手掌,脸色坏得一塌糊涂。

他叹了口气说:"知道吗,从小我就特怂。"

我说:"我知道,看着你长大的。"

他没理我,自顾自说:"我不聪明,打篮球不会很帅,游戏玩得也马马虎虎,还胖得无所顾忌。直到有一天我发现有的女生喜欢我写的作文,后来我又发现,我可以说好听的情话给她们听。我终于找到自己牛逼的地方了。所以我一次又一次的恋爱。失恋了也不怕,因为会有下一个姑娘喜欢听我说情话。虽然每次我都觉得自己动心了喜欢了爱上了,到后来分手用不了一个礼拜就能把她们忘得一干二净。像我这么渣的人,报应是迟早的,但是对我来说,最大的报应不是我得了能要了我命的病,而是我爱上一个让我到死也放不下的姑娘。"

我觉得他所描述的自己真的是个烂人,但是不知为什么,我觉得很难过。

他说:"小雨离开我以后,我才明白什么是爱情。"

我问:"那,什么是爱情?"

他沉默了一会儿,说:"爱情就是不辜负。"

他沉沉睡去,他说的太多了,累了。

七

小山小时候很胖,念书的时候很能吃,恋爱的时候很花心,打嗝的时候很大声。

小山现在手不能缚鸡,吃饭很少很慢,心心念念着一个姑娘,不要说打嗝儿,呼吸的力气也没有。

我在想,我认识的庞小山,到底是一个什么样的庞小山。

"我出生的时候很瘦,八斤半。"

"八斤半还瘦啊,你糊弄谁。"

"那是因为我出生时个子高,骨头沉,真的!"

我做了一个梦,梦里在我们结拜的胡同里,庞小山绘声绘色眉飞色舞地说着一切,再后来,我听不清他说的话,那么胖的他,忽然飘了起来,飘远了。

小山走到最后都没再见过小雨。小雨也没再见过小山。

你是她误入的歧途,她是你贪恋的风景。

我曾背着小山去找过小雨,希望她会来看看他,告诉她,他还爱着她。到死都爱。

小雨听到小山的病情,眉宇间有三两秒的愕然,然后转瞬恢复平静。

她说:"我决定的事,永不会改变。"

我突然好像能感知小山为什么那么爱小雨。

阳光明媚的下午,小山走了。

曾经跑起来满身肉都在荡漾的多情少年,此时安静沉睡。

这世界,每秒钟都有谁爱上谁,谁辜负谁,谁对谁甜言蜜语说爱你到死,谁在下一秒就即刻背叛。所以,谁离开谁,都不值得惋惜。

他说:"山高水长,我们相忘于江湖。"

他说:"善良的姑娘,你永不会老去。"

他说:"爱情就是不辜负,愿你此生不再被辜负。"

他说:"因为你不曾原谅,所以我不必遗憾。"

他说:"我曾多次流浪,直到经过你身旁,从此不再向往远方。"

他说:"愿你好。愿世界如你所愿。愿生生世世我们永不相见。"

小山,小山。不要再说了,她都明白。

同母亲赶集

文 / 小来

我有多久没有赶集了，想来赶集也是许多城市人不甚清楚的事情吧。

近日天气异常的好，天空碧蓝，阳光普照，门前的松树从客厅的窗户望过去，像映在玻璃上的一幅画，清晰可见。恰逢乡里赶集的日子，母亲问我："去赶集不，热闹得很。"我想起上次赶集是好几年前的事情，如今还真想去凑凑这春节前集市上的热闹。便回她说："好。"

赶集也分日子，各乡有各乡的固定日期。我们乡是阴历末位1、4、7的日子，其他的还有3、6、9或者2、5、8。当然也有些地方生活渐渐富裕，手头的闲钱多起来，赶集便不再分时间了，天天都逛菜市场，日日添置新物件，这些地方赶集的概念正逐渐弱化。我们乡一直保留着赶集的传统，这从我还未出生的时候就开始了，赶集的日期也未有过变化。

印象中似听过这样的说法，农家人平日里都过着自给自足的日子，身上的闲钱不多，闲散的时间也不多，但平日里也需要添置些生活物件，像锅碗瓢盆、衣服农具等，于是便有了集市，地点一般定在乡里的中心位置，方便各个村落的人走动。每到赶集的日子，各个地方的小贩会聚拢在集市里，摆好摊位，卖吃食的、卖衣服的、卖农具的、应有尽有，自然东西也偏便宜，适合农家人消费。

小时候我是最喜欢赶集的，母亲说明日去赶集，我定会赖着母亲带我去，如果她不许，便会哭天抢地一番，软磨硬泡直到她答应为止。头一天夜里就预备好心情，兴奋得难以入睡。早上早早地醒来，一直跟在母亲后头，生怕她一个人偷偷地溜走。那时候赶集都是村里一行人搭伴去，走7、8里的路程，一路上有说有笑，小孩在前头跑着撒欢，大人在后头闲扯乡里的八卦。赶到集市，已经是人头攒动，热闹非凡了。小贩在人群里大声吆喝叫卖，卖衣服喽！卖包子喽！卖猪肉喽！声音夹在嘈杂得街道里最为响亮。赶集的人像蚂蚁般慢慢挪动身躯，这里看一下，那里摸一下，多番比较，时不时还价一番，直到最后也没确定买哪家的好。

也有过被母亲骗的时候，要到赶集的日子，头一天说不去了，待第二天我还未起床，就一个人拿着包悄悄地走了。等我发觉过来，有一种被抛弃的失落感，一边哭一边往集市走。那时候年纪小，走不到一里路就不敢再往前了，便孤零零地站在路边，太阳把眼角的泪水晒干了，也不回家，就坐在马路边等母亲回来。直到大中午母亲和村里的其他妇女才慢吞吞地出现在肖家村的石桥上，看见她们过来了，泪水又从眼角落下来，好像这委屈就是要给母亲看的。母亲大老远就看见了我，扯着嗓子喊我，我低着头也不应，直到她慢慢走近，从包里抓出一把糖，或者两个包子，说几句好话，我才不情愿地起身牵着她的手回家。

那时候小孩如此热爱赶集，多半原因是想吃些平日里吃不到的东西，想瞧瞧平日里看不到的热闹。

过年的集市当属最热闹的，那种热闹完全不差现在城里的大商场。小时候要过年了，赶集是全家出动，要置办年货，也要给一家人买新衣服。一般是给我和姐姐买衣服，父母节俭惯了，多年也不舍得给自己扯新衣服，那时候没什么收入，钱自然是紧着花。卖衣服的摊位都集中在集市东面，父母对于集市哪里卖些什么东西早已谙熟于心，手牵着我和姐姐往衣服摊位挤。人真的非常得多，挪步都有些困难，但我的心情却是愉悦的，那时候的快乐真的只能用简单去形容。买好衣服，买好年货，一般已经是中午后了，一家人才提着东西往家走。

直到我上中学，对赶集的热情才淡下来，再大一些，走得更远了，大城市见过了，对家乡的赶集也不再热衷了。

母亲突然叫我去赶集，让我想起儿时年前赶集的热闹场面，心里也翻腾了一会儿。吃过早饭就出发，我骑电动车载着她，大概10分钟就到了。如今的集市早已经改头换面了，路是修好的大马路，两旁的房子也不是老集市那种破败的模样，不过那种热闹喧嚣的场面还在。母亲说："这里刚开了家大超市，要不要去看看？"我说："行啊，去看看。"

穿过拥挤的人群，来到菜市场附近，果真开了一家超市，也谈不上大，但对于这个集市来说确实够大了。我和母亲在里面买了些零食。我说："要不去看看卖衣服的地方。"母亲便引着我去，走几步便能遇见一个村里的熟面孔，寒暄几句继续走。卖衣服的摊位其实不多，大概是现在的人都愿意去市里买吧。我挑了一件还看得过去的叫母亲试试，母亲说："已经买了衣服，不试了。"我说："试试看啊，又不要钱。"她便笑着脱下外套。穿上后母亲直说不好看，我说还行，挺合身的。母亲说："合身是蛮合身，就是不好看。"记得以前母亲买衣服总是先考虑价格，然后是耐不耐脏，合不合身，至于好不好看是其次的。想起前两天和她去菜地择菜，她一直跟我讲村头有很多人跳广场舞的事情，说的时候脚步也跟着跳起来，笑着对我说："就是这样跳的。"我说："你是不是也想跳？"她说："想是想，就是有点不好意思。"我说："没什么不好意思的，现在好多人去跳。"她只是笑笑。

其实我是难以想象母亲跳广场舞的样子，对于她想跳广场舞的想法也有些出乎意料。我一直以为她没什么文化，一辈子只会和柴米油盐打交道，她在我的思维里有固定的模样，她和广场舞应该不会有什么关系。有时候在外面看到一群群跳广场舞的大妈，我也会想起母亲，心里会想，要是母亲也能和她们一样该有多好，有些爱美，有自己的爱好。

不过我错了，母亲是爱美的，她也想有所热爱。只是置身于生活之中，她考虑的始终不是自己。

母亲没有买那件衣服，因为她觉得不好看。

没到中午差不多就逛完了，我问母亲："还有什么要买的？"母亲说："本来也没什么要买，就是叫你出来凑凑热闹。"

集市已经和小时候完全不一样了，我赶集的热情也难以和那时候相提了，不过这热闹还在，陪同身旁的人还在，也就没什么不一样的了。

妈，你怎么那么笨

文 / 小来

妈妈从小就是苦命的人，外婆在她五六岁的时候去世了，小时候身体也不好，常年肚子痛。她说，肚子痛起来的时候躺在床上直打滚，身上冒一阵阵的冷汗，看了医生也查不出毛病，只能任由它痛。她小学只上到3年级就退学了，其实那三年也没怎么去上课，经常因为生病请假，所以小学学的那几个字基本都忘掉了。不上学后她就在家里帮外公干活，小姨大姨都要上学，她就在家里给她们烧饭吃。

妈妈刚嫁给爸爸的时候，肚子痛的毛病也经常犯，刚结婚没多久就痛得连床都下不来，裹着被子不停地喊疼。奶奶看见了，骂媒人是个骗子，娶了个有毛病的女人回家。还好当时爸爸不嫌弃，没有把她赶回娘家。直到后来生了孩子，肚子痛的毛病才渐渐地少犯了。

妈妈不识字。小的时候父亲在外地干活，她在家里操持农活照顾我和姐姐。那时老师经常要我们把试卷拿回家给家长签字，我把试卷放在她面前，我说要签字，她露出窘迫的笑容，说："叫你二叔签吧，我不会写字。"有次二叔也不在家，我便自己签，扶在方凳上拿着铅笔小心翼翼地写：陈桂香。我签完拿给她看，说是我自己签的。她笑了笑，什么也没说。

卷子收上去就被老师发现了，她在班上点名批评我，说我冒充家长签字，是个不诚实的孩子。我当时觉得很委屈，却也不想说出我妈不认识字不会写字这样的话，我不想让同学嘲笑我妈。回到家，妈妈正在喂鸡，我赌气问她："妈，你怎么不会写字呢，要是你会写字，我也不会挨老师的骂。"她回过头来，手从碗里抓起一把谷子丢在鸡群里，说："要不你教我写吧。"

妈妈干完所有的活已经是夜里了，屋里的白炽灯亮起昏黄的光。那时候家里没有书桌，我们便趴在床上学，她说太暗了看不清，叫姐姐拿来手电筒。我和姐姐一笔一划地教她写自己的名字，她写了很久总是写不好。我说："妈，你怎么那么笨，我在学校学生词看两遍就会写了。"她没说什么，只是笨拙地拿着铅笔认真地在废弃的作业本上写着。后来我和姐姐睡觉去了，她还趴在那里写。

第二天她把我们叫醒，把作业本递了过来，说："看看，写得咋样。"我揉了揉眼睛，看了一眼，整张纸都写满了陈桂香三个字，开始歪歪扭扭，后来也有模有样了。我说："妈，这样就可以了。"

后来每次签字我都找她，她接过卷子，总是很认真地写上名字。

我想起去年过年回家,我在学校拿了近3万块钱的奖学金,除掉学费和生活费还剩了一些,便想给妈妈买个礼物。

我问她想要啥。

她说:"我什么都不要。"

我说:"要不给你买个手机吧,现在人人都有,就你没有。"

她说:"不用了,我又不太会用那玩意,再说你爸不是有个吗,有事打他的就行了,还花那冤枉钱干嘛。"

我说:"爸今年不是要去外面工作吗,你得经常一个人在家,有个手机就方便多了。"

她想了想,似乎觉得我说的在理,便说:"那就买你爸那种,便宜耐用,像你们那种手机我是用不来的。"

我搭着她的肩膀,笑着说:"就给你买那种。"

下午我乘车去了县城,逛了很多家店都没有找到爸爸那种老款的诺基亚,说实话我不敢给她买那种时兴的手机,怕她嫌贵,更怕她不会用。那种老款的诺基亚手机她毕竟摸过,而且充一次电可以用好几天。后来终于找到了,我问老板多少钱,老板说黑色的300,蓝色的320。我想给妈妈买那台蓝色的,好看一些,和他讨价还价硬说成了300块。回来的路上,去营业厅办了电话卡,选了最便宜的12块钱的套餐,号码也挑了个好记的。

回到家把手机递给妈妈,她开口的第一句话就是多少钱。我说300。她说那还好。当我告诉她月租12块钱的时候,她摸着手机说,还是贵了,你爸那个8块。我说,爸那个是几年前的了,现在最便宜的也要12块。她没有再说什么,低头摸着手机。我说,蓝色的好看吧。她才露出笑容,说,好看!

我们坐在椅子上,阳光从敞开的大门照进来,落在身上,很暖。

我帮她把家里亲戚的号码统统存了进去,一遍遍教她怎么找名字,怎么打电话,怎么接电话。她在我身旁像个小孩一样学着。我把手机给她,叫她试着给我打个电话,她接过手机,按了一通,抬头问我,是按哪个键来着,忘记了。她已经50多岁了,眼睛也不明亮了,看手机屏幕的时候总会把手机扯得很远。我又重新教她,她还是不会,在通讯录里找人的时候,总是看错,要么就是不认识。我有些不耐烦了,又教了几次就跑去看电视了,留她一个人坐在椅子上。

不知过了多久,我的手机响了起来,显示的是妈妈两个字,跑出去一看,妈妈正笑眯眯地看着我。晚上,她时不时地给我爸的手机打一个,给我姐的手机打一个,再给我打一个,像小孩玩游戏一样。她终于学会了用手机。

今年7月份爸爸给妈妈买了辆电动车。我打电话回家,说,妈:"你敢骑吗?"她说:"不敢了,昨天骑的时候撞到人家沙堆上去了,不敢骑了。"

这几年村里的妇女基本都骑上了电动车,没有骑的多半是些年纪大的。逢上赶集的日子,她们成群结队,一溜烟似的就不见了。而妈妈还是骑着以前姐姐上初中骑过的那辆破旧自行车,一个人费劲地踏着。每次回来,热得全身是汗。有时候家里突然来了客人,她也是骑着自行车去镇上买菜,又累又慢。

妈妈想有一辆电动车应该是想了很久。只是一直不舍得那份钱,又怕学不会,所以一直没买。

每个穿越时光的回忆，都有电车。

摄影 by 吴晓隆

摄影 by 吴晓隆

愿得一人心，白首永不弃。

记得还是2013年的时候，姐姐骑了电动车回来，她便叫我教她骑。学了一下午也没能学会，最后还摔了一跤，便不敢再骑了。

今年她又说想学骑电动车，爸爸便给她买了，我和姐姐说她胆子太小肯定学不会，电动车买回去也是摆设。这不，她撞进人家的沙堆里，又不敢学了。

但是，没过多久，爸爸和我说，你妈学会骑了，她昨天还骑着车去赶集了。我竟然觉得有些不可思议。

后来她在镇上找了一份工，每天骑着电动车上下班，我给她打电话，叫她慢点骑，路上人多。她说，放心，我骑得慢呢。

我突然想起小时候教妈妈写字的场景，灯光把她的影子拉得老长，投射在墙面上，硕大，她趴在床上，左手拿着手电筒，右手抓着铅笔，细软的头发随意地搭在肩头，窗外传来细碎的昆虫的叫声。**她那么笨，不知道熬到几点才学会写那几个简单的字。**

你的城市，有一条中山路吗？

文 /Titty

雨夜的中山南路，越发显得寂静空旷。换做平时，即便到了午夜时分，还是挺热闹的。去过很多城市，依稀觉得，好像每个城市，都有一条中山路，抑或叫作中山街。这或许是，当下国人，唯一想得起孙文先生的地方了，他也给中国城市街道的命名，带来无尽灵感。

民众的不觉悟，可能是辛亥革命，终将失败的根本原因。遥想当年，清兵入关，扬州十日，嘉定三屠，留头不留发，留发不留头。一夜之间，全国就扎起了辫子，何等悲惨壮烈。民国初年，又有多少人，誓死不肯剪去这留了两百多年的辫子。人的骨子里，其实是害怕改变的，一旦改变了，就更难地再去改变，多年以后，还有谁会在意，这是中山路还是中正路。

思维惯性，正在侵蚀着我们大多数人。思想自由、兼容并包，也许正在渐行渐远。人们始终不满足于任何一种生活，谓之梦想。

万物诞生，皆因于此。

梦想与现实的差距，自古长存，选择的同时，也就意味着放弃。时下，梦想的相似性，导致人们的相似性，城市的相似性。推土机铲平了中国城市的地方特色，钢筋水泥、玻璃幕墙给中国城市穿上了雷同的外衣。

每个城市都在修路，敲了修，修了敲；每个城市都在盖楼，拆了盖，盖了拆；每个城市都可以吃到湘菜川菜新疆菜，浙菜粤菜东北菜；每个酒店里都有各款避孕套供客人有偿使用；各个电视台都充斥着选秀相亲节目；各个繁华地段都有残疾的乞丐；各条街上都是行色匆忙的路人。

纵横街道像极了人体的筋脉，在这个城市里渗透。路上的行人，扮演着形形色色的角色，有的青年在这里丧失了梦想，有的老人在这里找到了回忆。或许我们并不能改变什么，很多时候只是等待时间将我们慢慢改变。

人活一世，草木一秋，这个世界似乎正在慢慢地在教会人们习以为常。从食不果腹到衣食无忧；从夜不闭户到警惕多疑；从安分守己到急功近利；从活在当下到活在裆下；从无病呻吟到挣扎无用。

世上的道理没几条，就看你做不做得到。在这社会里，我们每人，像是一个大钟里的一个小零件，或许发现，自己哪里出了问题，甚至发现，有些许异样。可是转念一想，自己只是大钟里的一零件，无足轻重，一切自会正常运转，一己之力，又能如何，仅此而已，于是忘记。然后真就忘掉了，众人皆忘也就习惯了。

生活还是继续，慢慢老去，世纪交替，纷争不休，人面何去，桃花依旧，每每想起，竟难自禁。然而念念不忘，必有回响，万物速朽，梦想永在。其实比遗忘更可怕的是习惯。

老街生活

文 / 小青年肖大虫

把时光再往前挪个十几二十年，我家还住在用青砖砌成的砖瓦房里，这种砖瓦房与左邻右舍们的砖瓦房并无太大不同，统一都是水泥地面、石灰墙壁，并如镇民所青睐的那样，在靠近瓦房屋顶的位置用木板隔出楼层用以储放闲物。我和妹妹在那时候，特别喜欢缩着小身躯沿着红漆已泛旧的窄小楼梯一层一层爬上去，心情因畏高而忐忑、因好奇而欣喜，仿佛那些积满灰尘的家具物什里残留着什么时光秘密。我家的这个"小二楼"里，留着很多爷爷去南京前用来做木工活的材料，像小锤子、小木板、还有用来画线条的粗红铅笔……穿过这些杂乱的排列，会走进一间闲置多年的卧房，其中比较显眼的是一张雕花木床，床头镶了些画有古典画的瓷砖；而在床头不远处，有一面低矮的玻璃窗，它与世无争般淡然吸收着外面的阳光与空气；在这面玻璃窗边上的橙色小木箱里，才藏匿着真正吸引到我们的"宝物"：印着20世纪七八十年代明星照片的磁带歌词册、不知是哪一年的印章、旧的布条和针线，它们统一又老又美，落着旧时光的气息。

在这件砖瓦房隔壁，住着一个老太太，一个老到已经听不清、看不清的九十高龄老人。第一次由桐梓村搬到这个小镇的时候，我透过孩童的眼看她，觉得新奇又陌生，她自然认不出我，但却知道我是孩子，便从生了锈的印画铁盒子里掏出糖果，裹着塑料纸的它们握在手上黏黏稠稠。

稍大一点的时候，我家搬进了父亲单位的职工用房里，而我的爷爷奶奶也从南京回到了这套砖瓦房。在外多年的爷爷染上了外地口音，处事泰然的他总会被那些在青石板路上卖菜的小贩误认为是台湾过来的有钱人，并试图狠狠"宰"他一把。这个时候，也在菜场卖菜的我的表娘就要大声吼道："什么台湾佬！那是我家二爹爹！"

在爷爷奶奶入住后，小院内锈掉的压水井又开始恢复了生气，透明又清亮的井水总是随"咯吱咯吱"的机械声涌出来，流淌过院内长满青苔的石板；那些雕着花的木窗终因年代久远被更合时宜的玻璃窗取代；在城里生活了几十年的人自然不惧玩"混搭"，液化气、太阳能、瓷砖、浴霸、空调接二连三进了这个仍留着老式灶台和木板床的民居。

老式灶台应该是一种最有人间烟火味的灶台吧。它的火候由人控制，不同的柴火生不同的火候，无时不考验着驾驭者的经验和脾性。夹柴火的火钳常在灶火炙烤中生出火红的尖端，像是为每一天的炊事助阵。灶台古板的外形，却常会娇惯出食客挑剔的味觉，会让他们对与电气化打交道的食物生出抵触，会不满它那份不够随时到位的火候。

依然记得幼年时节，家人用灶台摊面皮，原料是用石磨一点一点磨出的米粉，成型之后面皮被挂在院后竹竿上，一面面晾衣服般，我和妹妹在这些面皮下跑来跑去，想靠着奔跑带来的推动力好跳跃到面皮的高度再狠狠咬上一口。

对于镇民来说，逢年过节自然要以大量的"荤"来烘托节日气氛。尤其冬日更遵行这个标准。配好料的五花肉常通过"雪碧瓶漏斗"被挤进猪大肠，结结实实把大肠撑成油腻的条状，长度差不多时再勒上棉线，一节香肠就开始成型。爷爷奶奶的小院中自然不会缺少这个"节日必备"，伴随其烘托节日气氛的还有腊肉、咸鸭以及水盆里泡着的拔了毛的老母鸡。

奶奶喜欢穿新衣裳，木制的衣柜里整齐摆放着一些材料上好的衣服。但这位喜欢新衣服的老人，最喜欢的还是去地里干活。院前屋后的菜地，总是被她打点出生机勃勃。在靠着笪家潭的一块菜地边上，爷爷用木板和塑料薄膜为家养的鸡鸭创造了个遮风躲雨的小家。知晓菜园与家畜脾性的两位老人，总是在这片土地上得到丰厚的回报。

菜园有菜园的学问，而人有人的智慧。我爱这片土地，这里有的是真正的老街生活。

春末的南方城市

文／王瑞

故乡的杨树十月份就开始大量掉叶子，飘飘洒洒，像无数枯叶蝶在恣意飞舞。而当我离开初冬的江城时，依然有固执的黄绿的杨树叶子不肯凋落——是的，凋落，不肯为我的离去收敛它常青的致意。

南方的城市大都很清新俊丽，似一阕一阕温婉的宋词。大概是多雨的缘故，夏天的南方城市总像是刚被洗好的瓜果一般，新鲜干净，清爽可人。很多次我徜徉在江浙小镇的夏日午后，刚消褪的乌云还残留着淡淡的墨迹，小桥下的流水轻轻舔着石砌的河床，当自己的脚印出现在雨后新生的小路上，一寸一寸，总有一种冰凉的不安蔓生在游子的心间。

故乡的夏天是一种固执的热，像一头倔强的发火的喘着粗气的老牛。太阳炙烤着烟草和玉米的硕大肥厚的叶子。"嗞嗞嗞嗞……",长者们吐着火信子的烟袋锅子是夏天最拟声的乐器。我和伙伴常常把头浸在那条清澈明亮的河里,睁开眼睛看河底的沙姜、小鱼、水草,听岸上的人声、犬吠、风鸣。日月和粮食的拉扯间,我们从故乡的豆荚里蹦了出来,化作无根漂泊蒲公英,远走他乡,可是就像炽热永远只属于故乡的夏天一样,我们也是。

江城的冬天很温和,江城的七月有时却会很冷。没人相信从唐古拉山融化的雪水在抚慰了上万里的堤岸之后,依旧寒气袭人。每当茫茫白雾锁住长江,我都会想溯流直上,默视青藏高原横放的条条白雪,深拥给予无数城市无限生命的冷酷仙境。

那一年,我背着理想走在九月的街上,像无数寻梦的少年那样,坚定又动摇,刚强又脆弱。当我在陌生的香樟树下做着熟悉的梦,我第一次感到青春的来袭和夜晚的重量。我想像春木那样膨胀自己,像夏花一样分裂理想,可我有的,只是颈下一包硌人的愿望。

后来有一群人走近了我,给我问候和手臂,让我轻盈和安稳。他们愿意和我分享的不只是春风沉醉的夜晚,还有困乏不眠的城堡。

北方的春天充满了干涩的风,从东到西,无视黑夜和黎明。多少回父亲和铁犁在这里耕种愁苦和希望,多少回母亲和儿子在这里收获鱼儿和月光。咸腥的日子和香甜的云朵,时时刻刻都在提醒故乡的春天永远生长在我们身上。

我从冬天醒来,思念着早已融化的雪景。每走一步都会感觉离那个地方更近一点。太阳离我越来越近,有永恒,也有温暖。当你们站在我身边,我才会真正从冬天醒来。当你们站在我身边,我才会摈弃沉酽已久的悲伤。

春末的南方城市,我们再次拥有河水和诗歌,我们再次迷信路途和咏唱,我们侧着耳朵倾听火车撞击铁轨的声音,我们闭着眼睛感受阳光撕裂晨曦的花香,我们抱紧彼此的缺憾,我们吞咽昨日的离殇。

春末的南方城市,我预感到盛夏的降临。一万颗种子的萌芽撑着我狭小的心房,丰沛的雨水,落在我惊慌失措的脸上。

春末的南方城市,太阳在自己的路上。

此去经年

文 / 王瑞

过年时,他们还是见了一面。

那天风很大,把两个人的喉咙吹得干涩难忍。傍晚的路灯昏昏黄黄,他还是发现她瘦了,尽管没有触碰到她温柔的食指。她曾经那么调皮地把食指放进他手心,轻声呢喃。而现在,她只是低头沉默。那消瘦的记忆,开始一点一点击疼他的左肋。

她觉得这次见面已经没有任何意义了。在各自的城市上大学已经快两年了,那名存实亡的爱情已经没有任何苟延残喘的必要。苦苦迁就,只能换来阵阵苦楚。可她终究下不了决心。看着他蓬乱刘海下面澄澈的眼眸,任何坚硬的话语和坚强的防备都是徒劳。

他说这学期他打球摔伤了腿,在医院躺了半个月,一个女孩经常去看他。他以为女孩对他有意思,于是狂喜不已,并且打算在医院多住几天。他说他真自作多情啊，那女孩原来是代表撞伤他的男朋友表达歉意，才去看他的。

他哈哈大笑，以为自己讲了一个很好笑的笑话。她却微微心疼起来。眼睛盯着他伤愈的腿，一道新伤却在她心里生长起来。

临别时，他说他记不得这是他们第几次分开了，更不知道以后有没有机会再分开。他狠了狠心，不去看她即将噙满泪的眼。她往他手里塞了一块玉。他忽然感觉自己胸腔梗了块东西，硬生生地疼。那是高三时俩人去山里为彼此祈福，庙里的老和尚送的。他们曾经约定，一定不会分开，就算分开，这两块一模一样的玉也要在一起，替代他们在一起。现在两块玉在一起了，那他们就要分开了。他这样想着，静静地让眼泪和她一起溢出视线。

他在一个晴天又回到了高中的学校。坐在自己以前的位子，静静地和阳光呆了一个下午。黑板上有一组逐渐变小的数字。她就坐在他前面，低头写那一沓厚厚的试卷。有一天，老师站在讲台厉声指责，你们这些早恋的孩子们，赶紧悬崖勒马，把心思放在学习上。他们胆怯了，一连几个星期没去打扰对方。寂寞也许可以忍得住，牵念却注定无处安放。他还是在一个夜晚截住了骑车回家的她。

他带着她要去火车站。他说那将是他们最初的别离，他要带她去预习。她坐在他车后座，脸贴在他背上，沉默得让人心疼。他说她走了之后，这个城市的霓虹将不再闪烁。显然她体会不出这句话的分量，她只是出神地盯着天空，看那烟花盛开，幻灭。末了，他用食指在她手心写了四个字，然后转身离去。他感觉得到背后凉凉的她的伤心。**她只在他背上流了几滴眼泪，他却能感觉到他们之间**

将要隔起一片海。

此去经年。她猜对了。猜对了离别之后虚设的良辰美景。

她终究还是没有接到他的电话。她觉得新等待的出现就是旧等待的结束。她决定接受大学里追求她的一个男孩。那男孩从来不会谈起离别、未来、青春、忧伤等恶俗爱情小说里经常出现的词。男孩微微上扬的嘴角有着月亮一般的弧度,照亮了她灰灰的心事。

他也变得快乐起来。他不再思考相濡以沫还是相忘于江湖的问题。他觉得那太哲学了。生活就应该是挣钱吃饭,结婚生子。他剪了个平头,人家都说很精神。但有时,他会翻起旧时的照片。那头发长长遮住眼睛的日子,还是会怂恿眼泪浸润早已干瘪的记忆。

他终于也有了新女朋友。有一天,他决定把她退还的玉,送给新女朋友。他找呀找,却只找到一块。他苦笑着把它丢进湖里了。他转过身对女朋友说他再也不要过一个人的生活。沉入湖底的玉只留下几圈刺眼的波纹。他抱着女朋友,忽然又感觉自己胸腔梗了块东西,还是硬生生地疼。

她大学里最后一个生日的聚会上,还是请来了他。他喝醉了,拉住她说,大二时她的生日他没有来是因为打球摔伤了腿。她的眼角湿润了。她想问他为什么那次他喝醉时要把自己的玉落在她那,在她还给他之后又为什么不接受她的和好信号。可是她没有问,她的手被男朋友紧紧攥着,她的心被幸福紧紧包围着。

天空泛起了奇异的紫色,夕阳明朗了氤氲的情感。岁月终会原谅一切。那些爱恨聚散,那些花开花落。

霞姨

文 / 村丘夫人

六个兄弟姐妹里霞姨最大。霞姨生有两女。二十多岁的年纪嫁了个同是农家的男人。大家都说霞姨命苦,没嫁好。

霞姨是个勤劳、能吃苦的人。家里的农活大半是霞姨一人耕作。生下大女儿后,还未坐几天月子婆婆就对霞姨说,你快些做活去吧,我大了,做不了那些活,孩子我来带。霞姨那会还躺在床上,望着蹲在窗外边吃饭,一眼都不看自己的男人,霞姨的脸色苍白,觉着肠子搅在一起,难受至极。

婆婆怀里抱着的孩子长得挺可爱。霞姨在心里默念着,但愿她不要像自己这样苦。

初升的太阳很温柔,东方的天空一片红。霞姨弯背摘着烂掉的菜叶,一片一片放到竹篓子里。装满后背回去,用生了一半锈的菜刀剁碎，和着鸭饲料搅拌。再捧着一大盆饲料打开鸭圈的门。浑身酸痛，顾不得弯腰，手一滑，盆子直接掉下去。好在是砸在土地上，只是一声小小的闷响。盆子里洒出来一些饲料，鸭子们一看见饲料就伸长着脖子，愉快地摊了摊翅膀飞奔过来。霞姨的额头上冒着汗珠，看着围在盆子外的一群鸭子吃得很是欢喜。白白的羽毛在太阳的照射下柔软得像棉花糖，她不禁也跟鸭子们一起欢喜起来。

家家户户的花生在今年都长得很好。九月了，花生一亩接一亩地拔完。霞姨起得很早，收拾着那些拔完花生剩下的叶根子。堆在屋檐下的叶根子被昨晚下的小雨淋得有些潮湿，爬着很多小虫子。霞姨用渔网线一捆一捆地绑好。不知道有多少捆，收拾好的时候霞姨浑身上下都是雨水，透过衣服裤子粘在皮肤上，很不好受。霞姨捶了捶自己的腰，不知不觉间都快中午了。多少次不知不觉间的中午了？霞姨数不清。

煮好午饭后霞姨扛着农具到田间，临走时女儿问霞姨今天晚上煮什么好吃的，霞姨对女儿说："奶奶会给做你好吃的呢。""我想和妈妈吃晚饭啊。""你要听话呢。"

正午的太阳辣极了，霞姨赤脚踩在田地里，前头的牛儿悠悠地摇着尾巴，霞姨握着犁耙，挂在脖子两边的麻绳像陷进肉里一样，灼烧得和太阳一样赤辣。霞姨喝着牛儿，牛儿叫了一声，拖着犁和后边的霞姨一脚一步地踩在土里往前走。

鸟儿在树枝上的窝里睡得很安详，一两家人的皮孩子在小溪旁戏水。

困倦的午后，霞姨依旧喝着那头牛，喝得喉咙干涩，喝着喝着，十多年就过去了。

声音在田野上荡了荡就消失得无影无踪。

大女儿跑进屋子里和爸爸说奶奶和别人在外边吵架。爸爸不耐烦地嚷着找你妈过去解决，嚷着嚷着便打着呼噜睡着了。霞姨被小女儿缠得脱不开身，只好抱着小女儿小跑着跟在前头带路的大女儿的身后。霞姨跑得浑身都是汗，喉咙的干涩感突然传来十年间日日顶着太阳在田里耕作的影像。霞姨没来得及心疼自己，回过头看来，脸上的皱纹和手上的褶皱早已遍布，如纵横交错的山脉一样。可有生过怨言？怎么会没有怨言，只是随着吆喝声一同回荡在田野上，早已飘散在田野上空。

婆婆和村子的另一家人吵得猛烈，你喊我喊，喊累了不出声，光用眼神相互恶狠狠地盯着。

霞姨放下小女儿，忙走到婆婆身边问个缘由。婆婆就指着那辆停在旁边的三轮车。

也不知是谁家的三轮车，停在村子用砖头垒成的厕所旁好些时日。婆婆把三轮车推回家，车轮子滚在凹凸的石头路上一颠一跛，婆婆的身子也跟着一震一颤。没推几步，那另一家的夫妇赶了过来询问这三轮车是不是婆婆的。婆婆回头说是她的，没有错。那女人尖声地说那三轮车是自家的小舅子停在那忘了拿的。婆婆一听就紧抓着车把手向女人啐了一口。只见那丈夫走了过来，抓着车厢，笑得异常阴险。

婆婆找人来评理。村子里的人都知道那对夫妇不好惹，看谁的热闹也不好看那夫妇的热闹，借着自家的农活剩好些大半，赶忙走开。

对说着，对喊着，对骂着，谁也不让谁。

霞姨扯着婆婆的手臂说了好些话，让婆婆回家，大热天的都快要中暑了。那女人迎合着说,就是呀,老人家要赶紧回去歇着,在外边晃悠可危险了。说着就推着三轮车要走。婆婆怒了,走过去把那妇人的手从车把上打开。女人的丈夫跳过去挥起手推搡着婆婆,霞姨急了,也走过去推搡那男人。大女儿看着害怕,拉着妹妹的手往家跑,得把爸爸叫过来才行。

婆婆拽着三轮车的一边,那夫妇也拽着三轮车的一边,霞姨不知如何是好,只听婆婆对自己喊道,还不快过来给我帮拽着!一拉一扯,霞姨累及了。两个年轻人的力气总胜得过老人和妇人。霞姨的手疼得都忘了喊出来。那夫妇一使劲,三轮车就从手里滑了出去,婆婆没抓稳,一屁股倒在地上,霞姨的手"嘎哒"一声,脱臼了。

霞姨的丈夫过来,看见自家的人被欺负成这样,什么话也不说,冲了过去,"啪"的一巴掌打在那女人脸上,那女人也跟着倒在地上,磕在石头上忍不住"啊呀呀"地大哭大叫。那男人猛拽着霞姨丈夫的衣领,女儿抱着霞姨双双哭了起来。两个男人互相扯着、扭着、打着,滚到了地上,不停叫骂。这会,村里的人想不看热闹也难。

这村里的太阳没有一天不辣过,每个人的汗珠滴落在地面上时,一瞬间"呲啦"得冒了一小股烟,蒸发不见。

原先的石头路现在已经是平整的水泥地了。姐姐拉着妹妹的手去上课。霞姨抓着青色的麻绳,嘱咐路上要小心,别逗留,接着从井里拉上来一桶又一桶水预备刷洗衣物。

走在上学的路上,妹妹跟在姐姐后头突然间停了下来。姐姐回过身用疑问的眼神看了看。妹妹说:"我们以后改其他的路走好不好啊?"姐姐眼神里的疑问稍有减少,妹妹接着说:"这路以前撞死了爸爸。"

关于夏天的记忆

文 / 易小庸

午后，透过正对的玻璃，我看见阳光反射在对面小区的外立面上，树木已经很高，我可以看见绿树，看见阳光照耀下的勃勃生机，我突然在大脑里闪出一个词，那个词叫夏天。

关于夏天，总会有无数波澜壮阔而深刻的记忆，这些记忆总会在某些特别的时候出现。比如我看见反光的时候，我很想抽根烟，然后我想起了我还是个儿童的时候。那时候的夏天好像是特别炎热的，但我又是那么喜欢炎热。今天其实不热，我甚至还穿着长衬衫，可是我却有种夏天已经来了的错觉，或者这不是错觉。夏天的记忆是炎热，也是井边淋浴的清爽，更是去游泳的冰凉。一想到夏天，总会感觉好像夏天就一直是大晴天，是万里无云，夕阳也是那种特别好看的样子，好看得我想不起什么词来形容。

也许就在今天午后那些光芒到达眼眸的时候,我决定写一系列的文稿来回忆,关于夏天,关于我童年、青年时期所有的夏天,还有那些人和事。是吧,我想我一直最喜欢的就是夏天,即使我已经长大,也已经改变了那么多。

我还记得在老宅的时候,夏天的午后奶奶总会在长形的客厅里铺一张凉席,而屋顶是一个老式吊顶风扇,我记得那个电风扇的风力很大,最小的一档也会让我觉得风大了。那时候的屋前还没有统一规划的小别墅,而是一大片的稻田,碧波荡漾,而屋后是一片龙眼树,蝉嘶吼着夏天。奶奶午后总会在廊厅睡觉,他总会要我躺在她身边,奶奶总是很容易入眠,而我总是不喜欢睡午觉,也睡不着。等奶奶睡着后,我就开始寻找自己的夏天。

我一直想不清我当初为什么总喜欢跑去烈日下玩耍,那应该是我不到十岁的时候。我赤着脚丫,穿着短裤、T恤,时间总是在两点左右,温度升到最高,我踩在热得烫脚的水泥路面上,那种灼烧带些疼痛,但我却渐渐适应那一种灼热,而当回到阴凉路面的时候,我的脚会得到一种极大的释放。这一种反差让我觉得很愉快。我一直记得那时候我的路线是我家到姨家再回到我家。姨妈开了一间杂货铺,我那时候不知道为什么很喜欢去她家,仅仅只是看看,然后再回来。每次我去她家,她总是怪我有鞋不穿,她总会拿东西给我吃,而我却总是不要。从姨妈家回来,我又是赤着脚丫在灼热的马路上步行,然后经过一条林荫小道,再经过隔壁家的水泥院落,再回到屋后。我会用水龙头把脚冲洗得干干净净。是的,水存放在屋顶的不锈钢水塔里在太阳的暴晒下会变得很热。而在门槛上坐会,再赤着脚丫回到屋里。从现在的脚力步量也就不到五分钟,可是那时候我总觉得那段旅程是漫长而丰富的。

我总觉得那时候老屋的地是特别干净的,红色的地砖很好看,红得发亮,奶奶总是乐此不疲地每天拖地。我回到家,然后回到一间放沙发电视的房间,夏天的时候我们也是同样地在地上放了一条凉席。那间房的屋顶有一个老式的吊顶风扇,但那个屋顶是斜坡屋顶,风扇很高,风力总感觉很小,风力最大的一档也不如客厅最小的一档强,而那间屋子因为西晒更是炎热,我总会躺在凉席上看电视,开着最大的风,电视的内容我已经记不清,但无非是那些我们现在还在念叨的假期必播。在这个时候,我突然产生些睡意,便很容易在这种闷热里沉沉入睡。每当我醒来的时候,基本已经是日落西山,奶奶总会说我傻,不在凉快的廊厅睡觉,却跑到那间最晒的房间里睡。

现在的我已经想不懂当初的自己为何这般顽皮,这般有趣。那些赤脚行走被烫伤的疤,那些划伤的口子,已经找不到痕迹;那些记忆里短裤T恤汗流浃背的、太阳炙烤的炎热,也找不到感觉。只是我一直特别怀念那时候的自己,烈日下的行走更像一种和世界的对话,路上没有车没有人,阳光曝晒,蝉鸣聒噪,我却感觉到快乐。或许是因为每一次冷热交替之后,我才感觉到冰凉,或许是因每次在烈日暴晒后再回到阴凉处感觉到的凉风,或许是因为有那么多需要释放的精力和躁动。

从老屋搬到新家已经快九个年头,可是我很多时候很想再回到老屋生活。比如那间西晒特别炎热的起居室,比如那特别凉快的长廊厅,比如那个我见过的风力最大的吊顶风扇,比如那间有土灶有煤炉有煤气灶的厨房。而那一片龙眼树,那一片稻田早已成记忆。

老屋还在那，和那些漂亮的小楼格格不入。但是我却已经很难找到那种曾经在老屋里获得的乐趣。

老屋的生活，一家人一个楼层。新房，奶奶住在一楼，我们住在二楼，还有其他空置的楼层以后将我们再继续隔开，楼层越来越高，生活的亲密感越来越弱。**有时候感觉到悲哀，感觉到我试图做些挽留或者补偿，就如我会想着多说说话，只是发现这一切已经如此。**

是吧，这一刻我突然特别想念夏天。

那一个夏日

文 / 小五

外 婆

又到了一年夏天，感觉我已经经历了很多个夏天了，唯有那一个让我难以忘怀。

小时候，我住在乡下，家的门前牵了一个葡萄藤架，葡萄藤下有一张石桌，几个石凳子。石凳子边有一口井，每到夏天，外婆总是把西瓜放进吊桶里，然后顺着吊桶的绳子移进井中，那时我家还没有冰箱，这是最原始的冰镇西瓜的做法了。每次，我都会趴到井的边口，寻找西瓜的踪迹，担心它是否会被井里的青蛙偷吃，后来我才知道自己想多了，外婆说井里根本没有青蛙。

每到晚上，繁星点点，洒满门前的稻田。稻田里蛙声阵阵，小时候我不知道青蛙为什么要叫，后来上了初中，生物老师告诉我们，青蛙是要找对象。而场院上总是有很多蟾蜍像是大军行进似地匍匐在门前。此时的我，早已看完了《大风车》，和外婆站在自家阳台，听她讲故事。

外婆没有多少文化，但是她的故事就像叮当猫的口袋，内容丰富。可以说，我的知识就是从外婆的故事开始储备的。从许仙和白娘子的故事到田螺姑娘的故事，外婆总是认真地讲，没有太多情感的波澜，没有起伏的语调，只是用最简单朴素的语言叙述，但是依旧那么婉转动人。外婆的话就像夏日里透过梧桐树叶的斑驳阳光，不热烈但温度刚刚好。

植　物

现在的我，已经失去了那片广阔的田野，那条缓缓的河流，那片澄澈的天空；现在的我，吹着空调，站在3层楼高的会议室窗边往下看，繁华的街道，拥挤的交通，密密麻麻的商店，城市夜晚的霓虹灯所创造的虚伪的光明刺疼了我的眼。

如果不是朋友的提醒，我不会知道，夏天到了。

想起每年的夏天，脑袋里只有电脑，空调，西瓜，花露水这几个意象，唯独那一个。那一个，在乡村的夏天，有外婆，有蒲扇，有繁星，有荷塘。

村口有一棵落满了烂果子的大树，它的果实像荔枝那么大，烂烂的，轻轻摇晃就掉落下一大片，用脚一踩，便喷发出鲜红的汁液。

夏日的流光，照亮了火红的辣椒，照亮了田地的草莓，照亮了

屋顶上慵懒地晒着太阳的猫咪，也照亮了色彩多样的美人蕉。

小时候我不知道它叫美人蕉，也不知道它的花语是坚实的未来，只知道它的花枝十分通透，里面充盈着甜甜的花蜜。我总是满村地寻找美人蕉，抱着花枝吮吸着里面的甘甜。

夏日的美好，最是那高大的梧桐树。孩子们在树下嬉笑打闹，累了，就坐在树下休息，用勺子吃着大大的西瓜，肩膀上落满了蝉鸣。

夏日的热烈，最是那满满的荷塘。7月荷花飘香，我们几个孩子便采摘荷叶回家，等着妈妈做荷叶烧鸡，充溢着荷花香味的鸡肉鲜嫩美味，是我童年的最爱。荷叶还可以用来泡荷花茶或做绿豆莲子汤。试想着在夏日晚霞的照耀下，搬一把藤椅坐在弄堂里，老人摇着蒲扇，喝一口荷花茶；孩子捧着大碗绿豆莲子汤下肚，微风穿堂过，这是多么惬意的一个情景啊。

消 暑

夏日的太阳太过热情，让每一个人都变成了一条烤鱼。但是我们自然有降暑的办法。每到夏天，村里的湖中便挤满了人，有的孩子迅速地脱了衣服，往湖里钻，再次冒出头来时，手里便捧满了鱼虾。而像我这样胆小的孩子，只能在众多孩子的嘲笑下，套上游泳圈，在水中一顿乱舞。

大人们即使在炎热的天气也不会忘记劳动，早早的便下船打鱼。夏季是最容易发生暴雨的时候，这也是我们这群孩子最高兴的时候。一阵轰鸣，大雨便倾盆而下，将大地上的暑气一扫而光，湖面上也被雨水砸出了点点浪花。孩子们伴着雨水拍打窗户和落入湖中的声音甜甜入睡，因为他们知道，明天会收到上帝的大礼。

到了清晨，孩子们便吵个不停了。**一夜的雨水，使得湖面涨潮，水位抬高了，所以岸上总会留下大量的鱼虾、螃蟹，我们便拿着竹篓，踩着浪花，将它们收入怀中。不难想象的是，在那天中午，家家户户的炊烟就变得格外浓烈，饭桌的香味也飘得更加远了。**

浴室情节

炎炎夏日，劳累了一天，美美地躺在家中的浴缸里，想起了小时候的岁月。

小时候，我住在乡下，家中没有浴缸，于是，我总是和妈妈走到镇上的小浴室去洗澡。澡堂里氤氲着湿润的暖气，让人的眼神都变得朦胧。

我只记得浴室门口的招牌很亮很红，一眼就能认出来。浴室的走廊很狭小，墙壁上安着一面镜子，但是它从来没有清晰过。洗完澡的女人都争抢着在镜子面前梳理，镜面也被一擦再擦，然而新的雾气又笼罩在了它的周围。

只记得我的手小小的，被妈妈牵在手心里，走进储物室，储物室里的大妈总是将我们的衣服用衣架挂在高高的绳子上。我随意地站在桌子上，让妈妈帮我把衣服脱下来。边脱边观察着周围的一切。有的女子穿着酷酷的黑色皮衣，里面却穿着印有大红花的背心；有的女子穿着干净整洁的大衣，里面的毛衣却污渍斑斑；而有的女子外面穿着鲜艳的呢子大衣，里面也是平整的衬衣，干净的背心……大妈将这些衣服一一挂起来，我的眼神随着衣架的移动花了眼。这所有鲜艳的、破旧的、干净的、肮脏的衣服都被平等地挂在了同一高度。

在大妈把我的小花袄子挂在绳子上的时候，我被妈妈牵进了浴室。浴室里女子的动作也千奇百怪。有的女子不知是与自己的皮囊过不去还是觉得自己的皮肤太过黏腻，拼命地用浴球揉搓，直到皮肤变成如开水浇过的红色；有的女子不急不慢，仔细揉搓着自己的头发，就像自己站在舞台的中央，此刻背景音乐响起，她不单单是在揉搓自己的头发，更是在进行一场精心准备的艺术表演；有的女子在洗澡时总是哼唱着歌，也许，在她看来，洗澡是世界上最美妙的事了……

走出浴室，一阵清爽。回家的路上，我和妈妈聊着什么，已经记不清了，但我确定的是，那晚的月光一定很美。

如今，我依旧在学校住宿，走进浴室洗澡，可是已经找不到儿时与母亲一起走进那间狭小的温暖的浴室的感觉了。

这些意象场景，构成了我记忆中的那一个温馨特别的夏日。

江南旧忆

文 / KIRA

诸事纷扰，心绪动摇……忽而念及江南旧事，虽不过一盘年糕，两行青竹，却是点点温暖，时时温馨……

幼时，父母忙于生计，念我体弱多病，免我奔波困苦，便把我托于外公外婆。外婆天性豁达，温婉贤淑，信佛吃斋，每月初一必要上山拜佛。所谓山也不过一个土包罢了，江南丘陵居多，百丈以上已然高山。此山不足百丈，庙宇坐落腰间，名曰：西山寺。西山寺方圆不过二里，翠竹围绕，僻静处幽；庙中供奉金身如来，左右文殊普贤，又罗汉五百列支两边。后宇处，观音大士，浮于青莲之上，慈眉颔首，两侧生出千百只手，各执一样法器；正中则双手合十，胸口一个"卍"字，意寓普照世人。

每逢初一，外婆便携我上山，我不甚了解佛道，对斋饭却感兴趣。斋饭，素然清淡，不甚讲究，譬如腐乳，又譬如腌竹笋；虽鄙陋，却是似甜又咸，似苦还酸，人世百味，不过尔尔；好似雪中傲梅，任群芳千般风情，万种自然，也敌不过这一瞥的清霜高洁；由此，便无需诵经，无需持戒，亦可落得个心静如水……世事亦不过如此。现在想来，山珍海味也好，琼浆玉液也罢，却是敌不过这一碗臭冬瓜，更不比一盘臭苋菜梗了。心经曰：五蕴皆空；又云：色不异空，空不异色；色即是空，空即是色。确是至理名言，说到底，欲望到底是个空摆设。人生一世，终不过是三尺黄土罢了。

江南四季分明，可种两季水稻，清明播种，五月插秧，七月收割；立秋前，便接下一季，亦是插秧，播种，及至十一月，便可收获第二季的晚稻。外婆勤劳作，水田不大，收成抵去三人日常饮食，总还有余下；这些稻米便会用来做些糕点。清明时节，外婆便会收集些艾草，捣碎取汁与糯米粉混合，包入豆沙、芝麻等馅，蒸熟，即是甘甜细腻，清香爽口的青团了；而同时，外婆也会特地去西山翠竹林中捡些新发的竹笋衣，洗净、压平、晾干，以备粽衣。及至端午节，外婆便取出粽衣，卷成漏斗状，里面填入糯米、红豆等，封口，再取几丝粽衣丝捻成绳捆住，放入蒸笼蒸熟。取食时，只须一根细线，打成一个圈，从粽子的一角套入，锁紧，一块粽子便脱落下来，沾上白糖，又是一味极好的美食。端午时节，家家门前挂上艾蒿和菖蒲；外婆会缝制一个栀子香囊于我佩戴，抑或别一支栀子花在胸前，清香四溢；她也会酿些雄黄酒，抑或向邻居匀些，含在口里，喷在屋里；又取一些，涂于我额头及手背，是为辟邪。待到秋末，外婆便会提炼些淀粉，将番薯侵入水缸中，捣烂，用网过滤之，反复几次，沉淀下来的便是极好的水淀粉了，需捞起来晒干便是洁白浓郁的一层，收于瓮中封口即可。

糕点之中，外婆尤善年糕，每逢年末，她便会将秋收的粳米蒸熟，用石捣臼和少许水反复捣捻数十次，待米团浑然一体，便切出一团，做成砖块状晾干即可。此法做出的年糕，劲道不失美味，且不受病虫滋扰，只需放入盛水的缸中覆上盖，便可安然度过几年。待到取食，只需切成片，蒸软即可，抑或就着白糖，抑或油炒，皆是人间美味。偶尔，外婆还做梯糕。所谓梯糕，亦作寿糕，状如今日之蛋糕，常作祝寿庆祝之用。只需将糯米粉、淀粉并与鸡蛋和匀，分层叠置，间层涂色，或其中加入些枸杞、甘草等，均匀放入一六边形上窄下宽的梯笼中，中火蒸熟便可。此糕，上下皆是正六边，"梯"字形，取其层次分明、步步高升之意。出笼时，喷香可口、美观大方、入口即化、老少咸宜。如此以外，外婆还常做些酒酿，做些腐乳，腌竹笋，或是臭苋菜梗，抑或是醉鸡，现在想起来，也是样样人间美味呵。现如今，机器代劳了一切，外婆亦不堪劳作，外公走后，专心于佛事；日日吃斋，夜夜念佛，平静恬然，清苦充实，也却是另一番自在追求。

外公释然清高，善书画，字善颜柳，画善梅竹，尤其青竹，苍劲挺拔，颇有郑燮韵味。家中简陋，除了满壁的书画，便是清贫如水了。儿时，外公作画，每每唤我在旁，看那一笔一划的气韵；亦时常自比翠竹，教诲我需正直，负责，亦豁达……外公善木工，家中上下，小至木头陀螺，大到房梁修缮，皆由他一人处置得当；为人甚恬然，会些厨艺和园艺，长做白菜年糕，咸淡适宜，不糊不黏；古稀之年又开辟园子一个，植被其间，浇水施肥，亦不辛苦，莫不静好；素喜越剧，善二胡，常低眉颔首，目视小园，品一口茶,哼上一曲。常叹:"人生如此,夫复何求。"又好象棋,却不与人争,常自言自语道:"盘中棋局,亦如人生,风云变化,人已朽木……争亦枉然!"

外公耿直,淡泊名利,常忧心于家国天下;他痛陈腐败,寄望甚多,可政治之事,又有谁知?及至古稀,他便不再提;终日,养花护草,守着他的一方小园,也落得个轻松自在。外公患有胸肺之病,几年煎熬,已是瘦骨嶙峋,终日卧床,可却是耳聪目明,思绪从不错乱。他曾豁达地交代身后之事,须从简、从素,葬于西山宗祠便可。此后,身子便每况愈下,终不能支,辞于辛卯年十一月初三。

临终之时,外公数次念及异国求学之不肖外孙,众人无言,遂悲戚而逝。每每至此,我愧疚不安,不禁涕泪;外公之情,重于泰山;外公之恩,无以为报;只愿日日抄些佛经,做一个恬淡豁达之人,在这浮世之中,立业,安家,赡养外婆,非此不能报二老养育之恩,非此不能慰藉外公之在天之灵!

漫谈宁波早餐

文 / KIRA

宁波人口味偏咸,由于近海,海鲜腌味搭配稀饭几乎是标配。

腌味之中又属各样的鱼干,醉泥螺,以及蟹糊最能下饭。鱼干只消蒸五六分钟即可上桌,而泥螺和蟹糊则随拿随吃非常方便。宁波的主妇通常都会腌制一些过了时节吃不完的海味,这是每户人家压箱底的美味。

除了海味,农里人家的主妇还会预备些当下时令的下饭菜,著名的有宁波"三臭"。其实"三臭"本身不那么臭,臭的是发酵它的老瓮。宁波人夸大它的臭,或许是一种喜爱的表现吧。"三臭"的食材非常朴实,不过是平常所见的冬瓜、苋菜和大头菜。我小学时,外婆就经常做"三臭"。冬瓜切成块,苋菜、大头菜则切成段,齐齐地放入老瓮里密闭发酵一两周即可。各家老瓮里陈年臭卤不同，因而"三臭"滋味也些许不同。发酵后的"三臭"好似翡翠玉，晶莹剔透，待到吃时，点几滴麻油，撒一点糖，配一碗稀饭，珍馐美馔不过如此。

每户人家通常都会有自家独门的配菜，外婆拿手的就是醉鸡和腌鲎。**外婆的醉鸡醇香浓郁，却不醉人，是下饭的极好搭配**。鸡是农里放养的，褪毛去内脏，大火蒸熟后切块，里里外外抹上海盐，与烧酒一起封在缸里，等待几天就可享用。而且存放的时间越久，鸡肉便越醇厚，吃在口中，酒香四溢。

鲎形似甲鱼，两面板甲，血显蓝。小时候，鲎还很常见，海边滩涂里都会有人抓来。外婆就取鲎的前胸板，切块，抹上海盐，与自家酒酿一同封入坛里发酵。腌鲎不咸也不腥，还有几分酒酿的甜味，只须一口便会黯然神伤，可惜此味天上有，人间难得几回尝。

入秋桂花开始飘香时，便是制作桂花干的好时机。从学校到外婆家有几里的鸡肠小道，间或几户人家在门前种了桂花树。于是，秋天的时光，我是一路闻着桂花香回家的。外婆从不闲着，讨来邻居的桂花碎晾干存下。由于物资匮乏，桂花干的用处便被放大到了极致：桂花酿、桂花糕、桂花茶。若在酒酿圆子或者糖煮蛋里放一撮桂花干，登时香气四溢，恍如仙境。

农里的时光和外婆菜的滋味，一直是我心底的记忆，如何都割舍不掉。到了市里上学，我的早餐便也丰富起来，但最中意的就属宁波早餐铺的几样标配小吃：小笼包、咸豆腐花、状如梭子的咸菜包和紫菜小馄饨。与其他地方不同，宁波小笼包和小馄饨小巧精致，馅不多却劲道，小笼包皮厚松软，小馄饨皮薄且大，入口留香，让人食欲大兴，意犹未尽。

与一般包子不同，宁波咸菜包好像是个另类。馅料是纯手工咸菜，皮厚而松，捏成一个梭子状，好像五指并拢弓起来的手掌。吃在嘴里，咸外还有一点甜，配一碗小馄饨，极能激发食欲。偶尔如果走得急，买一团粢饭，配一杯豆汁也是不错的选择。

早些时候早餐铺还卖一种油钳子，像是螃蟹的钳子，油炸后裹层糖汁，是喜甜的顾客最喜欢的早饭了。而葱油饼则是不喜甜的顾客的选择，师傅手里一团，涂上葱和调料，展开浸入油锅里，像是一轮水晕缓缓展开，捞起，吸油纸一包，便可一路享受这爽脆透亮的美味了。

宁波人的早餐，我想讲三天都讲不完的。它是时代的记忆，也是家乡的记忆，尤其对于游子，这份味蕾上的牵挂是情浓于水的不舍与思念。

我认识她最早，照片为证。你呢？
OK，我排队。

摄影 by 吴晓隆

人不在年高，会吹萨克斯则灵。

摄影 by 吴晓隆

一场大雨过后的艳阳天

文 / DOUHUAXT

我在巴士上戴着耳机听好妹妹的歌,看着窗外突然开始回忆那天的事。你躺在阳台上抽烟,雪域山丘一般饱满的乳房在阳光下若隐若现。手机躺在你脚边,简讯里有一千句甜言蜜语,可现在它静默无言。你眯着眼睛,看着窗外长街。你肩头发梢慵懒地拒绝这个曾对你暧昧的世界。你看着一场大雨过后的艳阳天,转过头,叫我帮你煮碗面。

你在我正在扫地的时候闯进门,浑身被大雨浇了个透,你踢掉高跟鞋冲过来抱着我大哭。你总是这样,叫我措手不及,可又无法拒绝。其实,我一点也不懂得安慰人,甚至也不知道在你又一次因为失恋而崩溃的时候该说什么才得体。但你并不在乎,你只想在这个时候找个人哭一哭。而我又不会嘲笑你,指责你,或者怜悯你,因为我很善于隐藏自己的情绪。你在失恋的时候也许并不需要多少开导。你和他的问题，没有人比你们自己更了解。别人只会把你越劝越乱，我想你要的只是一场歇斯底里的发泄。

我煮了一碗荷包蛋泡面，还加了几片油菜叶子。这一碗大概是我这几年来，厨艺的最高水平。你换上我的睡衣，挂在我脖子上。你说我是你的专属树洞。

我把面放在客厅里的桌上，你就光着脚盘腿坐在凳子上。你一边用手掌攥着头发一边说你为什么决定和他分手。你说你现在能想起来的全都是他身上最卑劣的地方，你咬牙切齿的要跟过去一刀两断。可是你数落了半天又开始说起他的好，你咬着筷子说："也许，他也没有我说的那么糟糕。"

你用手腕上的贝壳手链把头发扎起来，在脑后绾成一个髻，还有一绺垂在前额，像一团刚拆下来蓬松的毛线。你用左手把那一绺垂下来的头发掖到耳朵后面，低下头吃面。睡衣宽松的领口松垮地垂下来，漏出深深的锁骨和浅浅的乳沟。你一边吸面条，一边抽鼻子，你已经哭够了，现在你一滴眼泪也流不出来。你一边含着面条，一边对我说："你怎么不是个男生呢，我想，我和你结婚才会最舒服。"

我也希望我是男生，比你更渴望。可是我不能对你说。于是，我把抽纸盒递给你，然后说："以后再跑来我这里我就要收你房租，还有你门牙上有菜叶。"我也不知道我哪里说得好笑，你就一边擦着鼻涕，一边不停地笑，笑得差点喘不上气来。我突然觉得，你穿我的那件白色长T恤特别好看，比我还好看。可能是因为那时我在你身后的窗子外面，看见了一道彩虹。

我告诉你有彩虹，你就又跑到阳台旁边，跪在沙发上。你把脸贴在玻璃上，鼻子压变了形。你问我一会儿会不会掉下来一大桶彩虹糖？我想走过去，从后面抱住你，亲你的脖子和脸颊。然后对你说："不光掉彩虹糖，还会有太妃糖、QQ糖、大白兔、大虾酥、榛仁巧克力。然后我们一起在糖海里游泳，一边游，一边吃，一起吃成胖子，一起吃到白头。"

你催我帮你找手机，我才发觉自己一直盯着你发呆。

你说我跟个傻子似的，看个彩虹都能把自己感动哭。你用手指头帮我擦眼泪，我勉强自己笑给你看。你拉着我和彩虹一起拍了一张合照，你发了一条朋友圈，"我们笑得跟傻逼一样灿烂"。

我倒想，我真是个傻逼多好。

我陪你重看了一遍《分手合约》和《被偷走的那五年》，你一直哭，我一直打瞌睡。你的味道让你的肉体充满了吸引力，让我总是不由自主地想抚摸你或者亲吻你。克制欲望是一件非常消耗精力的事情，而且电影的剧情又这么拖沓矫情。我突然希望自己能变成一个透明人，一直盯着你看，包括你洗澡和上厕所的时候。你突然转过头，我以为你看穿了我脑袋里肮脏的小秘密。你盯着我看了一小会突然对我说，你想去云南。

我在一种类似于半梦半醒的恍惚状态下对你点点头，我不知道你是怎么突然冒出来这个念头的。于是我只能顺着你说："刚好我也想旅游。"你猛地从沙发上跳起来，叉着腰指着天花板说："好，我们明天就出发。什么狗屁公司，老娘要辞职。"我仰起头，却刚好能看见你粉红色的凯蒂猫内裤。

你的手机一直放在茶几上，他在这个时候突然给你打来电话，你愣住了然后慢慢蹲下来，双臂抱着腿把头埋在膝盖上。你说你不敢接电话，让我帮你听听他说什么。

我一点也不想接，我想摔了你的手机，给你再买一部新的，让你彻底忘了那个人渣。但是我知道，你现在那么脆弱，是因为你还爱他。

我帮你接了电话，他在电话里激动得带着一点哭腔喊你宝贝。我清了清嗓子，告诉他你在我这。他只说了一声"好"，电话就断了线。

我挂断电话，看到你的肩膀在抖。我搂着你，让你趴在我肩膀上哭。我抚摸着你颤抖的脊背，有滚烫的液体顺着我的脖颈滑落下来。我以为你在一进屋的时候，就已经抱着我把眼泪哭光了。现在你又哭湿了一大片我的衬衫，我才发现原来你还真是水做的。

如果你能一直失恋着就好了，我抱着你的时候总是这样想着。我希望你永远依赖我，但又不忍再看到你受伤。欲望和道德，就像脑袋里装着的两个小人，一会叫我善良一会叫我卑鄙。

下午两点整，据说这是一天之中光照最充足的时候，你终于在我怀里平静下来。他竟然跑到我家里来找你，他一边敲门一边喊你的名字。你静静地坐在那，阳光把你的头发照成了半透明。我可以劝你和他分手，也可以劝你和他复合。你现在脆弱得无法自己做决定，而你又绝对地信赖着我。

你把手伸过来抓着我，指尖凉得像冰块。我看着你的眼睛，然后替你做了决定。我打开门，让他进来。他走过来抱着你，那么紧，那么用力，让你们之间再也容不下另一个人。

在一场大雨过后的艳阳天，你在他怀里破涕为笑。你让他牵你的手把你带走。只要一个拥抱就能让你不再痛苦,我的臂弯没有和他一样神奇的力量。

　　于是,在那天,雨后那个晴朗的下午。我决定,亲手把你从我的世界里送走。

生命来不及

文 / 姜恨长

好久不见。

时间这样快,仿佛只是初春午后的一场小酣,醒来,却已是隆冬。我还措手不及。

无怪古人说:"别后相思空一水,重来回首已三生。"有太多这样或者那样我们自以为固若磐石的人与事,跌落到时间的暗河里最终结果也无非花上露,指间沙。只待很久之后,才会在深夜的某一处角落伺机跳将出来,反戈一击,似一则绵长的吟咏,让人猝不及防,也承接不暇。这,大约是只有时间才能赋予的真谛。

而我最近常常做梦,梦见少年时代的种种,其实也不过是一些再普通不过的琐碎往事。真实又一碰即碎,像水做的镜子。惊醒之处只有一片自身不能担当的漫漫幽深长夜。重新阖上眼睑,一时间忽而就落寞地觉得:有些事落灰为石,沉淀到底;有些人辗转飞烟，缥缈离去。

众鸟飞离我，生命或许本就如此。

这么些年，我们走得那么快，也不知在追谁的影子。未曾仔细和时间斤斤计较，总以为路途遥远，细水流长。犹不知在无声无息当中已经渡过了一个又一个关隘河口，毫无知觉地完成了一次又一次到达与启程的过程。

也对，大概于青春而言，最卑贱的不过时间二字。大把琳琅满目的日子，若不浪掷，又如何对得起这般简短而又绚丽的人生。

但为何又总会在醉后梦醒时悲哀地觉得：这样的日子就如同旷野上声嘶力竭的叫喊，再怎么竭尽全力，至高之后也变得喑哑无声。

去年夏天，下班后一个昏昏欲睡的黄昏，我在车上接到高中好友关从东北打来的电话。几句寒暄之后，顿了顿，他在电话中说："晓轩，我要结婚了，你回来吗？"

我以为他在说笑，但其实不是。因为离得实在太远了，自然回不去，我只能送上祝福聊表人事。又陪他聊了一会儿，挂掉电话，就再无睡意。靠在车窗上，看着斜晖当中的车水马龙，一时间脑海里长满了回忆。

高中时，有一年的劳动节我去他家过假期。那段时间，日日下雨，终于有一天傍晚风停雨住，关对我说，要出去走走吗？于是我们一边说话一边围着村子绕圈。

走累了，就跑到商店买了酒和花生之类的小吃，坐在湿漉漉的地上，鼻翼里满是泥土散发出来的温润香气。水洼当中蛙声此起彼伏。青蓝的天空远处，云朵成片成片静静地燃烧。偶尔有一两声人喝狗吠传来，突如其来地打破寂静。

那一晚究竟说了些什么，早已记不完整，许是谈了各自的感情，要不然为何多年之后，轻轻的唏嘘声还若有若无地回荡在心谷。

现在回想起来，那些年他曾为他喜爱的姑娘做过很多事，似所有少年一样，倾其所有，恨不得将自己完全沦陷在爱情的泥沼。

因毕业前要返京，我，关和他的姑娘，还有另一个好友姚一起吃了散伙饭，又照了一些相。席间关和他的姑娘举止亲密，连我这个旁观者都以为他们会这样共度余生。

就像我听过的大多数爱情故事一样，后来，他们历经起落，做不到始终。那张关抱着他的姑娘在花丛中开心地笑着的照片，现在还安静地躺在我的抽屉里。只是一个已为人父，另一个不知所踪。

他们分手后，我曾问过姑娘的情况，但关却不肯多说，再不复少年时那般地轰烈。

年岁愈长愈觉得沉默的必要，早已不是喊打喊杀，动辄痛哭流涕的年纪。不再做无功的倾诉，那些别人看到的伤疤，在作为伤口时的疼痛只有自己才知道。只剩隐忍。这就是为什么沉默是成熟的标志之一。

有些感情我们不过几千字就可以叙述，不过一首歌就可以开始回忆。**也许山川湖海再不能与你相逢，世事如书，但你写与我的一页，就已足够令我反复阅读。**

舅舅过世之后，有很久一段时间母亲常常独自坐在沙发上静静垂泪。她心中的恨意和愧疚无从处置，只能和着泪水宣泄出来。但我知道那像一粒种子，从此植根在心底，将陪她度过此后余生——充满恨意和愧疚的余生。

外公是镶蓝旗舒赛公之后，当地的地主，彼时家产颇丰，每日屋内喝喝小酒，坐等收租，几乎什么也不用干。舅舅出生后不久新中国成立，土地被公有，家道便逐渐中落。舅舅幼年时被刺瞎了一只眼睛，文革中被人戳着脊梁骨骂地主崽子。兄弟姐妹九人，吃喝拉撒睡学嫁娶处处都要用钱，更使濒临破产的家庭雪上加霜。外公闲散惯了，又什么都不会做，时常酗酒。醉酒之后就开始破口大骂，骂儿骂女，骂官骂民，骂社会，骂时局，有时还要动手。骂累了打完了倒头便睡，醒来继续酗酒。

舅舅三十多岁了才娶到有些憨傻的舅妈，先后生了两子，取名自新自强，想是心中还有希望，后来也确实如此。先是跑去学了焊工，九十年代拖拉机大行其道，舅舅又去学了修理，用积蓄开了一家电焊厂接电工活兼修理拖拉机，家境逐步又有起色。

但好景不长，某次活计中出了事故，还死了人，连同厂子也在那场事故当中毁于一旦。舅舅在废墟上坐了两天两夜，又大病一场。病愈后整个人都颓了，一直郁郁寡欢，自觉再无东山再起的希望，便学了外公，整日酗酒，昏天暗地。

那时我刚刚懂事，每次去舅舅家在院子里见到散落的钢材与焊条，就么丢弃在那里，被杂草覆盖，有些已经生了锈。

母亲十分要强，不许自己比别人差，舅舅是她的亲兄弟，更见不得他如此颓废，次次都在争吵中不欢而散。年幼的我还不懂大人为何吵得如此凶，母亲和舅舅大吵，父亲和舅妈在劝架，里屋的外公又在里面撅祖宗（撅：骂）。我和两个表兄弟面面相觑，知道倒立的游戏又一次要结束了。

我一直不喜欢舅舅，无论是扎人的胡茬，还是令人生畏的眼睛，以及酒后的唠叨和谩骂。可是舅舅对我还是不错的，每次见到，都会笑呵呵地叫"小磊，小磊。"想要抱我，但大多数的情况都是我畏惧地跑开，只剩下他尴尬地站在那里。

后来来了北京，再回去已经快要高中，也极少去舅舅家。2011年的时候再回去，院子里已经再没有散落的钢材，记忆中的快要塌掉的土坯房也被表兄重新修葺，唯独他还是站在门口笑着唤："小磊，小磊。"只是更老了些。

他怪我为什么在故乡的三四年间也没来过几次，怪我出走时为何要寻死觅活。我讪讪地不知该说些什么，只能默默地抽着他给我亲手卷的旱烟。

吃过饭后，我执意要走，他留不住我，又不知给我拿些什么好，从兜里掏出一沓钱想要硬塞给我，我拉扯着又塞回他的兜里。然后坐上车，车开出很久，我回过头，发现他正定定地望着我走的方向。却不曾料到这是他在我的脑海里最后的留影。那帧镜像现在回想起来，竟惹人泪。

但那又如何，我愧疚却没有用，他终究还是过世了。收到表兄的讣告，我才刚刚下班回到家里坐下，一时间脑海一片空白，这一切袭来得太过于突然，突然到不知道自己究竟该以什么样的表情面对噩耗，突然到不知道自己是从何时开始悲伤。

太多的往事承接不暇，浪腾彻夜无法停歇。我在长夜中静坐，看着一盏盏灯光消匿，突然就觉得，人生就如同灯火烛光，亮起与熄灭，也不过是一瞬间的事。

所谓天下没有不散的宴席，但有些人离开我们，已经很久了。

春光尚好，但这并不是我们浪掷的理由。

导火索童年

文 / 冒牌上帝

2010 年春夏交接的时候,我站在长沙的某郊区,一个靠近 107 国道的小镇里。漫天的阳光洒在熙熙攘攘的人群头顶,发出一个又一个日暮般的光泽。

坐在我身边的是小左。小左就是有光芒的人。小左参加过省大学生运动会的短跑,得冠。三级跳远,得冠。就连那个该死的标枪运动,也得冠。作为三项冠军的小左,坐在我的身边,但这些还不足以表明小左的光芒。更为光芒的是:小左是个女生。我站在她身边倍感安全。

这个三项冠军女生,坐在我的身边,和我聊关于体育赛事的任何新闻。我说,说点别的吧。

我在去年就远离体育,珍惜生命了。换句话说,我再也不能在篮球场上狂奔整个四小节了,跑动一下我就觉得空气稀薄,肺部炸裂。或者再换句话说，我尽然毫无愧疚地老了。

她说："冒一冒，说说你的故事吧。"

我叫冒一冒，这个该死的冒一冒，给我带来了很多麻烦。比如说，我大学的同学都叫我日一日。名字只叫一半的把戏只有这些人想得出来。他们说："日一日，晚上到哪里吃饭去？"他们说："日一日，借我点钱我出去日一日。"他们说："日一日……"

我说："来，让我日一日。"

如果说有个漂亮的女生叫我："过来，日一日。"我绝对义无反顾，毫无顾忌。但是这些女生们都像小左一样，喊我冒一冒。

我小的时候在一个工厂里长大。我的那群小伙伴叫我冒子。冒子就冒子吧，总比日子好听点。

我对小左说，就是八十年代那种工厂，很有摇滚气息的那种。斑驳的围墙，到处都是生锈的巨大机器，杂草丛生，作为一个摇滚乐队的排练室刚好合适。而这个工厂生产的东西也够分量——TNT与乳胶炸药。

时值我念大学，看见我兄弟捧着《起爆器材》准备考试的时候，我慢条斯理地给他讲导火索与雷管的构成，使用技巧与品种分类。他竟然呆住了。他说："日一日，我记得你是学旅游的啊。"

我心里想想："你知道个屁，哥玩导火索的时候，你还在你妈怀里旅游呢。"

众所周知，这种军工厂都是在深山老林里，不易暴露。如果你在一个老林子里旅行，忽然就看见了一个颇具现代化的小镇，请你不要惊讶，保持淡定，然后悄悄地离开。又或者你有兴趣参观一下，也请走正门，不要翻墙。墙上有电网，100米一个哨岗。

我小时候就在一仓库一仓库的炸药与导火索周围长大，毫无忌惮地玩着导火索。当然，导火索不是危险品，点燃以后最多就是冒冒烟，连个火星你都看不见。唯一的乐趣就是：大人们经常用导火索系在电线杆子上晾晒被褥，我们要做的事就是过去把导火索点着，然后看被褥冒烟。

这些看似无聊的活动深深吸引着年幼的我们。我后来回想起来，这可能是我们的一种本能，就像狗们看见电线杆子就要抬腿撒尿一样，我们见了电线杆子上的导火索就想把它点掉。人类有很多种爱好，有的你都觉得这太不可思议了。比如说英国一男子收集了240个充气娃娃。人们把这些痴迷于一些行为的人统称痴人。我小时候就痴迷于点导火索这项活动。

我有一天点了八根导火索，几乎涵盖所有居民区晾晒的被褥，这件事使我成为我们那群小伙伴的"楷模"。当然，这一举动也被记载在小学生行为规范手册上了。我们子弟小学的手册后来在最后加了一条，赫然写着："禁止随意点燃任意地点的导火索。"这也是我们这个工厂的子弟小学与别的学校唯一的不同。

你要是现在要我去找个导火索给你看看，我还真没办法了。现在都是电子爆破，安全快捷。绝对不会出现哑炮火灭现象。导火索就和一些陈旧的事物一样，退出历史舞台。

"就像你一样，退出体育事业了？"小左问我。

我说："是，差不多就是这个概念。"

点燃那八根导火索以后，我爸爸第一时间知道了这个"振奋人心"的消息。我爸爸是很"疼"我的。我犯了哪些乱七八糟的事，他都会记得一清二楚。那天我妈要拿棍子教训我的时候，他就一把夺过来,大声说:"让开,我来!"然后把我屈打成招,我感觉很疼。

他就是这样"疼"我的。麻烦的是,每次开打的时候,他要把以前每件事都算上。有的时候我都忘了他说的是哪件事了,打到最后自己也糊涂了。这一次,好不容易挨打完了,我有幸趴到床上去揉屁股时,他又怒气冲冲地跑来:"给老子起来,今天的事还没打呢!"

哎,他说没打就没打吧,我哪里记得那些个破事。

后来有一次又到了该打的时候,我爸又开始翻旧账,我为了少挨那么几下,就开始质疑我爸口中的那些个混账事。这时候我爸怒了,从抽屉里翻出一大堆纸条来。这些纸条大小不一,字体还算相似,新旧颜色也各不同,唯一相同的是,开头的地方都写着两个字:检查。结尾的时候都写着:检查人冒一冒。

我爸说:"来,我们对着检查开始打,日期都排好了。"

我不知道这些检查是如何从班主任手里流入我爸的抽屉里的。后来我总结出了一条经验:打死我,我也不说话了。

这件事情发生后,我每次写了检查都想方设法偷出来毁掉。我发现了一条规律,班主任刘老师收掉我们的检查以后,来不及分类,直接放在办公室的一个大抽屉里。这个抽屉是用来放文体用品的。我作为体育委员,经常在体育课进去拿乒乓球拍,这也成了我销毁检查的一个有力途径。这个天衣无缝的计划在一个月以后就被刘老师发现了,我爸又是第一时间知道了这个"振奋人心"的消息。

现在回想起来,我小时候做事太实在,脑袋里少根筋,每次偷的时候都只拿自己的检查。刘老师见到我爸的时候，恍然想起已经一个多月没交检查给我爸啦，慌忙回去找的时候发现我的亲笔签名一个都不见了。基于我的种种表现，这个事情还没仔细琢磨，真相已经出来了。

后来我挨打的时候，我爸边打边骂："叫你偷检查，叫你偷检查！"

我们那个时候的爱情

文 / 冒牌上帝

他伴着稻草人入睡
他说
稻草人就是他的妻子
不吵
不闹
不要求买房
也不想去上班

白天的时候他就把稻草人放在田野里
他看到很多的希望
扑腾着羽翼
惊恐地飞过

白天他就和稻草人呆在一起

不呼吸

不呐喊

不说话

稻草人没有心脏

也没有思想

辛苦了一辈子的大地

静默身旁

田野里赶走了无数的希望

晚上，还得抱着希望入睡

黑漆的夜空暴露了太多人们的梦

锈迹斑斑

人们睡熟了

和稻草人一样

不说话，不呐喊

追溯到大学时代，白衣飘飘，浪子情深。那个时候我完全对本专业没有任何兴趣，每天睡在宿舍，看小说、睡觉、写诗，偶尔去打一下球，然后满身大汗的在夜幕降临的时候混进网吧打魔兽。直到有一天，学生会的一个朋友找我说，要成立一个希望诗社了，找我入会。

在吃饭的时候，我提出了我的入会条件：价值30元的魔兽点卡一张。这个会长欣然答应，握手祝贺。

这个时候我忽然想起《死亡诗社》的那句：Oh, captain, my captain！我说还不如叫做死亡诗社，反正不用去学校注册。他非常激动："你放屁，你放屁！老子办这个会是要吸引更多的文学女青年入会，死亡死亡，谁会来？"我看着他大口咀嚼着饭菜，心里想着："你吃屎，你吃屎。"

诗社搞得如火如荼，招员的那天我们搬了一个课桌在灯光广场，那几个学生会的同学衣着光鲜，口若悬河，倒是招来了不少美女。边上一个摇滚社团看得眼睛冒火，我认识那个会长，学校一个乐队的主唱，我朝他大声喊："大哥你玩摇滚，你玩他有啥用啊？"

诗社在这几个混血的文艺男进展很快，细节不多说了，反正是坑蒙拐骗，很快就和校刊达成协议，每期有2页的诗歌专栏。那个时候我记得会员大概有50人左右，男生10人，女生40人。

我是属于比较晚熟的，也就是说下手比较慢了，周五晚上的社团活动不是唱歌，就是跳舞。有一次我过去还玩起了真心话大冒险的活动，真是郁闷。我觉得改成激情社团还要好一些，反正会后总会激情一把的。

有一天会长打电话给我催稿，我趴在教室里胡乱写，让他下午过来拿。中午的时候我就写好了，也就是上面那首，依稀记得是那样，原稿早就没有了。

下午的时候有个女生推门进来问："××在不在？是哪个？"这个时候坐在门口的那群发情男就喊："后面那个，睡觉的那个。"我爬起来目视前方，心里赶紧打分，身材相貌气质，综合90分，还不错。她走到我前面说:"××就是你哦,你的稿子呢?社长叫我来拿稿子。"

我边往桌子里摸,边说:"丫挺的,还配了秘书是吧?"

她说:"什么秘书啊,我是副会长。"

我脑袋里面转,就是想不起来哪里是副会长,副会长不是昨天和我打球的那个光头吗?

她看我的眼神就说:"我是新来的,我昨天才当的副会长。"

说完她就站在边上看我的稿子,还边看边念,我最怕别人拿着我的东西念了,还写了那些妻子不妻子的东西,搞得我像在发情一样,我就喊回去看,回去看,要上课了。她就说:"快一米八了还怕羞是吧?嘻嘻。"说完就转身出去了。我那些同学就大笑,就喊:"神经病要娶老婆咯!"那个时候我的绰号是"神经病",后来为了简化称谓,有人就叫我"神经",再后来,有人图简单,就称我为"神"!

边上的同学就用西安话问我:"这个女娃是哪个嘛?"我就骂:"是哪个是哪个,是慈禧太后你信不?"

事情过去了一个星期了,又是周五,又要去参加诗社的活动,我躺在宿舍不想去,那些男的都有女朋友一起去,我去只能当高压灯泡,说不定哪一天就会爆炸。7点多的时候那个副会长打电话给我,问我在哪里,我说我今天不去了,发高烧,重感冒。她说:"下午还在球场打球,现在就重感冒了,你真的是个神经病是吧?"

我说:"你偷窥我是吧?我下午打球你都知道。"

她说:"会长说的,你下午就在和他打球,你快点来。"

我说:"等一下,我总要穿起衣服。"

到了活动室,那些人又在玩真心话大冒险的游戏,我就一个人坐在后面,装作事不关己的样子在玩手机。这个时候副会长同志就走过来,拉我到前面说一起玩。那些禽兽就起哄:"××,轮到你了,你说赵倩长得漂亮不?"(这个副社长就叫赵倩)

我就喊:"漂亮,漂亮,你们一个个漂亮得和慈禧太后一样。"

那群女生就追着我打,就喊:"我们是慈禧太后,你们就是一群太监,哈哈。"想起那个时候还是有点意思的。赵倩有一次打电话给我,叫我出去玩。我说我要洗被套床单了,已经睡了半年了,不洗不行了。

她就说:"晚上我回家,我带回去帮你洗。"(她家就是西安市的)

我说:"那怎么好意思要你慈禧亲自动手啊?这些事还是我们小太监来做比较好。"

她说:"你怎么这么啰嗦呢?我晚上回去用洗衣机洗。你快点出来。"

我从床上跳下来,借了老周的啫喱水,喷了半瓶,觉得发型还是不如意,就去洗了个头,搞发型又用了半瓶。老周抱着那个空瓶子,一直在后面问候我所有的亲戚。我就想,你就骂吧,老子今天要去约会了。老子今天印堂红得发紫,呵呵。

那天我们去了阿房宫玩了一圈,回来的时候是夕阳下山,诗意不倦,当然,这个阿房宫是后来新建的,也没多大意思,就不多说了。一路上她问我写的那些东西灵感来自哪里,和诗社里面的那些会员写的诗完全不同风格。

我心里暗笑:本人是会长重金聘请的专职写手(一张价值30

元的魔兽点卡），当然和那些文学小青年不一样了。晚上我送她到女生宿舍楼下面，她非要到我的宿舍那里去，我说："你还不收拾东西回家，等一下没有末班车了。"她说："你上去把你的床单拿下来，我带回去洗。"

我就屁颠屁颠上楼，拆被套，卷床单。老周还在宿舍里面看电视，看我这么晚了还要洗床单，就骂："你个龟儿子，这么晚了还洗么子床单啊？"（老周是四川人）

我说："我有全自动洗衣机！"说完我就抱着一大堆被套下楼。老周在后面骂："神经病，到学校一年多了，我还没见过哪里有洗衣机的，洗衣板都没得！"

后来她把床单被套拿回去洗的时候，发现里面有烟头若干，食堂饭卡一张，魔兽密保卡一张，硬币一个。"和洗抹布一样。"她回来和我说："水黑得我手伸进去都看不见了。"

我说："我又没强迫你洗，睡了半年了当然有点脏是应该的。"

这就是 80 后的爱情，我还是属于 80 后中期的人。我们的爱情那时候就是这样，我也丝毫看不出有什么浪漫什么豪言壮语在里面。我记得我们最浪漫的事就是去西某大看樱花。因为我很抵制日货，那次也是看了后匆匆就走了，也没看出来个究竟。我觉得还不如看烟花来得刺激。

后来，很多人要问后来呢？

我又不是刘若英，我哪里有那么多的后来嘛！

对于那些轰轰烈烈的爱情来说，我只能回答：

爱情，她不说话。

敬老愿

文 / 黑天鹅

去年暑假,由于练车和懒惰等原因,一直推迟到 8 月 14 号下午才去敬老院。推开 305 的门,同往常一样的对话。奶奶问我谁呀,我说我呀。她耳朵不好使眼睛也不好使,也不可能记住我拗口的名字,所以我只能说是我。她一个劲地问我,我说:"奶奶,是我,以前来看你的那个学生。"她记起来了,然后就非常热情。她的热情不是表现在笑脸上,而是一副老人很久没见到子女后重逢时的苦涩。她说:"你怎么来了,我整天数,从六月初几就开始数,觉得你可能快来了,结果等了十几天,你还没来,我寻思你可能走了,你怎么又来了,妮呀。"

"嗯,奶奶,我没走呢。"

"这次学校怎么这么好,让在家这么长时间?"

"哈,以前也这样过呀。"

"呀，那好，那好！你说妮呀，天这么黑你又来看我了，路上多不安全！"

"嗨，没事儿。"我已经习惯她所说的天黑了。

"你娘知道你来吗？"边说着，她摸着带靠背的大马扎，那是她的拐杖和支撑，蹒跚着从床的一侧挪到另一侧。

"奶奶，你干啥，我帮你。"

她不说话，只是一个劲喘着粗气——不知道是不是哮喘，认识她的时候就这样。她从一个破旧的纸箱子里拿出一盒花生牛奶给我，让我喝。我说我家有，不喝。

从一开始我基本上没吃过她的东西。她生活不容易是一回事，还有个原因，2012年高考完的暑假第一次和同学去敬老院（那时候我们还是个组织，后来很少集体行动），我们写的注意事项之一就包括尽量不吃老人的东西。不能叫嫌弃，算是一种自我保护吧。

我怕争执不下，便说："一会就得回家了，奶奶，你有啥需要买的？"

"我一天天盼着你来，前几天家里来人了也是说句话就走。我这表没电了，等着你给我买电（池）嘞。"说着就去拿她的"钱包"，要拿出一张五元钱给我，说这次多买点，要不撑不到我下次来。我说用不了这么多，给我个红的就行。我试过，她不可能接受花我的钱，所以我只能拿最少的钱，并告诉她，这些就够了。然后我拿过来红色的一元纸币。"你等着吧，我这就回来。"

买了四节电池，回屋的时候她正在用毛巾掸走表上的灰尘。我装电池调表时，她问我是不是还得卜两年学，然后告诉我以后找婆家一定要好好挑一挑，必须两边都有。我没听懂后半句，但是从

243

跟她的交谈里我明白她在告诉我，以后的婆家一定要有自己的土地。奶奶跟我讲了一个谁家姑娘嫁到一家有地的人家，然后住上了楼房，生活很幸福的故事。我只是听懂了大概是这个意思。我说："好一定好好挑挑。"

没多久我就离开了。临走的时候她非要给我三盒花生牛奶。我说家里真的有，我不爱喝等等原因，都没有用。哪怕我说了"你这样我以后不来看你了"来吓唬她，也没有用。最后她还是把牛奶装在我书包里了。出门的时候，我不让她送我，到屋门口也不行。因为以前有一次，我下楼的时候她在门口跟我说话，我从三楼下到二楼，从二楼上到三楼，她一直在说没有内容的话，我一直上上下下，最后还是狠狠心走了，也不知道她在门口佝偻着身躯站了多久。

那天回到家，爸爸说，你再去几次敬老院就别去了。我问为什么。他说："我怕老太太突然有一天不在了，你去了会伤心。"

其实我也怕，每次上楼的时候都会做好心理准备。

可是怕又有什么用呢。没有想到的是，爸爸说的"几次"都没有机会实现了。那竟然是最后一次见到老人。

今年寒假，带上好友去敬老院。敲了几下 305 的门，拧了拧，发现门上锁了。带着一种不祥的预感，去询问厨房的奶奶，得知早在年前老人就去世了。听说是晚上心脏病发作从床上掉下来，第二天早上送饭的时候被发现，那个时候还清醒，就被家人送到医院了。在医院没多久便脑溢血去世了。

尽管做足了准备，还是没能忍住眼泪。

但也许，这对老人来说是一种解脱。她终于见到了她的孩子们，以生命为代价。

她不必再用早就停止发行的纸币，不必再将过期的牛奶视若宝贝，不必从刚落日就陷入黑暗，不必再忍受被子女们忽视冷落的悲凉，不必年年月月盼着一个非亲非故的人的探望。

半年前走出敬老院的大门，我再也没有踏进一步。

昨天路过门口，看到的是绿树红花交映，老人围坐谈心的其乐融融的景象。希望有一天走进去之后，看到的也是这样，而不是快要丧失生活能力的孤寡老人，在床上躺着、念着、数着日子。

遥远地爱着

文 / 三七木

我想我总要写点什么来记录这一程短暂的时光,当我重新打开一个文档,试图开始的时候,却发现泪如泉涌无以下笔,是啊,你此刻就在我的心里,那么近又那么远。

这并非一封道别信,也不是一封煽情的情书。不过是想对你倾诉。

你越来越忙了,一座山一样的男人,要负担鸟兽繁衍生息的责任,要承载花草四季枯荣的使命。至于我,我只是你隔海而生的小树,祈求得到你的庇护,却与你对望与光阴的两岸。

可是,我眷恋的就是你山一样的姿态。在我微弱的生命旅程里,遇见了你,恒常觉得是上天赋予我的恩赐。在每个爬满星辰的夜晚,万家灯火,星星点点闪烁着我沉寂已久的内心,又常常在蝉鸣的早晨微笑着醒来,快乐的不明生物在血液里欢喜地流动。我平凡的时光里，我将永远记得，在那个初夏的午后，第一次遇见你。

在这个信息发达的时代，人们可以在第一时间与人分享奇闻轶事和无关痛痒的心情。我和你就是借着这个时代所给予人类情感交流的优势彼此熟悉。在手机屏幕上的我还算健谈，你有一种无名的力量在牵引着我，我感受到你阳光雨露般的灌溉，一如你作为一名教育者和长兄甚至为人父的身份，温柔而伟岸。那正是我长久以来不曾感受过的心绪。

你说雨天入夜的鼓浪屿是美的。当你在那座充满人文气息的小岛上畅谈人生梦想度大学时光，我还在大山深处某个不知名的中学挑灯夜读，这早已为我们之间的距离盖上了印章，在时间和空间上我都注定无法与你同行。

夜雨的小岛的确是美得让人游离，昏黄的路灯打在带着雨水的路面上，我无数次幻想你年少时在大街小巷穿梭的身影。百年老墅长廊里伫立着少女，月光透过大树的光影照在她的身上，那是神秘而美丽的小岛女郎。湿润的空气包裹着我的全身，冰凉了我的面颊，由内而外的清透，那瞬间，灵魂薄如蝉翼，飘之欲仙。如此美妙的梦境里，恰好你就在我的身旁，雨下大了的时候，与你站在老宅屋檐之下避雨，雨声夹杂着蝉鸣和蛙声，又成为我记忆库存里的一段篇章，在我想念你的每个时分一遍一遍地翻看，一睡不醒。

南方入夜的城市依旧车水马龙，人来人往蠢蠢欲动。暴风雨过后的广州街头，你第一次挽起我，那双宽大温厚的手，瞬间崩化了我封藏已久的情涛。是啊，有些情感无法禁锢，即使铐上了世俗伦常的枷锁，经历曲曲折折的内心斗争，终究为你所破，我如此深陷在你的臂弯，甘愿为你叛离我执拗的坚持，甘愿为你不明结局地消融。

  我们之间无法构建名分的堡垒，对你的爱只能奔走于无人的旷野，天黑之后，你入你的宫墙，我归我的草莽，然后将思念铸成砖瓦，以心腑做地基，亲手建造我们的港湾。走一程荒芜的旅程，开辟违于伦常的轨迹；演一出无声的剧幕，诠释人世聚散的悲喜。这路愈走愈远，这戏愈演愈烈。你那里繁花似锦，摘下一株讨我欢喜，你知道，离开根茎的花朵生命脆弱得不堪一击，你万千朵鲜花也无法弥补我这片贫瘠的土壤。你尽在我眼底，却是隔了几程山水，是我穷极一生也去不了的远方。深知感性的生存是我命运使然，我从不需要理智为我保驾护航，不疯魔的情愫向来不为我所动容。

  *爱你，甜蜜而心痛。*你不求回报的倾注试图茁壮我的内心，为我这艘终究要离岸的小船筹划人生的方向。我惊叹于你的耐心与温柔，你总是笑着，尽管我低落的情绪无法自拔（这来源于我宽容的内心开出了贪嗔的花蕊）。你揽过我将我羸弱的身躯深埋于你宽厚的臂膀，那种感觉仿佛凝聚了天地间所有的力量，将我永恒地庇护，所有心生的恶魔被你一掌驱散。宛若我的心明镜如初，不幻想演绎已被占据的角色，不曾想有如今这样的汹涌悲切。疼痛使我抑郁成疾，我知道我错了，请求你的原谅，请求在我们单薄的情分里，不要解开我的绳索，将我漂流于无边的汪洋。

  如果有一天我远走他乡，请将我稚嫩的小树移植于你的山林。如若成活，就扎根于你的臂膀，如若死去，就消融于你的土壤。

我所理解的爱情

文 / MONAONLY

似乎到了一定年纪，你就有义务向身边的人甚至并无多少交集的人交代自己的情感状态，并理所应当要为自己的单身感到羞耻。你明明知道对方的关切带着自以为是的优越感、幸灾乐祸以及对你的蔑视，却因为这些轻视标榜着"善意"而不能发作——无论真实情况如何，都很容易被理解为急于处理掉自己而不得因此恼羞成怒。

当然有朋友是出于真切的关心，他们希望你心有所属、幸福快乐，对于这些朋友，你也真心地祝愿他们早日找到另一半，过上"岁月静好，现世安稳"的生活。单身再舒服自在，也不及两人的心心相印、惺惺相惜，不是么？

身边总有人给我爱情建议，我也因此频繁被触怒——只是在心里。因为性格"温和"，总是尽量避免与人发生冲突；也因为反应慢,想好回应的话,话题已经转到下一个下下一个了;还因为不忍心出口伤人——比如对方给我分析单身原因的时候,我不会反问她"那你为什么快四十岁了还没有把自己嫁掉呢";比如对方说"你年纪不小了,抓紧时间哦",我也不会说"你比我还大几岁不也单着吗,先操心自己吧";比如对方说"你去相亲吧别成为下一个×××",我也说不出"在比×××大好多岁的年纪成功找到接盘侠的你松了口气吧"……

也许因为同事关系和睦融洽,部门里女孩们的私生活都"公开透明",跟谁暧昧着,被谁劈腿了,关系有进展,滚上床单了,发展了几个新的备胎……小群体里,人尽皆知。别人坦白自己的私生活我并不觉得有什么,但我真的不愿意向极其亲密的人之外袒露自己的一切,那种感觉对我来说跟裸身示众是一样的。而且我不想成为谈资,大家最喜闻乐见的,不过是分手劈腿跪舔这档子破事,你前一秒跟A说着不在场的B"那男的明显不靠谱啊,她还那样倒贴",后一秒A就跟C说着不在场的你"是别人甩的她,归根结底是长相原因"……再深的同事情闺蜜情都不能妨碍背后吐槽,人人生而八卦嘛。

之所以对别人的"好意"反感,还有另一个原因——作为懒得思考的漫不经心的人,很难得地思考了一下这个问题——他们向我传达的观念与我对爱的理解大相径庭,我不知道该如何向他们解释我所理解的爱情。

以前喜欢两个人凑成一个圆的说法,只有找到那个人自己才能完整。这样的喜欢更像是对"美"的附庸风雅,并没有真切的感悟与理解。当我真正去思考并理解爱情,我发现我对爱的感受与之背道而驰。我从小就给人柔弱的印象，似乎拥有外表强悍的女生们羡慕的"男人不由自主想要保护"体质，但在我的体内，同时拥有对浪漫的渴望与对"自我完整性"的确定，所以从小就对"找个男人嫁了"这样的说法本能地排斥。这句话要换成"遇见跟自己相互吸引的人，在一起并好好走下去"我就能接受了。对我来说，那个人不是供养者，不是遮羞布，不是替我完成社会职责的工具，他是上天赐给完整的我的礼物。是的，前提是完整的我。如果我不完整，不是因为他的缺席，只是我自己的问题。

我有在爱情里迷失变得不完整的时候，那个时候最让自己痛苦的不是关系的分崩离析，而是对自己深深的厌弃——因为自己的无能为力，觉得自己不值得被爱。

还有，我发现很多人理解的爱情是情或关系，而我想要的爱情是爱，带着幼稚的理想主义。"情"是博弈，要分胜负，需要算计，不具备排他性和唯一性，要保持魅力和聪明，有刺激体验，由欲望推动——性欲，或征服欲；"关系"由社会职责决定，在规则及压力下促成，要做出交代，要有结果，要安全稳定，要有契约精神；"爱"呢，自然发生，让人放下戒备及胜负之心——赢了又怎样呢，"爱"着的人没办法做到聪明，"爱"具有排他性——博爱就是谁都不爱。

爱还有一个特质，即剔除一切幻象后的朴实。"情"像一场由他人辅助完成的自嗨，而"爱"是合二为一。

在"情""关系"与"爱"三者中，只有"爱"产生于力量，温柔的力量。

现实里的爱并不会纯粹，人心及人性，可以很复杂。爱再伟大，也超越不了人心人性。很多时候，爱、情与关系相互转化甚至杂糅在一起，令当局者迷。

但我不希望在自己这里的第一步，就是复杂的、勉强的或刻意的，无意"硬转"，也无意"施展魅力"去"捕获"谁。想要掌控的人，都被掌控着。

单身与否跟是否有爱无关，不过这是私人的事了，冷暖自知。你不一定能看到别人关系中的纷乱，别人也理解不了你的隐秘快乐。

备胎

不太能理解备胎这种东西的存在，因为不够自信，怕"正胎"爆胎吗？那"手里捏着好几个备胎"这样的事到底有啥好开心甚至炫耀的？

性

之前有人问我对性的看法，我说跟喜欢的人做。换一个"文艺"点的说法，就是"与爱的人，兴之所至"。啊，谈这个话题是不是不太好，但我确实觉得，两个人若没有"赤诚相见"，恋爱就真的只是恋爱，离爱还差十万八千里远。经过性，一段深入的关系才正式开始。"纯精神恋爱"有太多幻想掺杂在里面，性能达成深层的了解与联结。经过性的"玷污"，精神之爱才更真实、更纯粹。

浔，停泊在南水，遇见了时光

文 / 岑岸

旖旎在水墨里的流光，是南浔固守的执念：即使同她一起斑驳，也不愿更改黛青色的笑靥。想来南浔也是个痴情的凡生，幻化在红尘，却甘愿苦守于繁芜之外，与时光一同老去。若有一天，这里的流水弹起的琴音也沦落在市井，不再轻缈，恐是这凡生终究敌不过世俗的讥诮，忘却了曾经镌刻于心的誓言，山盟虽在，锦书难托。

不是清浅的水，缠绵而缱绻，就像是南浔写给时光的情诗：相知相守，不离不弃。不知究竟谁是那个一袭青衣笑容恬淡的女子，依偎在清俊伟岸的男子吹起的悠长落拓的洞箫声里。只知时光坚毅而温柔，南浔清高而素净，两者孤芳自赏决然于世却能惺惺相惜唇齿相依。也罢，只要他们静默着伉俪情深，迤逦着苍老，便好。

绵长的青石板路，迷蒙中绵延着谁家姑娘隽秀的绢帕，不是怅怅然的孤寂，是年岁姣好，芳华里的无虑。或许也曾有个两重心字罗衣的女子，莲步在旧时的光影，紫竹伞下低垂明丽的眸子，却不知她袅娜在水中的波影，已娉婷了正在对岸冥想的男子的心。只是碎时流光，悄悄然拂过了千百年的寂静落寞、苦闷伤恸、喜悦欢颜，绣在绢帕上的情意已经泛黄，甚至只留下苟延残喘的一点遐想，只是，当初那个美好的故事依然熠熠，悠然地弥散在这满是皱纹的廊道，坚贞而永恒。春雨飘洒在行人身上，酥了听故事人的心，也湿润了长满青苔的水乡里的他和她。

横亘在白墙灰瓦旁的遒劲的枝桠，就这样霸道而恰到好处地闯进了小镇的故事。落起小雨的四月天，阴沉却没有寒凉。多情的水，多情的青石板路，需要刚毅的树与老房。湿漉的空气里夹杂着嫩柳丝绦佯装的成熟妩媚与紫荆团簇细碎而浓厚的妆容，是轻佻却不让人厌恶的春的礼赞，飘摇到这里，竟描摹出南浔洁身自好、坚定端庄的豪言壮志。不禁在这儿驻足很久，不是枯藤老树昏鸦，而是走过孤寂的冬，素净得越发怡然自得，凛然得如此气定神闲，新芽，已然萌动。

即使时光苍老了朱颜，风干了记忆，总有生灵守候这一方清然的地儿。纵横在灰白布景里的远景近景，没有夹杂一点凡尘的光怪陆离，素得悠然恬静，素得沁人心脾。蹲在家门口的犬在等待归人，在春天远行的主人。当他归家的那一天，连它也按捺不住心底的喜悦，连吠着唤着屋里的佳人，她推开遮住黄昏的门扉，红绳在她凝脂般的手腕鲜艳，道一声：你终于回来。

影影绰绰的树影与波澜，呢喃着杏花烟雨里的光华，与开放得或娇羞或张扬的水花，轻盈流淌。行人在廊里漫步，接捧屋檐落下的稀疏的雨帘，撩起水中漂游的瓣唇，用相机编辑着这里的流年，殊不知，他们也成了他人眼中的景。

不愿离去。

多想傍水而居，清清凉凉，也悠悠荡荡。生活得诗意，栖居在不为凡尘纷扰的灵魂的归宿。草长莺飞，绵绵然述说着春日的欢愉，水波缓缓拂动，弹拨着心弦不想踏上归途的瘾。圈在灯红酒绿的世界里的我们，叨扰了南浔，这么久。就让这里的生活继续，老人与那张嶙峋的藤椅，描摹上灰色的红门与长了锈色的小锁，透露着砖头本色的破败的白墙与青灯相守的屋里人，这里的淳朴，请继续吧。

行人怀着热忱与羡慕，回荡在纵横的巷道，老人依旧裹着棉服，安详地坐在门边，望着满眼笑意的游人，也是不知然地微笑着。她在时光里老去，她所铭记的定是古老的旧日里的故乡，而今新人外人冒冒失失地闯进她的故事，与她，早不相干。可我们终将离去，也快些离去，莫让我们惊喜的咋呼的欢笑，杂乱了老人记忆里的城。

没有行色匆匆，没有焦躁不安。红尘里的急迫急躁亟不可待，在这里，净化成闲适的步履。然，我们的梦想，还在我们欢喜而来的出发的地方。我们从那里来，在这里短暂的逗留，在不属于我们的地方，梦想会开得南辕北辙。停歇，而后，归去，继续，征途。

浔，停泊在南水，遇见了时光。他们相约，即使青丝斑白，也要相守不离。

那，我也与你相约，等我的梦想可以明丽着绚烂，至少是卅着自己钟情的色彩，再来这里，读这篇写与你的情书。

红尘花恋

文 / 岑岸

烟柳氤氲，凄迷等待了一千年的清眸。我化身青石旁寂静无言的花，一千年风吹，一千年日晒，一千年雨打。碧柳缠绵的淡淡微风中，翘首企盼，你哒哒的马蹄。

何处长箫，撩起羞花昨日的情思？

醉你的青山落拓，清俊伟岸；恋你的倜傥不羁，风流才情。曾经，我们邂逅在梨花的诗赋中。清风杳杳过枝头，雪落芳庭月凝香。燃一炉沉香屑，似云雾缭绕，如岫烟舞风，氤氲过多少季缠绵的柳梢，迷蒙过多少枚羞涩的樱桃。挑一莲流苏灯，曾朦胧琉璃的炫彩，醉了清颜，晕染成丝丝缕缕的悸动。倾一壶鹦鹉盏，也曾溪边浣柔纱，也曾荷叶遮晚照，也曾细雨移画舫。流年荡舟，风不会止，舟不会停。恍若浮尘短暂的一次漂拂，便拂走了我懵懂的十六年。手中的鲛绡，将为谁而湿？

花香袭来时，听见了幽渺的箫声。仿佛一曲空灵，寂静了走过的葱茏里谁策马而过的嚣腾；宛如一笼飘袖，娉婷了淌过堤岸旁谁红袂拢风的脱尘。心悸，撩起窗前的竹帘，看见雪白的梨花曼舞在馥郁的风中，不知是何处阁楼暗泣声声，殇成泪落。是风在絮语缤纷起满树的梨花，还是洞箫吹起梨花妖娆了清风的梦？

该怎样描述你，玉立在梨花酩里的吹箫人？如今，我又怎能看得清你？我已泪眼模糊。

我化身花朵，等待隔世的你……

曾经相恋过，在竹林里捕风；曾经缠绵过，在月下追逐；曾经山盟海誓过，黯淡了所有星辰的璀璨；曾经地老天荒过，落寞了所有飘摇的纸鸢。然，相知相守的华年，是蜉蝣短暂的生命。也许千百年后，曾经的柳色依然清新，曾经的灯火依然如昼，可是，池阁闲了，桃花落了。

游离的魂魄停驻在青石旁。

你是否依然铺一纸素帛，鸢尾帘下，一方木榻，珞瑶砚里，酽墨孕香，在行云流水中傲然临风？你是否依然将秋月置樽，将金风拥怀，引一曲洛神的寂郁，吟一阕潇湘的不悔？还记得你曾独立扁舟，以气驭船，看过两岸青山挂翠，看过天边宿鸟归飞，恋那时澄澈的湖水，涤荡你漂泊的竹筏漂泊的心；恋那时随水的落花，撩乱你倦怠的笑窝倦怠的梦。还记得你曾在碧落山上，挥一把青魂剑，饮一壶红魄酒，秋风飒飒，衣袂翩翩。

等待隔世的你。

恍然一梦，马蹄声过，尘未留香。

你依然，一袭青衣，一柄长剑，一支竹箫。只是，你的眼眸里已没有昨日的缱绻。你哒哒的马蹄不再为我而停,你悠悠的长箫不再为我而鸣,你淳淳的美酒不再为我而醉。

泪流,瓣落。

山盟不在,锦书难托。

走过一千年的华年,散过一千年的暗香,陨落在黄昏的烟雨。

野草

文 / 凉茶

偶尔时光温柔。

"丁零……丁零零……"

院门口的大喜哥骑着他的自行车出门了，新的一天就在他生锈的银色铃铛的"丁零零"声音里开始了。

我摸摸身边已经空出来的床铺，钻进被窝贪婪地享受清晨令人不舍离开的温暖，之后麻利地穿衣服。窗户上结了一层冰花儿，红纸剪成的窗花因为昨晚屋内温暖的水汽褪掉了一些颜色，那些颜色被冻在了窗户上，让我有一种看到窗外熹微晨光的错觉。

搪瓷脸盆里已经装上了温水，盆底那个红火的双喜像是随着我手指在水里晃动的频率一起摇摆似的。

那年是2008年，我还在读初一，没有刘海扎一个马尾，面前的镜子年纪大了已经有点发乌，任我怎么擦也擦不干净，就像是那年外婆藏在皱纹里的眼睛。

我从小就和外婆睡一张床,那个四十几坪的小房子里挤下了我们一家四口和我整个少年时光。直到现在还是很怀念那些我们一家四口围在一张小小的茶几上吃早饭的日子。在每年正月的早上外婆都会炸元宵和春卷给我当早饭。我从来没有同外婆之外的任何人一起吃炸元宵,所以在我的记忆里只有外婆会做那样一道简单却令人难以忘怀的早餐、金黄的外皮,雪白的糯米和深紫色的豆沙馅。

外婆看我吃完她给我盛的所有早餐才递给我书包,替我打开那扇"吱呀吱呀"响的木门。

北方干燥的风吹在我的脸上生疼,冬末的天气不见回暖,才出门不久,脸就被冻得发麻。走到院门口正看到大喜哥准时地从那辆宝贝自行车上下来。

他掸掸黑色呢子长裙上蹭到的尘土,露出一口洁白的牙齿跟我说:"楚楚?楚楚,上学去啊?今天天儿冷,但明儿一定是个好天气啊!"

听外婆说,大喜哥是土生土长的里院人,很小的时候父母双亡靠街坊的接济长大,后来去工厂上班,爱上了一个智力有点问题的哑巴姑娘,有过一段入不敷出的恋爱时光,最后哑巴姑娘家里着了大火被烧死了,大喜哥受了刺激生了场大病,痊愈之后脑袋瓜就出了点问题。

他爱照着那姑娘生前的样子打扮自己,涂最鲜艳的红色口红,留长发绑红色的头绳。

我用手拍拍已经冻得僵硬的脸,跟大喜哥笑着说再见。

其实大喜已经年过半百,比我的父母还稍大一点,可是他每天都浓妆艳抹，笑得灿烂而夸张，对谁也不生气发脾气像个不谙世事的孩子，所以院里和我一般大的孩子都叫他大喜哥。我俩像是约好了一样，每次我上学放学都会在院门口看到大喜哥，大喜哥像是一个只会报喜的天气预报员，每天都告诉我明儿一定是个好天气。

外婆喜欢大喜哥，说他单纯、诚实、执着。在里院住了差不多一辈子，在这种简单直白的生活环境下最容易看透的是人心，看外婆遇到大喜哥时候笑起来的皱纹我也会感到一种特别的幸福。

2010年立春那天出奇的冷，北方的小城依旧被冷风和洋洋洒洒的白雪定义成了冬天。放学回家看到里院门口立着一个雪人，一根红辣椒是它的嘴唇，雪人旁边还停着大喜哥的自行车。仔细一看雪人竟然和大喜哥有几分相似，心想或许是大喜哥童心未泯自娱自乐吧，随手拾起路边的枯树枝给雪人安上了手臂。

走进去看见大喜哥鲜艳的红色头绳绑在他的麻花辫儿上，在有点单调的黑白灰色调的世界里竟出奇的好看。他蹲在院子里的空地上，旁边是穿着一身深咖色毛衣的外婆，外婆拿着一节枯树枝在雪地上划来划去。老花镜挂在脖子上，眉目里藏着笑，"安得广厦千万间，大庇天下寒士俱欢颜"我走过去的时候外婆正讲到这一句。

外婆一直想做个老师，她格外喜欢孩子，也是这里院里为数不多的文化人，可是她的青春燃烧在那个战火纷飞的年代，一身戎装成了她的归宿。之后的十年浩劫让教书成了一个她没法完成的美梦，于是她在这里院扎了根，直到"拨乱反正"也没动摇她在这里住一辈子的心，没想到暮年时分她有了一个这样特别的学生。大喜哥张大了嘴跟着外婆念那首唐诗，字正腔圆。那年的雪一直下到三月，外婆的书一直教到雪融。

然而里院里每天都会发生争吵，到了做饭的点，狭小的走廊烟雾缭绕，偶尔还会有堵塞；冬天傍晚是华灯初上的时刻，而这儿却像是与世隔绝的孤岛，被城市里的霓虹抛弃的孤独一角，白炽灯外围了一层发黄的旧报纸，摇摇晃晃地照亮了通往每个房间的走道。那些在市场做小买卖的人收拾好包袱，带着两个午饭剩下的馒头一边走一边嚼，去临街做炸串儿的男人吆喝着"借光，借光哟！"打扮成维族女人样子的邻居扛着一袋馕，踩着已经开始融化的雪嘶啦嘶啦地往门外走，所有的声音都在这里显得无比清晰，包括屋子里爸妈的争吵，它们被放大无数倍传进了我的耳朵里。

爸妈在走还是留的问题上争吵不休，后来又在为了搬去哪里，怎么装修的问题针锋相对，而外婆经常沉默，可是我从她紧握着的那双手和拧在一起的眉毛就能明白她有多想留下来。这样的争吵也一直持续到雪融，每当他们吵架的时候第二天早上在门把上总能看见一袋豆浆和几根油条，我开门取下它们的时候就会听到"丁零零"的铃铛响。

后来我们一家四口还是决定搬去城东，离开城西头老城的那天是个晴朗的周六，外婆在那张我俩一起躺了十多年的床上坐了好久，没有被褥的木板床显得她像是枯萎的康乃馨脆弱而瘦小，窗外夏天的景色热闹非凡，而逆光坐着的外婆却安静得像是一尊泥塑雕像。爸妈都在屋外忙着打包装箱，所以默默看着外婆的时光显得漫长又短暂，我似乎能感受到外婆的呼吸和她指尖微微的颤抖。

人老了之后就会对身边的东西难以割舍，对身边的人喋喋不休地唠叨，这些特点在那时的外婆身上都没有发现，我搀着她走过长长的露天走廊，往楼梯口走的几十步她没多说一句话，只是迈步子的频率迟缓了很多。她像是平常一样给路过种在花盆里的辣椒洒水，整理堆在门外的纸箱子，我问她要不要挑棵长得好的辣椒带去新家，她摇摇头不说话。

对面的屋顶上虎斑猫在懒懒地晒太阳，野草细长的枝叶和扁豆嫩绿的藤蔓分享着屋顶最灿烂的夏天。太多的绿色植物遮盖了老院子的沧桑和不堪。走在湫隘的小路上，不停的有比我小一点的孩子从我们身边跑过，我小心地护着外婆，那些孩子的脸上带着和我一样的稚嫩，家乡话流利地从他们的呼喊中流露出来，我看外婆不停地揉眼睛，在我握住她那双干瘦的手时感到了一片湿润。

院口大喜哥看见背着旅行包的我，笑嘻嘻地玩着手里那根长长的狗尾巴草，咧嘴笑的时候红色嘴唇显得牙齿格外的白，他说："楚楚，下课出去玩啊？天黑之前一定要回来，明天还是个晴朗的好天气啊！"

看着大喜哥的那张过于夸张明媚的脸，我莫名其妙的难过。外婆走上前去捋了捋大喜哥红色的头绳："大喜啊，我们一家出趟远门，过一阵再回来。"

大喜哥点着头，继续笑嘻嘻地扶着他那辆宝贝自行车。而我和外婆却一步一步地离开这个，每一块砖头都有一百年前雨水味道的里院。

2010年的我们住在那个宽敞的新房子里，采光特别的好，雪白的墙壁还带着没有跑光的油漆味道。我换了一身红色的校服，外婆还是喜欢穿深色的衣服，佝偻的背影在这个宽敞显得有点空旷的房间里更加的寂寞。她不爱和邻居说话，也不那么勤快地给我准备早餐了，楼下是方便的快餐店，早起穿过半个城市去上学的日子里，那些打包的豆浆和油条成了我的伴侣，于是清晨的餐桌上总是少了一个人。

三间房住着我们一家四口，像是各怀心事的游客，在一个地方停歇避雨，那些听不到大喜哥的铃铛声的清晨，一个人入睡的夜晚都在我逐渐成长的岁月里面渐渐变得习以为常。

两年后，我的生活里发生了两件大事。

里院着了一场火，听说大喜哥上了电视和报纸。因为一个记者说，里院年久失修电路老化，是大喜哥用电不当才引起大火的。当时的我在外艺考，连上宾馆的 WiFi 看那些被媒体讲得天花乱坠的"事件跟踪报道"。头一天镜头下的大喜哥头发蓬乱，眼睛瞪得圆鼓鼓的，看着让人揪心，他咿咿呀呀无助得像个孩子一般，抱着从大火里抢救出来的唯一一台家用电器——老式收音机。大喜哥的生活从一个小小的里院被放大无数倍，赤裸裸地曝晒在一座城市的人们眼里。有关怀的，有嘲讽的，有冷漠的。而几天后的大喜哥又一次笑嘻嘻地出现在镜头里，"安得广厦千万间，大庇天下寒士俱欢颜"。他看着自己的房子，竟然能流利地用杜甫的诗来调侃，后来才回忆起那是外婆在雪地里教他念的那首。

艺考在外飘飘荡荡差不多半年，看见大喜哥在镜头里的样子和耳机里传来的乡音竟然有一种他乡遇故知的错觉。在 K 字打头的空调特快列车的硬卧车厢里，在伴着火车汽笛声和"嘎达嘎达"的车轮声入眠的夜晚，在停车十五分钟下车疯狂蹦跳的那个不知名小城市的月台，在泡面和水粉颜料充斥的生活中，仿佛又回到了我长大的那个里院，挣脱生活中难以克服的负累和枷锁，对大喜哥说再见,还会再次相见的那种再见;挣脱越长大越孤单的诅咒,不沉默,不妄自菲薄,对自己真实和勇敢,不会后悔不会流泪的那种。

当我回到家乡,发现半年不见,爸妈虽然变得和睦却也沉默了。茶几上放着吃了一半的恰恰瓜子、白米粥和小菜,纸条上写着热饭的步骤和注意事项,然后我很怀念那些年我们一家四口围在一张小小的茶几上吃早饭的日子。

外婆盖着毛巾被在窗口的摇椅上睡着了。我弯腰看她依然穿着深色的衣服,岁月的刻刀划在她的脸上,刻出一片沟壑纵横,嵌进皱纹里的故事和回忆是深邃的海洋,我无法探究。外婆睡得很浅,想要给她整理毛巾被的时候不小心碰到了她的袖口便把她惊醒了。外婆张开眼的一瞬间,我感觉她的眼睛似乎比以前明亮了好多。

"你来啦,累不累啊,要找我看照片吧?"外婆坐起来拉着我的手,翻起写字台上放着的相册。"我年轻的时候也漂亮过,谁年轻的时候没漂亮过呢?我站在讲台上的时候啊,很多外班的学生都趴在窗口听我讲语文呢。"外婆的双手颤抖的厉害,絮絮叨叨地对我讲里院里的往事或者杜撰来的青春。眉飞色舞的她,眼睛里仿佛藏了颗沾在白色辣椒花上晶莹甜美的露珠。我握着她的手,那双颤抖的手,她张开嘴笑,不避讳地漏出缺了牙齿的牙床,仿佛那泛黄的黑白照片里灿烂的她走进了这个斑斓的世界,就在我身边。

外婆经常叫错我的名字,甚至连表盘上的数字都含糊地分不清楚。经常打盹也经常说个不停。别人都说外婆病了,说外婆年纪大了脑子不灵了,可是我坚信外婆是在返老还童,她变得更加单纯了,岁月沉甸甸的,而她的脚步却是轻快的。那些辛苦和不幸的时光沉淀在了无人问津的杯底,不被诉说不被提起。她俨然成了个孩子。

那段时间爸妈外婆和我又重新挤在一张茶几上吃饭,像是在里院的时光一样,爸爸依然爱在饭桌上说新闻看报纸,妈妈爱帮所有人夹菜,我轻轻摘掉外婆嘴角的米粒任外婆用带着油渍的左手刮我的鼻头。渐渐外婆无法端平一碗蛋花汤,每次看她碰洒了一桌子蛋花汤的委屈样子,我都会想起儿时我调皮撞翻白米粥时候的模样。

高三这一年我数不清外婆给我看了多少次那本泛黄的相册,她几乎每天都会把我当成不同的人,讲相同的故事。妈妈说这是阿尔茨海默症,我知道"阿尔茨海默症"就是"老年痴呆"换了一种更加委婉的方式对我们做了最终的宣判。

外婆依然说着碎片一样的故事,而我,在生活发生了这两件大事之后剪了个齐耳短发,外婆说很适合我。夏初轻轻柔柔的海风像是芦花鸡柔软的羽毛,青春里眉目温和的少年们像小白马一样奔跑在草长莺飞的六月天里。一家人用轮椅推着外婆到我读书的高中门口送我进高考的考场,我没有忘忘,因为外婆看着热闹得有点拥挤的校门口温和地笑了,或许是太久没有见到这样热闹的景色,十七八岁的男孩女孩青春又张扬的样子使她再次拼凑出了一段她年轻时候的碎片。那一瞬间,时光温柔得像是湛蓝色天空下被阳光晒得暖烘烘的白色毛衣,连苦难和蹉跎都回到了原本单纯善良的模样。

高考结束那天,我回到那个屋顶长着野草的里院,大喜哥依然涂着浓烈的鲜红色嘴唇,只是鬓角不再整齐甚至能看到零星几根白发,自行车掉了一片漆,他保持着四年前的那个姿势,一手撑着腿一手扶着自行车的后座坐在大院门口傻笑。

我站在门口，看大门前吊着的那盏钨丝灯，大喜哥认出了短发的我，他笑眯眯地喊我的名字："楚楚？楚楚下课了啊，明儿又是个晴朗的好天气啊！"

其实，除了大喜哥，我已经找不到任何关于那像是野草一般成长的岁月留下的任何痕迹，那些人和事都因为院子外疯长的高楼大厦而被掩埋在回忆的废墟里。拱门的石墩后面有一只虎斑猫，我蹲下看它水绿色的眼睛，它怕生一般地疯狂逃离我的视线，我跟着它的脚步又一次在院里湫隘的小路上奔跑，水滴从公共水龙头里滴滴答答地落下，打在青石板路上；新做的被里在尼龙绳上接受淡淡的微风和淡淡的阳光的洗礼；一串辣椒挂在被风吹得皱巴巴的红色对联旁边；猫停在下水管旁边舔着毛茸茸的爪子，我的心里和潮湿的墙角一起长满了青苔。

闭上眼睛，那群孩子穿着沾着泥土和青苔的胶鞋从我眼前跑过，书包第二层拉链没有拉上，考了不及格的试卷从书包里飞出来，划了个俏皮的弧线。

他们笑着、叫着，因为明儿又是个晴朗的好天气啊！

路过我们住过的那间小屋，门上用白色粉笔写着"请速交水电费"，不知道门里的房客是怎样的人有怎样的故事，可是门外的我又一次听到了脚踩在斑驳的红色木板地上"吱嘎吱嘎"的声音。那个2008年，我睡在小床的左侧，右边躺着的是外婆，冬天玻璃窗上结的那层冰花带着熹微晨光的色彩，搪瓷盆里的红色双喜，镜子里那个模糊又青涩的我，一家四口围着茶几吃早饭，窗外有人吆喝着"热粽子，玉米来了哟"！

里院故事里的人都是传奇，如今回忆起来大喜哥没说过一句谎，因为这里的每天都是晴朗的好天气啊!

后记：

可惜的是外婆出了一趟远门，就再也没有回到这住了差不多一辈子的里院。

而我是一颗种子，随风飘去更远的地方，没有目的地，只需要记住沿途的风景，装订成册不动声色。

只怕我足够坚强地成长到可以拥有四海为家的豁达，还是成不了野草以经历生死离别作为交换丰腴岁月的代价。

于是我决定不走了

文 / 凉茶

我出生在1994年,而程成出生在一个比我尴尬很多的年份——1989。

在我脑海中,在愿意和我玩儿的那几年里,他总是穿着双黑色的足球鞋,荧光绿色的双星标志,黄绿条纹的大汗衫。夏天的他,在疯跑了一大段路之后,鼻涕总比汗水提前流出来。之后程成会抬起肉嘟嘟的胳膊,抹干净鼻子下面的鼻涕。我不知道他那样是邋遢,总是跟他在大院里疯跑。程成偶尔会夸我,说我将来能当个跑步运动员,哦,对,那个时候他很胖,而我很瘦。

大概是一九九几年,我们住在父母单位分的房子里,对面是个没什么人的疗养院,树木和花草都很旺盛,天空很蓝也很高,是和现在城市的压抑截然不同的样子。

程成小学三年级的时候,我五岁,那年夏天特别热,程成和他的兄弟们蹲在疗养院大门口玩神奇宝贝的纸牌,之所以选在疗养院大门口,是因为那里很凉快。疗养院里充足的冷气顺着虚掩的玻璃门细小的缝隙,混进夏天的空气里,然后带着暖和的青草香钻入程成和他兄弟们的领口。我没钱买纸牌,也因为手太小总是拍不赢他们而被程成勒令离场。可是好奇心总是驱使我把毛茸茸的脑袋靠在程成的肩膀上看他们啪啪啪地打牌。

那种情形总让程成很不耐烦,他揪着我额头前面的那几缕头发说他的脖子很痒,把我拉到离他们远点的地方,用那双黑色的足球鞋在粗糙的沙砾地上画一个圈。"喏,坐下,外面的世界很危险,这个圈可以保护你不被吃掉,像是孙悟空画的那个一样。"

于是那个夏天,我就是在蝉鸣里伸长了胳膊拔沙地外围草丛里的狗尾巴草中度过的。时常听到疗养院门口传来稀稀拉拉的笑声,我把狗尾巴草编成一个花环,青色的草叶、草籽上微黄或者泛红的细细绒毛在阳光下,清爽得就像那年未被破坏的时光一样。

我把狗尾巴草花环套在头上遮太阳,可是还是被晒黑了好几层。看着和程成一样变得黝黑的皮肤,我笑掉了我第一颗门牙。程成说上牙要往下扔,于是我在草丛挖了个当时觉得很深的洞,把那一颗牙齿埋在了很深很深的土里。算是埋下了一个秘密,也算是埋下了一个伏笔,因为后来很长的一段时间我说话总是漏气。

菠萝味冰棒是那时候最喜欢的味道,妈妈总说每天只能吃三口,多了会中毒,嘴巴会肿得像香肠。程成熟练地拉开我家冰箱门取出一根菠萝味的冰棒,一口咬下,直接吞掉,而我在他旁边小心翼翼地吮着我那根剩不到三分之一的冰棒,非得等它们在我口中融化成糖水,让舌头上每一个味觉细胞都感受到那滋味,才舍得把它们咽进肚子。程成总觉得我可怜，于是大方地把他那根放到我面前，允许我咬一口。我惊恐地看着他，说："不能吃，会中毒！"程成骂我是个胆小鬼，小屁孩。于是我咬下我人生中的第四口冰棒。我学着他的样子，大幅度地用后面健康的牙齿咀嚼那亮晶晶的甜蜜，发出"咯吱咯吱"的脆响，他也咬了一口，比我更使劲地咀嚼。最终，我没有中毒，程成也完好无缺。我大胆地又一次拉开冰箱门，拿出两根冰棒，肆意地咀嚼，我"咯吱咯吱"，他也"咯吱咯吱"；风扇旋转着送来"咯吱咯吱"的风，风吹着厨房那扇老旧的木门"咯吱咯吱"。兴奋又幸福的冰碴，在我缺了一颗门牙的牙床上跳舞，我大笑着希望时间就这样不走了。

因为第二天我拉肚子了，妈妈给我用水化开糖丸让我喝下去，她以为我肚子里长了虫子，她哄我那颗裹着糖衣的药丸会裹住肚子里的虫，和粑粑一起拉出来。其实她不知道，我肚子里的虫是一个她不知道的秘密——我多吃了好几口"咯吱咯吱"的菠萝冰棒。

小时候的活力就像是夏天用不完的太阳光，头一天还缩在妈妈怀里发誓再也不要和程成吃冰棒，第二天就又活蹦乱跳地跟在程成后面上街游行。

上街游行就是把塑料袋套在扫帚的把子上捉蜻蜓。程成像个战士，我就是他的跟班，我们追着蜻蜓透明的翅膀，出了一身汗却没有任何收获，可是我的牙床还是接收到了足够多的太阳发出的成长信号，门牙在夏末长了出来，那颗大大的门牙显得比旁边的稍微白一点。

这一年是我们的 1999 年，二十世纪的最后乐章。之后出生的孩子都成了零零后，然而我不知道，关于 1990 年代最后的童年味道也将要结束了。像是我正在蜕换的牙齿，像是程成不断被拉长的身高，像是疗养院和大院里的人们都变了模样。

1999年，十月份是夏末秋初的季节变更点，蝉鸣声柔和了一些些，程成家沙发上还是披着凉席，风扇开小了一个风档，我和他坐在他家沙发上看新中国成立五十周年的阅兵式。他穿着白色的棉布背心和深蓝色的短裤，光着脚盘腿对着电视目不转睛。我偷偷从他背后拿来了他的游戏机，他也没有发觉。在游戏机里我浪费了他三个精灵球，程成对着电视说那很酷。国歌响起的时候程成站起来戴着红领巾敬礼，而我还是坐在沙发上，盘算着这七天不用上幼儿园的时光应该如何度过。最后，我拿旧报纸，折了一只青蛙，放在他家圆形的茶几上，然后躺在沙发上，睡着了。阅兵式里嘹亮的进行曲和飞机坦克全都在我的美梦之外。

傍晚我和程成还有他爸一起翻墙进入已经关门的公园散步。他爸是个特别高大的男人，这样的印象一直持续到现在。那个时候，他爸爸一手抱着我，还可以一手揽着程成。程成借助树枝翻过比我还高的围栏，灵活得像孙悟空。之后他俩接力把我运到公园里。安静的公园很美，花是只给我们开放的花，树是只给我们欣赏的树，老程把我放到停转的旋转木马上，我坐前面的小白马，而程成在后面喊着："得儿，驾！"

关于我的童年，似乎每天都充满了节日或者纪念日。幼儿园午睡醒来枕头下面会有一朵小红花，自由活动时间，我们穿着不同颜色的裙子蹦跳着踩别人的影子，那些胡乱说出来的暗号和晚饭后嘴角没擦干净的油渍一起不修边幅地在我们的那些年里像野草一样生长。

当我们都开始学会把皮鞋上的泥屑擦干净，裙子里面套一层安全裤的时候，对于这些事情的怀念，也就开始像野草一样生长了。

1999年，像是一个符号，具体是休止符还是什么符号我也说不清，就算是有一些习惯在空气里氧化得很缓慢，我也真真正正地感受到了他们的存在。

初冬的小城冷得很突然，大院对面疗养院的玻璃门蒙上了一层灰，空气流动得很缓慢，所以走到那里时，除了北方的凛冽坚硬之外，还有尘埃的味道。后来下了一场大雪，我学会了第一个用来形容大雪的成语，叫做银装素裹。

幼儿园放寒假前的最后一天，我把老师藏在我枕头底下的小红花都拿出来，换了一朵丝绒做的大红花，让老师帮我别在左边的胸口，就是心脏扑通扑通跳的那一边。

红色的皮鞋踩在厚厚的雪地里，"咯吱咯吱"的响，就像是夏天我和程成"咯吱咯吱"咬碎的菠萝冰棒。雪水顺着红色皮鞋濡湿了橘黄色的棉裤，我打了个激灵却不觉得冷，因为我有一朵大红花，因为我知道放了寒假就可以赶回家忙年了。

那时候年的气息总是迫不及待地来感染我们——我和程成以及我们的家人。程成放假比我晚一些，但是他已经开始在放学的路上买五毛钱两盒的小炮。在楼门口程成拉开引线听"砰"的一声，没有光却很响。盒子上画着神奇宝贝、四驱兄弟或者中华小当家。那些印刷劣质的包装，是我最主要的藏品。程成递给我一个沙炮让我学着他的样子往地上甩，那是种柔和的炮仗，白色的像旺仔小馒头一般大，摔在地上发出闷响，微弱的橙色的转瞬即逝的火花，很可爱。

阳台上晾着自家做的红肠，腊八蒜已经冒绿头，外婆做的熏鱼总是能招来馋猫一样的程成。红色的剪纸窗花要等正月才正式挂上，可辣椒和玉米已经被串起来了。一年最让人喜悦的时候到来了，终于，我和程成一起小步快走地告别了我们的1999。

雪地里我们一家和程成，被那台胶片相机记录下来，定格在底片里。那个时候，我觉得爸妈永远不会有皱纹，我的成长就算是寂寞也会顺利得像是我总能得到小红花一样容易。那个时候，我总以为程成永远是个小胖墩，外婆会陪我再走一个世纪，让我在除夕那天不能睡着，要摸高守岁，放纵我把每个饺子戳个洞来判断里面是否有"惊喜"。

我仰着头，垫着脚尖站在他们中间，他们都是爱我的，一直是爱我的。

2000年的钟声比任何一年来得都隆重。

开春，整栋楼的人都在忙里忙外地准备搬家，疗养院再也没开过门，院里的迎春花倒是开得不错。我们那栋楼里的邻居都搬去了城市里不同的地方，我和程成告别得特别自然，就像是我们俩每天上学在路口告别那样，因为总感觉放学的时候我们还得从不同的方向走向同一条回家的路。

可是，这次再见之后，他会在我的生活里留下长长的一段空白，关于那一段空白，我都是靠道听途说来填满的。比方说2002年的程成通过电脑排位去了一所不错的初中，可是他并不喜欢；比方说2005年的程成早恋被他爸爸抓了个正着；比方说2006年的程成开始进入叛逆期，经常和爸妈吵架。

妈妈每次提起程成的时候，都会跟我说："楚楚啊，你说程成这孩子怎么成这样了？你可千万别学他。"

那，在程成看不见的地方，我是怎么样的呢？

很长一段时间，我都觉得自己是寂寞的，那种寂寞与1999年在程成画下的圈圈里编花环不同。

我躺在自己的房间里，盯着天花板，漆黑的空气和白色的天花板像是月光里黑白的钢琴键，我伸出手指，听不见叮咚的和弦。我按照长大后就被规划好的轨道滑行，看着这个城市越长越高。

买学校外头老奶奶做的麦芽糖，两根木棍没人和我分享，菠萝冰棒被"你一半，我一半"的旺旺碎碎冰代替。

2008年，我读初中，后面坐着个好看的男生，他戴着无框的眼镜，手指修长骨节分明。他成绩不好，笑起来只有左边有一个浅浅的笑涡。每次月考，他都会伸出那双太好看的手戳我的后背，坏坏地笑着让我给他一份选择题答案。

其实那个时候，我纠结的性格已经基本成型。做选择题的时候就算是明白哪个答案是正确的，却也会傻乎乎地给错误的答案找个成立的理由，于是我的选择题成绩总是不好。说白了，我有点怕选择。

程成高考出成绩的那天，我正在进行模拟期末考试，后面的男生还是戳戳我的后背，等我把答案写在橡皮上传给他。我莫名地紧张，后面的男生递给我一块德芙。

晚上回家，妈妈说程叔叔家的儿子程成，高考超了重点线好多分，真是不容易。妈妈一边给我夹菜一边说："你学着点，玩好了也学好了，你程叔叔要骄傲死了。"

暑假妈妈约程成一家人吃饭，再次见到程成，我已经开始觉得陌生，他长得比我高多了，皮肤黑了，身体瘦了。我有点紧张，他却赏给我一个大大的笑。

他叫我小朋友的时候，我莫名其妙地脸颊发烫。

后来他以一种倔强的姿态在志愿表上填了军校。

送他走的时候，老程双手提着两个行李箱，程成已经跟老程差不多一般高了。这次的告别很明显比2000年的那个更加郑重，我扯扯他的衣角，他过来拥抱我，说小朋友要快乐。我突然就想起来1999年阅兵式电视前，程成敬礼时候稚嫩庄重的样子，哭得上气不接下气。

我很直接地在日记本里说，我很怀念小时候的夏天，可现在的每一步我必须走得正确且郑重。

坐在我后面的男孩，像是跟我打了个照面的路人，在我毕业后的时光里留下一块被蒸干的水渍。我想起他的时候，总是会牵扯出一段美好的阳光，他好看的样子占了一大部分，但是只是样子而已。

我们旧家附近的公园成了全年免费开放的大众娱乐场所，疗养院改成了体校运动员宿舍，沙砾地成了塑胶篮球场。雾霾成了困扰每个城市的巨大问题，每个人都有一块划定的领地，没人愿意越界，不断和不同的人擦肩而过，偶尔的交集之后分道扬镳，他们占据着生命里的短租房间，心里却总是藏着一个没人爬得上去的灯塔，在揉皱的旧时光里一直闪亮。

我没见过大学之后的程成，但老程却见过几面。

老程五十多岁的时候买了辆白色的桑塔纳，我高考时候说什么都要去送考，上大学的时候也非得跟着我爸妈一起去送我，他力气依然很大，提着我超重的行李箱走在我前面，送我过安检的时候，把箱子放下，整理了好几遍我的领子，说："楚楚啊，大姑娘了，别耍小脾气，经常给家里打个电话，找个男朋友，毕业就成个家。"

我觉得老程絮叨得有点可笑，但是他斑白的鬓角出卖了他的衰老。后来我才知道，这衰老一半是因为得理不饶人的岁月，另一半是因为程成。

程成上大学起就没怎么回过家，毕业以后就更少回来了，他在边疆的雪原驻守，寒冷了老程的四季。

2013年，我也离家很远，我很想念，那些无心经营的时光和程成。

"他们，并不会像剪掉的头发，风一吹就飘走了。它们会变成叶片上的纹脉，脚踝上的微血管，储存记忆，维持生命，难以察觉，但一直存在。"

2014年，新年伊始，程成带着满身风霜踏雪而来，我对着镜子整理了好几遍自己的领子，尽全力漂亮地去见他。

都说男儿有泪不轻弹，而程成哭了。程成给我看他这几年获得的漂亮勋章。而最漂亮的勋章是一句话，他说："于是我决定不走了。"

小雪来得很温柔，铺满了疗养院外面那个篮球场，程成用黑色的皮鞋在雪地上画了一个圈，他说："喏，坐下，外面的世界很危险，这个圈可以保护你不被吃掉，像是孙悟空画的那个一样。"

我乖乖坐下，程成摸摸我的头说："真乖，于是我决定不走了。"

火柴天堂

文 / 烟冠子

我有个不好的习惯，给家人打电话不多。不是因为不想念，只是因为不喜欢表达。我希望父母健康、幸福、长寿，希望妹妹快乐、漂亮，能找到让她幸福的那个人。是的，我爱他们。是的，这些话我从来没有说出口，甚至也没有用文字表达过。

我之前的文字世界里，有朋友、青春、虚拟的爱情、真实的故乡，有几近熄灭的梦想，但却没有他们。

当年少年，意气风发，踌躇满志，却被现实把仅有的尊严与梦想碾成泥土。之后，我再也不会对人说我要怎样怎样，我要对某人怎样怎样。我只会去做，哪怕做得很慢，做得很少。

所以，给家里打电话少，也可能是逃避，不敢面对自己的内心。

很多天没打电话了，突然想起给妹妹打电话。她一个人在云南靠近缅甸的地方打拼，很不容易，我很心疼。混得比我要好，我很惭愧。

聊了没几句，她跟我说："爸爸的手被锯到了，去医院了，你不知道吗？"

当时我的心抽了下，说："什么时候的事？我不知道啊。"

下午，我给爸打电话，妈接的。

我问："妈，在干什么呢？"她说回出租房做饭。我说："哦。"我正打算还说点什么，妈说现在有事，晚上给你打过来。

晚上妈没有打过来，我也没有打过去。既然，他们不想让我知道，我就不知道吧，我知道等伤势稳定后，他们会告诉我的。就像后来我辞职了，找工作，从东莞到深圳，也没给他们说。只是在找到工作，上班稳定了以后才说。

就像年少时，什么苦恼都会对家里说。后来，只是偶尔报报平安。只是偶尔遇到高兴的事才跟他们说。

在我眼中，真正的爱，无需付诸太多的言语。苦，自己尝，快乐，与爱的人分享。虽然，在目前，真正的快乐比较少。

股市又垮了。天台又应该人满为患吧。奇怪，为什么我要说又呢？以前学金融时，就有人说，中国的股市别名叫"猪"市，最初建立的主要目的是为了集资挽救濒临倒闭的国企。快春节了，又该是老家杀年猪的时候了。

去掉炫世浮华，穿透琥珀流光，卸掉尘世虚伪，揭开午夜假面，告别习以为常的自欺欺人之后，望眼周围，四下孤寂，又有几个人敢说自己不是孤单的呢。待呼朋唤友，斗酒千樽，觥筹交错，把酒言欢之后，往往却是话不投机，没有两三人可言的尴尬。人情冷暖，人心自知。

　　毕业后的这几年，走过一些弯路，总的来说是极失败的。有时候，心里真的很苦，但是，想到一些人，就会有发自内心的甜。有时候，真的感觉很累，但是，想到一些人，想到遥远且未知的未来，我又会再次生龙活虎。或许，这就是目前我的人生，在钢筋水泥的包围中，在泥泞崎岖的道路上，孤独地徒步前行。不必求醉卧美人膝或者醒掌天下权，但能求无愧于己无愧于年华。

　　还好生命中有那么几个人，哪怕如火柴般微弱的光，却可以遥跨千里而来，给予我内心长久的温暖与平静。

　　能这样，就很好了。

东港小镇

文 / 烟冠子

> 我知道这篇文章或许非常费解与啰嗦,而我也是在非常混乱纠结的状态中写出来的,但是让应该明白的人明白并喜欢就行了。我的故乡,我或许不需要为你写一些什么,但至少我需要且必须记录些什么。
>
> ——题记

鹿港小镇,因为罗大佑的歌声出名。我希望,有一天,东港小镇,能因我的文字出名。

江南小镇,美则美矣,然而却如同大多内地城市,它们在某些地方并无不同。江南不知名的小村,莲花荡。莲花是有的,然而却并没有接天莲叶无穷碧的那种规模与气势。以前或许有,但现在,太多的莲花已经随着时代的变迁而凋落了。

东港小镇,并没有码头。从前没有,或许以后有吧。

人都喜欢追根溯源。东港小镇，便是我的根之所在，心之所栖。何谓根。在我心中的意思就是，那里有属于我的一亩三分地；那里睡着我的祖祖辈辈、我的爷爷奶奶；那里生活着生我养我的父母，也预留着将来我沉睡的位置；那里有着水位很高却托不起大船的众多河流；那里有着大量的优秀青年和后起之秀然而除了在春节之外你是轻易见不到一个的。

东港小镇还有着那极其肥沃却实在不怎么争气的土地。小镇的土地是如此肥沃，无论种上什么作物，稍加管理便得大丰收。然而这并不让我们如意，因为土地上没有政策、没有遗迹、没有名人，更没有煤铁和工厂。

为何那些曾经贫瘠的荒土能如此繁荣？为此繁荣，我却不知道它们付出了些什么又透支了些什么。就如同我有着不算太笨的头脑，写一手还过得去的文章，却在那么多城市里都难以立足。因此，我正如同村民对土地不满一般对目前的生活非常不满。然而让我抛却原则去获取某些并非自己想要的东西时，我却一直在反复思量是否值得。

那年我离乡时，我爱的女孩才十八。如今我归来，梦里的姑娘已是孩子他妈。是谁偷走了我们曾眷眷不忘的东西，是谁改变了我们曾经的坚持与认知，是谁让如此善良的我们不再虔诚。

很多时候，空的不是巢，是心。房子盖得再漂亮，水泥路修得再舒坦，粮食补贴得再多，但都掩饰不了荒凉。没有年轻人的村子，不仅是没有未来的村子，也是没有现在的村子。

没有人愿意背井离乡，没有人愿意父母妻子分离，我们知道这不能怨父母或者祖荫。我只是一个打工仔，我不知道未来我的余生和我的故乡将如何发展，但我知道，我们这几代人的精神最深处的缺失，是没有任何东西能弥补的，即使是时光变迁。

在我们这几代中，太多的东西，已经逝去，太多的东西，无处找寻。我不想指责谁也不想怨天尤人，我只是希望有些人在思考发展经济、发展民生、发展文化的时候能把所谓专家们的智慧花费那么一丁点到我的故乡和那么多的故乡。

不知道有没有人想过要拯救，但应该是没有人能拯救的。付出的太多，得到的太少，是很难发展起来的。并不是所有事物都如同牛那样。在这个所谓的时代，即使壮大如武汉也由于某些原因成不了大气候，何况东港小镇乎。东港小镇，必然是小的。

小镇有一所小学、一所初中和一所高中，那是我曾经荒废过青春的已经进入历史却没有进入历史书的高中。曾经落后就要挨打，然而如今落后面临的不仅是挨打，还是消失。我不知道我还需要以没有存在感的存在在外漂泊多久，正如同我不知道我的故乡还能存在多久。那么多的人、那么多的城、那么多的沉默、那么多的默默忍受、默默付出和默默为所谓发展而牺牲的那些种种，想必也是会湮入浩瀚史海的浪花中吧。

故乡已无生存之地，北上广更不是我想像的梦中天堂。我知我从何而来，却不知我该向何处去。

好吧。日子再难过也要过。忽然有点累了。想回家。只是那栋旧房子里早就没有了人。

回得去的故乡，回不去的旧梦。似乎并没有什么人能承担这责任，好在也没有任何人需要承担这些责任。

该文仅供娱人娱己而已。

图书在版编目(CIP)数据

愿你走出半生,归来仍是少年/蒲思恒编. —上海:上海社会科学院出版社,2016
 ISBN 978-7-5520-1384-9

Ⅰ.①愿… Ⅱ.①蒲… Ⅲ.①短篇小说-小说集-中国-当代 ②散文集-中国-当代 Ⅳ.①I217.1

中国版本图书馆CIP数据核字(2016)第086742号

愿你走出半生,归来仍是少年

主　　编	蒲思恒(笔名　路小佳)
责任编辑	王晨曦
封面设计	黄婧昉
插图摄影	吴晓隆
插图文字	easylazy
出版发行	上海社会科学院出版社
	上海顺昌路622号 邮编200025
	电话总机 021-63315900　销售热线 021-53063735
	http://www.sassp.org.cn　E-mail:sassp@sass.org.cn
照　　排	南京理工出版信息技术有限公司
印　　刷	上海天地海设计印刷有限公司
开　　本	890×1240毫米　1/32开
印　　张	9
插　　页	9
字　　数	200千字
版　　次	2016年6月第1版　2018年5月第7次印刷

ISBN 978-7-5520-1384-9/I·188　　　　定价:39.80元

版权所有　翻印必究